Carmen Korn
Vorstadtprinzessin

Carmen Korn

Vorstadt prinzessin

cbt

cbt ist der Jugendbuchverlag
in der Verlagsgruppe Random House

MIX
Papier aus verantwortungsvollen Quellen
FSC® C014496

Verlagsgruppe Random House FSC-DEU-0100
Das für dieses Buch verwendete FSC®-zertifizierte
Papier *Super Snowbright* liefert
Hellefoss AS, Hokksund, Norwegen.

Gesetzt nach den Regeln der Rechtschreibreform

1. Auflage 2011

Umschlagbild: Plainpicture/ Wildcard/ Ilona Wellmann;
Plainpicture/ Millenium/ Hilary Walker
Umschlagkonzeption: init.büro für gestaltung, bielefeld
st · Herstellung: Sabine Kittel
Satz: KompetenzCenter, Mönchengladbach
Druck: GGP Media GmbH, Pößneck
ISBN: 978-3-570-16119-7
Printed in Germany

www.cbt-jugendbuch.de

Der Wald

Am Ende der Straße fing er an, der Wald. Wenn der alte Ellerbek zu erschöpft war, den Liguster zu schneiden, streckte die Ligusterhecke des letzten Hauses ihre Zweige nach den ersten Hainbuchen des Waldes aus. Ellerbek lebte allein im letzten Haus der Straße, seit ihm die Frau gestorben war und der Sohn davongegangen.

Der Wald hatte sich von allem am wenigsten verändert. Selbst die Alten im Viertel bemerkten kaum Veränderungen an ihm. Ein Baumhaus war längst vom Sturm weggeweht. Die zwölfjährigen Jungen, die es gebaut hatten, waren erwachsene Männer geworden, die ihrer Wege gingen. Die kleinen Erdbeeren wuchsen nicht mehr. Vielleicht war es ihnen zu dunkel geworden im Wald.

Noch immer gab es keine leicht gehbaren Wege, die Spaziergänger eingeladen hätten, in den Wald zu gehen. Er war ohne Trimmpfade geblieben. Keine Lehrtafeln an den hohen Bäumen. Die Lichtungen waren eher einsam als licht.

Das Unterholz war dicht, ab und zu ein Moosteppich, der alle Schritte dämpfte. Die Buschwindröschen, die Waldhyazinthen und Veilchen, Boten des Frühlings, zogen sich meist schon in den ersten Tagen des Juni zurück. Dann wuchs wildes Geißblatt neben dem Waldmeister, der bald Früchte tragen würde, kleine stachelige Früchte, in denen sich Fell verfing und Gefieder.

Tümpel hatte der Wald. Keine sehr tiefen Tümpel. Nur bis zu den Knien konnte man in ihnen versinken und sich dennoch sehr mühen, aus ihnen herauszukommen. Schuhe waren zurückgelassen worden in den Tümpeln und einmal ein kleiner Gummistiefel.

Es kam vor, dass man Knochen in diesem Wald fand, blasse Knochen von kleinen Wirbeltieren und von großen.

Kein Wolf in dem Wald. Kein Rotkäppchen. Doch es geschah dort etwas, was nach eines Menschen Herzschlag griff und ihn vielleicht auf ewig stehen bleiben ließ. Der Tod kam in den Wald.

Troll

Troll war ein gemütlicher Hund. Das verdankte er den Genen seiner Mutter, die lauter gut gelaunte Hütehunde zu ihren Vorfahren zählte. Trolls Vater, ein leicht erregbarer Terrier, dessen rötliches Fell Troll geerbt hatte, ließ hingegen keine Wildspur links liegen und ging gern einmal für Stunden im Unterholz eines Waldes verloren.

Zu sagen, Troll sei ein gehorsamer Hund, wäre jedoch übertrieben gewesen. Er war einfach der anhängliche Typ, der den Menschen, zu dem er gehörte, nicht gern aus den Augen verlor.

Darum drehte Troll sich an diesem Tag im Juni dauernd nach ihm um und schien erleichtert, wenn er ihn auf dem nahen Waldweg sah. Ein tückischer Weg, der den Menschen leicht ins Stolpern brachte. Wurzeln, die sich aufbäumten unter der Erde, altes feuchtes Laub, das diese Wurzeln verbarg, nahe liegende Tümpel, die auf einen unbedachten Schritt lauerten. Ein unwegsamer Weg.

Troll lief jenseits des Weges, trat da und dort letzte Buschwindröschen platt, ließ sich von Glitzerpapier narren, in dem er ein liegen gelassenes Schokoladenei zu finden glaubte, ein Fund, der ihm dann und wann in seinem sechsjährigen Leben gelungen war, und scharrte unter den Farnen. Bis er vor einer dieser Farngruppen jäh stehen blieb.

Sein Fell sträubte sich.

Troll hörte den Pfiff des Menschen, der schon weitergegangen war, doch Troll tat etwas Unerwartetes. Er folgte dem Pfiff nicht. Dieser Geruch, der ihm in die schwarze Hundenase geriet, hielt ihn fest.

Trolls Mensch war an einer Weggabelung angekommen und wartete. Pfiff noch einmal. Lang und anhaltend. Ein wenig verdrossen.

Troll bellte. Troll jaulte. Troll wehklagte.

Da endlich hörte sein Mensch auf ihn und kehrte um. Ging mit schneller werdenden Schritten zurück, um mit eigenen Augen zu sehen, was Troll dort im Unterholz gefunden hatte. Beinah versteckt von einem großen Adlerfarn und neben den Knochen eines kleinen Tieres. Etwas, das nackte dünne Storchenbeine hatte, deren Füße in Fellstiefeln steckten. Der kurze Tüllrock hatte sich hochgeschoben. Der obere Teil des Körpers blieb von den Blättern des Farns verborgen.

Trolls Mensch fluchte, als er das Handy nicht in seinen Taschen fand. Er zögerte, dieses tote Mädchen dort liegen zu lassen, hatte den Impuls, es zu bergen. Doch dann nahm er den Hund an die Leine und lief aus dem Wald. Den kürzesten Weg aus dem Wald. Er kam nicht an Ellerbeks Hecke vorbei und auch nicht an Theos Haus.

Troll lief voraus, dass sich die Leine spannte.

Theo und Lucky

Theo stand am Fenster seines Zimmers und sah über die Straße zum alten Ellerbek hinüber, der den Liguster schnitt. Erstaunlich, dass dieser dürre kleine Mann die große Heckenschere noch halten konnte, und das bei der Hitze. Ellerbek hat schon den Tod im Gesicht, hatte Theos Mutter gestern Abend gesagt.

Den Tod im Gesicht. Die düsteren Sätze seiner Mutter machten das Leben in diesem Haus nicht heiterer. Theo wandte sich vom Fenster ab und zog das Hemd aus. Gestern noch hatte er einen Pullover darüber getragen. Ging alles zu schnell mit dem Sommer, der seine voreiligen Versprechen spätestens zu Beginn der Ferien brechen würde.

Theo fing sein Spiegelbild auf, als er das Zimmer verlassen wollte, und griff nach dem Hemd. Zu dünn, sein Körper. Zu weiß. Gleich würde Lucky aufkreuzen, dem ein halber Tag Arbeit im Freien mit nacktem Oberkörper schon genügte, ein gebräunter Prachtkerl zu sein.

Theo stieg die schmale Holztreppe hinunter, die vom Giebelzimmer zum ersten Stock führte. Seine Mutter saß im Schlafzimmer auf ihrer Seite des Ehebettes und hielt eine lila Bluse in der Hand.

»Ob ich die noch tragen kann?«, fragte sie.

Theo kniff die Augen zusammen. Er hatte schon als Kind darunter gelitten, Farben zu grell und überdeutlich wahrzunehmen.

»Warum nicht?«, fragte er.

»Vielleicht zu jugendlich«, sagte seine Mutter.

Theo stöhnte. »Du bist doch noch jung«, sagte er. War es wirklich die Aufgabe eines siebzehnjährigen Sohnes, das zu beteuern?

»Zieh deine Sonnenbrille auf.«

»Um dich nicht im harten Licht zu sehen?« Theo grinste.

»Du hast doch vor, aus dem Haus zu gehen. Draußen ist grelles Sonnenlicht«, sagte seine Mutter.

Theo griff nach der schwarzen Ray Ban in seiner Jeanstasche. Kaum zu glauben, dass dieses nette Teil von seinem Vater getragen worden war. Allerdings schon fünfundzwanzig Jahre her. Heute war sein Vater der beige Typ. War doch gut, wenn Ma das mit Lila auflockerte.

Lucky fuhr in dem Augenblick vor, als Theo aus der Haustür trat. Verglichen mit dem Rot des alten Fords, war die Bluse von Theos Mutter ein reiner Augentrost. »Lässt sich doch gut an«, sagte Lucky.

»Was?«, fragte Theo. Er wusste, dass Lucky den Sommer meinte.

Sie hatten vor, in den Wald zu gehen. Löcher angucken, die sie in den Boden gesprengt hatten, Krater beinah, mit den Böllern, die von Silvester übrig geblieben waren. Erinnerung an vergangene Abenteuer. Ab und zu trafen sie sich vor den Kratern. Reine Nostalgie.

»Ist zu heiß«, sagte Lucky, »lass uns Eis essen gehen oder mit dem Auto herumfahren. Das Schiebedach funktioniert wieder.«

»Im Wald ist es kühl«, sagte Theo.

»Dein Hemd ist schief geknöpft«, sagte Lucky.

Theo fing an, das Hemd neu zu knöpfen. Warum fühlte er sich neben Lucky immer wie der hässlichste Junge der Welt? Sein Kumpel seit Kindergartenzeiten war eigentlich keine Schönheit. Gut gebaut, aber eher klein. Ein paar geschickt verteilte Sommersprossen. Verstrubbelte rotblonde Haare.

Das Lachen im Gesicht, dachte Theo. Lucky sah so aus, als sei er begeistert vom Leben. Darum war in der zweiten Woche im Kindergarten aus Lukas Lucky geworden.

Theo war schon damals nicht begeistert vom Leben gewesen.

Die hatte er seinen Eltern abgeguckt, die Nicht-Begeisterung.

Sie gingen Eis essen. Ins Tre Castagne, das eigentlich Sigis alte Kaffeestube am anderen Ende der Straße war. Eines Tages hatte Sigi aus dem Ladenfenster geguckt und die drei Kastanienbäume davor wahrgenommen, sich für die Namensänderung entschieden und fortan auch Tiefkühlpizza, getoastetes Weißbrot mit Käse und Schinken und Eis angeboten. Doch das Eis war gut. Das hatte Sigi im Griff.

»Spaghetti-Eis«, sagte Lucky, »das große. Ich lade dich ein.«

»Ich nehme nur zwei Kugeln«, sagte Theo.

»Ich hab noch Geld vom Mai übrig«, sagte Lucky, »hab meiner Mutter diesmal keines abgeben müssen.«

»Ist doch gut, reiche Freunde zu haben«, sagte Theo.

Er hatte noch ein Jahr bis zum Abitur. Lucky war nach der zehnten Klasse abgegangen, um eine Ausbildung anzufangen. Irgendwann sollte sie ihn zum Kraftfahrzeugmeister machen. Lucky liebte Autos.

Theo hatte gerade die letzte Erdbeersauce aus der Schale gelöffelt, als er den Kopf hob und lauschte. Hörte er Sirenen in der Ferne?

»Na«, sagte Lucky, »wieder alle fünf Sinne auf Empfang?«

Er hatte sich längst daran gewöhnt, dass Theo bei leuchtenden Farben die Augen zusammenkniff und Geräusche früher als andere wahrnahm.

»Irgendwo ist was passiert«, sagte Theo, »klingt nach was Größerem.«

Die Straße lag still in der Nachmittagssonne, als sie vor Theos Haus ankamen. Der alte Ellerbek arbeitete noch immer an der Hecke. Das Geräusch der schnappenden Schere schien das einzige zu sein.

»Dauernd ist er an der Hecke dran«, sagte Lucky, »doch das Haus verfällt ihm unterm Hintern.«

»Im Wald ist was los«, sagte Theo.

»Was soll da los sein?«, fragte Lucky.

Theo hob die Schultern.

»Ich glaube, du liegst richtig«, sagte Lucky, »da sind Leute. Ein ganzer Haufen. Gucken wir doch noch nach unseren Löchern?«

Theo nahm die Ray Ban ab, als sie den Wald betraten. Sonnenstrahlen fielen schräg durch das Laub der Bäume, doch es blieb dämmrig.

Sie kamen bis zu der Stelle, an der Troll sich zwei Stunden vorher vom Glitzerpapier hatte narren lassen. Absperrband war von Baum zu Baum gezogen. Dahinter weiß vermummte Gestalten.

Theo und Lucky blieben stehen und versuchten zu begreifen, was da geschah. »Vielleicht 'ne Leiche«, sagte Lucky.

»Ganz sicher eine Leiche«, sagte Theo und sah zu dem Mann, der sich ihnen näherte.

»Jungs, geht mal nach Hause«, sagte er.

»Sind Sie von der Spurensicherung?«, fragte Lucky.

»Es sei denn, ihr habt was auszusagen.«

»Auszusagen?«, fragte Lucky.

»Zieht Leine«, sagte der Mann.

Lucky trat gegen eine Kastanie, als sie aus dem Wald gingen. Er war nicht zufrieden mit dem Ablauf. »Wusste gar nicht, dass es hier auch Kastanienbäume gibt«, knurrte er.

Sie traten zwischen den Hainbuchen hervor, als ein Streifenwagen herankam und sich quer vor den Zutritt zum Wald stellte.

»Dann geben Sie mir mal Ihre Personalien«, sagte einer der Polizisten, kaum dass er aus dem Wagen gestiegen war. Theo kannte ihn. Er lief öfter im Viertel herum. Polizeipräsenz. Auch in den Vororten.

Theo sah seine Mutter oben am Giebelfenster stehen. Was machte sie in seinem Zimmer?

Der alte Ellerbek war nicht mehr zu sehen.

Theo und Lucky zogen die Portemonnaies aus den Taschen ihrer Jeans und zeigten ihre Personalausweise.

»Verdächtigen Sie uns?«, fragte Lucky. Er hatte schon wieder ein Lachen im Gesicht, als ob ihm das alles komisch vorkäme.

»Lass mal«, sagte Theo.

»Genau«, sagte der Polizist. Der andere schwieg und betrachtete Lucky.

»Sie haben einen älteren Bruder?«, fragte er schließlich.

Luckys Gesicht veränderte sich. »Ja«, sagte er. »Ist was mit ihm?«

»Halten Sie sich besser vom Wald fern«, sagte der Erste.

»Können Sie uns nicht sagen, was passiert ist?«, fragte Theo.

»Nein«, sagte der Polizist. Er sah zu einem Geländewagen, der vorfuhr, und sah wenig begeistert aus. »Doch ihr könnt es sicher bald in der Zeitung lesen. Die Herrschaften von der Presse sind schon da.«

Theos Mutter saß am Küchentisch und schälte Spargel, als Theo ins Haus kam. »Habt ihr was angestellt?«, rief sie in den Flur.

»Nein«, sagte Theo. Er streifte die Turnschuhe von den Füßen und ging in die Küche. »Warum warst du in meinem Zimmer?«

»Ich werde doch mal nach dem Rechten sehen dürfen.«

Theo hätte das gern verneint. »Ist heute was Besonderes?«, fragte er.

Seine Mutter legte die letzte Stange zu den geschälten Spargeln.

»Spargel gibt es doch sonst nur an Sonntagen«, sagte Theo.

»Ich habe ihn günstig gekauft. War aber viel Abfall dabei. Warum wollte die Polizei eure Ausweise sehen?«

»Im Wald haben sie wohl eine Leiche gefunden. Könnte der Mann mit dem Alzheimer sein, den sie seit gestern suchen.«

»Gott, wie schrecklich«, sagte seine Mutter. »Der wohnt doch bei Lucky in der Nähe. Warum ist Lucky nicht mit reingekommen?«

»Hat noch eine Verabredung«, sagte Theo.

Seine Mutter stand auf und stellte einen Topf mit Wasser auf den Herd. »Henze heißt der«, sagte sie. »Er hat in der Kirche aushilfsweise die Orgel gespielt. Lange, bevor der Neue kam. Was sollt ihr beiden denn damit zu tun haben?«

»Gar nichts. Das machen die doch routinemäßig.«

Seine Mutter legte die Stangen in den Topf. »Wart ihr im Wald?«, fragte sie. »Was tut ihr da?«

»Du hast die lila Bluse gar nicht an«, sagte Theo.

»Ich hab überlegt, ob ich sie am Sonnabend anziehe.«

»Was ist denn am Sonnabend?«

»Lenk nicht ab, Theo.«

»Wir gehen hin und wieder in den Wald, Ma. Lucky ist schon achtzehn, und ich bin auch kein kleines Kind mehr, das im Tümpel ertrinkt.«

Seine Mutter drehte sich um. »Ich hab immer Angst um dich gehabt«, sagte sie und klang ganz heiser. »Das hab ich heute noch.«

»Ach Ma«, sagte Theo. Das Gespräch wurde ihm unangenehm. Ihm wäre lieber gewesen, seine Eltern hätten nicht nur ein Kind gekriegt, dann hätten sich die Strenge seines Vaters und die Ängste seiner Mutter auf mehrere Häupter verteilt. Bei Lucky gab es drei Kinder und schon länger keinen Vater mehr. Keine Ahnung, ob das besser war.

»Wir essen um Punkt sieben«, sagte Theos Mutter. »Dein Vater will später die Tiersendung sehen.«

Theo blickte zur Küchenuhr. Das war in einer knappen Stunde.

Er ging in sein Zimmer hinauf, um ein wenig aus dem Fenster zu gucken.

Doch als er am Giebelfenster stand, war die Aussicht so langweilig wie stets. Kein Streifenwagen. Kein Geländewagen. Nicht einmal Ellerbek mit seiner Heckenschere.

Der Trubel würde wohl an der alten Landstraße sein, denn dort führte ein Wirtschaftsweg in den Wald. Da konnten sie viel besser rein mit ihrer Spurensicherung. Und dem Leichenwagen, dachte Theo. Er nahm den Fahrradschlüssel vom Schreibtisch und dachte im letzten

Augenblick an das Fernglas, das er sich in der sechsten Klasse gewünscht hatte, um die Vögel zu beobachten. Er hängte es sich um und lief hinunter.

»Wo willst du hin?«, fragte seine Mutter.

»Käuzchen gucken«, sagte Theo, »für Bio.«

»Punkt sieben«, rief ihm seine Mutter hinterher.

Leni

Lucky war nur kurz nach oben in die Wohnung gegangen, um zu sehen, ob sein großer Bruder das gemeinsame Heim mit seiner Anwesenheit beehrte. Er hätte gern gewusst, warum die Polizei nach Max fragte. Doch er traf nur Mia an, seine dreizehnjährige Schwester.

Als Lucky zu seinem Auto zurückkam, lehnte Leni an dem alten Ford, und ihr bloßes Anlehnen gab der Karre Glanz. Leni war eine Schönheit, und irgendwie sah sie aus wie das Kind reicher Leute, obwohl sie nur Jeans trug und ein weißes T-Shirt und Sneakers, die allerdings vom Feinsten waren.

Leni war das Kind reicher Leute. Lucky ließ sich nicht leicht betrüben, doch er ahnte, dass Lenis Vater ihn kaum als den geeigneten Freund seiner Tochter betrachten würde. Lucky war der Auszubildende in der Werkstatt, in der Lenis Vater seine Luxusautos tätscheln ließ. Ein Junge, der nach der mittleren Reife von der Schule abgegangen war und nun im ölverschmierten Overall herumlief. Immerhin schätzte Lenis Vater Luckys Sachverstand.

Lucky lachte Leni an. Seine beste Karte, das Lachen.

Er hätte ihr gern einen Kuss auf die Lippen gegeben, die zum Glück nicht mit irgendeiner Glanzklebe zugekleistert waren, sondern einfach nur hellrot und weich. Doch er traute sich nicht.

»Du bist schon hier«, sagte er. Was für ein genialer Einstieg. Ließ sich noch mehr Charme verbreiten?

»Wir könnten mit deinem Auto herumfahren«, sagte Leni.

Warum nicht. Vielleicht mal die alte Landstraße entlang, wo wohl die ganzen Bullen vorm Wald herumhängen würden. Hören, was da abging. Ob Theos Vermutung stimmte, dass die Leiche der Alzheimer-Typ war. Gleich zur ersten Verabredung mit Leni ein Abenteuer bieten.

Lucky sah aus den Augenwinkeln seinen großen Bruder, der sich näherte. Von der Bushaltestelle.

»Klar«, sagte er, »steig schnell ein. Die Tür ist offen.«

Lucky sprang in den Wagen, als ob der auf einmal ein Fluchtfahrzeug sei. Er wollte Max ganz sicher nicht mit Leni bekannt machen. Sein großer Bruder würde sofort erkennen, was für ein Juwel Leni war, und sich an sie heranschmeißen. Lucky fuhr mit quietschenden Reifen los, kaum dass Leni im Auto saß.

»Willst du mir damit imponieren?«, fragte sie. Ihre Stimme klang eisig.

Lucky fing an zu ahnen, dass das nicht so leicht werden würde mit Leni. Kein Vergleich zu den anderen Mädchen, die er kannte.

»Im Wald ist eine Leiche gefunden worden«, sagte er.

»Und sie sind dir auf der Spur?«

Lucky sah zu Leni. »Spinnst du?«

»Ich versuche mir nur deinen Fahrstil zu erklären.«

»Interessiert dich gar nicht, wer der Tote sein könnte?«, fragte Lucky.

Leni hob die Schultern. Doch sie sah einen Tick blasser aus. »Weißt du es?«

»Theo hat die Vermutung, dass es der Mann mit Alzheimer ist, der seit gestern vermisst wird.«

»Wer ist Theo?«, fragte Leni.

»Mein bester Freund«, sagte Lucky.

Leni hob die Augenbrauen bis zum Haaransatz. Goldene Haare, dachte Lucky, sie hat goldene Haare.

»Bester Freund«, sagte Leni.

»Hast du keine beste Freundin?«

Leni schüttelte die langen goldenen Haare. »Nein«, sagte sie.

Was wusste er von Leni, außer dass ihr Vater einen großen Lexus fuhr und einen Jaguar? Dass er ein Haus am Geldhügel gekauft hatte und ihre Mutter irgendwie abhandengekommen war? Doch Leni wohnte erst seit März im Viertel. Drei Monate. Theo und er lebten hier, seit sie denken konnten. Da lernte man den anderen kennen.

Sie kamen nur bis zur Pferdekoppel, die zum Ponyhof gehörte. Dahinter flatterte das Absperrband. Dass die Polizei so viel Aufwand trieb und die ganze Landstraße blockierte!

Vor der Absperrung stand ein Streifenwagen. Das Blaulicht flackerte stumm. Ohnehin war es beinah still. Trotz der Scharen, die sich da in Bewegung gesetzt hatten. Es standen ohne Ende Autos herum.

Lucky wendete, bevor er dem Streifenwagen zu nahe kam. Er hatte keine Lust auf eine zweite Begegnung mit den Bullen. Theo hasste es, wenn er Bullen sagte. Den Ausdruck hatte Lucky von seinem großen Bruder übernommen. Grund genug, ihn sich abzugewöhnen.

»Und wenn es nicht der demente Mann war?«, fragte Leni.

»Wer soll es denn sonst sein?«

Leni sah zum Seitenfenster hinaus und schwieg.

»Gehen wir ins Tre Castagne oder fahren wir über Land?«

»Wir fahren über Land«, sagte Leni.

Die Rapsfelder leuchteten gelb, und Lucky dachte an Theo, der spätestens jetzt seine Sonnenbrille aufgesetzt hätte. Hatte Theo schon mal eine Freundin gehabt? Nein. Das wüsste er.

»In Kayhude gibt es ein ganz gutes Lokal«, sagte Leni. Ihre ersten Worte seit einer gefühlten Ewigkeit.

»Du kennst Kayhude? Ich denke, du kommst aus der Stadt.«

Leni schwieg und verschränkte die Arme, so gut es der Gurt zuließ, als hätte Lucky gerade einen vollen Tritt in den Fettnapf getan.

»Ich kenne in Kayhude nur den Alten Heidkrug«, sagte er.

»Das Tre Castagne ist doch für Kleinkinder«, sagte Leni. Sie legte ihre Hand auf sein rechtes Bein. Lucky wäre beinah zusammengezuckt, so überrascht war er. Diesen Wechsel zwischen eisiger Prinzessin und Annäherung kriegte er noch nicht wirklich zu fassen.

»Du könntest in diesen Weg da hineinfahren«, sagte Leni.

Der Weg führte zu einem winzig kleinen See. Ein alter Holzkahn lag kieloben am Ufer. Sah aus wie ein Sarg, dachte Lucky.

Die Leiche im Wald spukte ihm noch immer im Kopf herum.

»Da brauchst du nur vier Ruderzüge und du bist am anderen Ufer«, sagte er, um sich abzulenken.

Sie stiegen aus, und Leni ging auf den Kahn zu. »Da unten ist ein kleiner Strand«, sagte sie. »Vielleicht ist der Sand noch warm.«

Der Strand war groß wie ein Handtuch, doch der Sand

war warm und fein und sauber. Lucky dachte, dass Leni nicht zum ersten Mal an diesem Seechen war. Es war lächerlich und ein ihm völlig unbekanntes Gefühl, doch das hier ging ihm zu schnell. Was hatte Leni vor?

Leni zog ihr T-Shirt über den Kopf. Ihr BH war aus weißer Spitze und hatte einen kleinen Glitzerstein zwischen den Brüsten.

»Du hast doch Ahnung, oder?«, fragte Leni und schaffte es, bei dieser Frage huldvoll zu klingen, als sei sie die Königin von Saba.

Lucky hatte Ahnung. Nur hatte er nicht einmal ein Kondom in der Tasche. Er hätte eher gedacht, den Handkuss üben zu müssen.

»Lass uns erst mal den Sonnenuntergang genießen«, sagte er.

Da ging gar keine Sonne unter. Nicht in den nächsten Stunden. In zwei Wochen war Sommersonnenwende. Die Tage wurden länger.

Leni sah gekränkt aus. »Dann fahr mich nach Hause«, sagte sie.

Lucky seufzte. Er hatte es vermasselt.

Theo

Aus dem Fernsehzimmer oben hörte er Affen schreien. Die Tiersendung, die sein Vater so gerne sah, nahm heute Abend kein Ende. Seine Eltern schafften es mal wieder, sich bestens abzulenken.

Theo hatte nichts gegen Affen. Aber er hätte lieber über die Leiche im Wald gesprochen. Das war das Thema des Abends. Doch Ma und Pa vermieden alles, was ihnen an der Seele kratzen könnte. Ließen ihn allein am Küchentisch sitzen und stellten den Fernseher an.

Er hatte hinter den Ställen des Ponyhofes gestanden und das Fernglas auf den Waldeingang an der alten Landstraße gerichtet. Autos. Leute in Zivil. In weißen Schutzanzügen. Polizisten in Uniform. Dann war ein silberner Kombi aus dem Wald gekommen. Ein Leichenwagen.

Theo hatte gerade das Fernglas absetzen wollen und sein Fahrrad aufheben, das im Gras lag, als er Luckys Ford sah. Lucky war nicht alleine im Auto. Eine Frau mit hellen Haaren saß neben ihm.

Theo hatte die Augen zugekniffen, weil das Auto so rot und das Haar so hell gewesen war. Als er sie öffnete, hatte er Lucky wenden und davonfahren sehen.

Er leerte das Glas Apfelsaft und stellte es auf den Küchentisch. Oben klangen die Anfangstöne einer Familienserie. Er würde in sein Zimmer gehen und sich Shakespeares Sonetten widmen. *So long as men can breathe or eyes can see.* Brauchte er für den Leistungskurs in Englisch.

Komisch, dass seine Mutter nicht wusste, dass er Biologie schon im vergangenen Jahr abgewählt hatte.

Eigentlich wussten seine Eltern wenig von ihm.

Theo schlief schlecht in dieser Nacht. Er stand zweimal auf, stellte sich ans Fenster und hörte die Käuzchen rufen. Erst kurz nach vier fiel er in einen tiefen Schlaf und wachte davon auf, dass ihm die Decke weggezogen wurde.

»Hörst du den Wecker nicht?«, fragte sein Vater.

Nein. Er hatte ihn nicht gehört. Kein Grund für diesen drohenden Ton.

»Ab ins Bad. Es ist Viertel vor sieben.«

»Guten Morgen«, sagte Theo.

Es gab Tage, da hasste er seinen Vater. Kein Wunder, dass Ma oft in düstere Stimmungen versank, obwohl sie allem Elend aus dem Wege ging und sogar schon den Kopf senkte, wenn sie den alten Ellerbek grüßte, weil der doch den Tod im Gesicht hatte. Wenigstens ging sie gerne in ihren Kirchenchor.

Aus der Küche hörte er das Radio. Vielleicht war die Leiche bereits in den Nachrichten. Theo beeilte sich, ins Bad zu kommen.

Als er wenig später in die Küche trat, huschte seine Mutter im Morgenmantel herum und stellte Frühstück auf den Tisch. Im Radio dudelte Schlagermusik.

»Für mich kein Frühstück, Ma. Ich verpasse sonst den Bus.«

»Dann nimm wenigstens einen Apfel mit«, sagte sie und stand schon an der Spüle, um zwei Äpfel abzuwaschen.

»War was im Radio über die Sache im Wald?«

»Ich habe umgeschaltet, als die Nachrichten kamen.«

Theo nickte. So war das. Vielleicht wussten die Leute im Bus mehr.

Doch er kam gar nicht bis zur Bushaltestelle.

Luckys Ford hielt neben ihm. Das Fenster wurde heruntergekurbelt.

»Steig ein«, sagte Lucky, »du bist spät dran.«

Theo öffnete die Beifahrertür und stieg ins Auto. »Ich dachte, du solltest schon seit sieben in der Werkstatt sein«, sagte er.

»Auftrag von der Chefin. Zulassungspapiere abholen.«

»Hab kaum ein Auge zugetan heute Nacht«, sagte Theo.

»Nimmt dich die Leiche so mit?«

Theo sah zu ihm hinüber. »Irgendwie schon.«

Lucky nickte. »Wo nun klar ist, dass es nicht der alte Henze war.«

»Da weißt du mehr als ich.«

»Den haben sie gestern irgendwo in Hessen aufgetan. Hat mir meine Mutter erzählt und die hat es von der Nachbarin der Henzes. Ich hatte gar nicht mitgekriegt, dass er der Typ mit dem Alzheimer war.«

»In Hessen. Da findet ein verwirrter alter Mann hin?«

»Hatte wohl einen lichten Moment. Ist in den Zug von Hamburg nach Frankfurt gestiegen. Von da stammt er her. Alte Heimat.«

»Und ist zum Schalter gegangen und hat eine Karte gelöst?«

Lucky hob die Schultern. »Ich bin gestern noch herumgefahren«, sagte er, »hab mir den Auftrieb vorm Wald angucken wollen.«

»Du bist schnell wieder abgehauen. Ich hab dich gesehen.«

Lucky schaltete krachend in den nächsten Gang.

»Wo warst du denn da?«, fragte er.

»Bei den Ställen vom Ponyhof. Ich hatte das Fernglas dabei. Wer war denn die Frau neben dir?«

»Keine Frau«, sagte Lucky, »ein Mädchen.«

Er hielt vor dem Sandsteinportal eines alten Klinkergebäudes. »Non scolae sed vitae discimus« stand über dem Portal. Vor zwei Jahren war Lucky das letzte Mal da durchgegangen.

»Spring rein in deine Bildungsstätte«, sagte er.

»Wer war das?«, fragte Theo.

»Du interessierst dich doch sonst nicht so für meine Damen.«

»Ihre Haare sind sehr hell«, sagte Theo.

»Musstest du die Augen zusammenkneifen?«

Theo öffnete die Autotür.

»Das war Leni«, sagte Lucky, »die kennst du nicht.«

»Und wer war die Leiche?«, fragte Theo.

Helles Haar

Die Tote war jung. Ihre Haare waren hell wie der Weizen, der anfing, auf den Feldern zu wachsen. Die Würgemale an ihrem Hals schimmerten bläulich. Sie hatte einen Tüllrock angehabt und eine Bluse, an der Knöpfe fehlten. Ihre Füße hatten in fellgefütterten Stiefeln gesteckt. Jetzt wurde sie in der Rechtsmedizin der Universitätsklinik verwahrt.

Keine Vergewaltigung. Vielleicht war der Täter gestört worden. Vielleicht war es ihm um etwas anderes gegangen.

Ihre Eltern waren unterwegs zu ihr. Von einer kurzen Reise kommend.

Konnte man ein siebzehnjähriges Kind nicht allein zu Hause lassen? Unbeaufsichtigt? Unbehütet?

Diese Frage würden sie sich bis zum Ende ihres Lebens stellen.

Die Frage, wie sie in einen Wald im Norden von Hamburg gekommen war, stellten sich die Kommissare, die nun zu der Soko Wald gehörten.

Das weizenblonde Mädchen hatte am südlichen Rand der Stadt gelebt.

Achtunddreißig Kilometer Luftlinie.

Vielleicht war sie in einem Kofferraum gereist.

Drei Kastanien

Theo saß im Schatten einer Kastanie und trank die zweite Cola. Lucky war noch nicht aufgetaucht. Eigentlich wurde in der Autowerkstatt nur bis siebzehn Uhr gearbeitet.

Die Nachricht, dass die Tote im Wald ein Mädchen gewesen war, so alt wie er, hatte ihn nach der Schule im Bus erreicht. Der Fahrer hatte mit einer Frau darüber gesprochen, die hinter ihm saß und sich vorlehnte und sich laut ausließ über eine kaum bekleidete Leiche, die unter einem Farn gelegen habe.

Theo stand nicht weit von ihr, doch er wurde in den hinteren Teil des Busses gedrängt, als weitere Leute zustiegen. Als der Bus sich leerte, fand Theo Platz auf der hintersten Sitzbank, sah dort eine Bildzeitung liegen und wusste, woher die Frau ihre Weisheit bezogen hatte.

»Du wartest auf deinen Kumpel?«, fragte Sigi und ließ sich auf einen der Klappstühle fallen, die vor dem Tre Castagne standen. »Schlimme Sache da im Wald«, sagte er. Sigi färbte sich seine Haare schwarz, seit er Pizza und Eis anbot. Fehlte nur noch, dass er anfing, italienische Lieder zu singen.

Theo nickte. Er hatte eine Scheu, mit Sigi darüber zu sprechen.

Seine Mutter hatte so verzweifelt ausgesehen, als sie ihm am Nachmittag die Tür geöffnet hatte. »Dass du endlich da bist«, hatte sie gesagt und Tränen in den

Augen gehabt. Er war keine Minute später aus der Schule gekommen als an anderen Dienstagen.

»Es ist nicht die Jagd auf Siebzehnjährige eröffnet«, war Theos Antwort gewesen. Was ließ ihn da so sicher sein?

»Sie soll aus Harburg kommen«, sagte Sigi. Ein Gastwirt hörte viel.

Harburg kannte Theo nur vom Daranvorbeifahren, wenn man über die Elbbrücken nach Süden fuhr.

»Ich gebe euch ein Eis aus«, sagte Sigi und stand auf. Er hatte Lucky entdeckt, bevor Theo ihn sah. Es war schon kurz vor sechs.

Ihnen stand gar nicht der Sinn nach Eis, doch sie löffelten die zwei Kugeln, um Sigi nicht zu kränken.

»Hast du in letzter Sekunde einen Ölwechsel machen müssen?«, fragte Theo und sah auf Luckys nicht ganz saubere Hände.

»Ein Kunde war noch da und hat einen Aufstand gemacht, weil der Motor seiner Karre ihm nicht lieblich genug in den Ohren klang.« Lucky verschwieg, dass die Karre ein Jaguar XJ war und Lenis Vater gehörte, der von seiner Tochter begleitet wurde. »Du hast doch dieses Geräusch als Erste gehört«, hatte ihr Vater gesagt, und es war Lucky klar geworden, dass Leni einen Grund gesucht hatte, in die Werkstatt zu kommen.

»Was hältst du von der Sache?«, fragte Theo.

»Das tote Mädchen? Shit happens«, sagte Lucky. Er dachte an Leni, die ihn angelächelt hatte, als sei sie nicht im Geringsten verstimmt wegen der geplatzten Liebesszene am Seechen. Dieses Lächeln konnte auch ihrem Vater kaum entgangen sein.

»Warum liegt sie in unserem Wald?«, bohrte Theo weiter. »Warum nicht in den Harburger Bergen? Da gibt es doch auch Wälder.«

»Warum da?«, fragte Lucky.

»Weil Sigi gehört hat, dass sie aus Harburg kommt. Warum hat der Täter die Leiche durch die ganze Stadt gekarrt, um sie hier abzulegen?«

»Vielleicht war sie noch quietschfidel, als sie hergekommen ist. Wollte unsere schöne Gegend kennenlernen und trifft ihren Mörder.«

»Trifft ihren Mörder«, sagte Theo. »Dann war es einer von hier.«

Lucky sah sich nach Sigi um. Der stand an einem Tisch, an dem ein paar Hühner aus Mias Klasse saßen. Seine Schwester war nicht dabei.

»Willst du auch ein Weizen?«, fragte er. Theo schüttelte den Kopf.

»Ein Weizen, bitte«, sagte Lucky laut und erstarrte in der Bewegung.

Theo sah das Mädchen im nächsten Moment und kniff die Augen zusammen. Ein Strahl Sonne hatte sich auf ihr helles Haar gelegt.

»Da ist Leni«, sagte Lucky. Seine Stimme klang rau.

Ein Glück, dass Leni in den Schatten der Kastanien trat. So konnte Theo sie mit offenen Augen sehen. Er betrachtete sie und hoffte, dass sein Herzschlag wieder in Takt kam. Doch der tat eher das Gegenteil, als Leni vor ihrem Tisch stand.

»Doch nicht nur für Kleinkinder, das Tre Castagne?«, fragte Lucky und hätte sich auf die Zunge beißen können. Er entwickelte sich zum König des Fettnapfes, sobald Leni aufkreuzte.

Leni sah zu Theo. »Da bin ich mir nicht so sicher.«

Theo verfluchte die Röte, die ihm ins Gesicht stieg. Er stand auf.

»Ich will dich nicht vertreiben«, sagte Leni.

Genau das wollte sie, dachte Theo. Er senkte den

Kopf und legte das Geld für zwei Gläser Cola auf den Tisch.

»Das ist Theo«, sagte Lucky. Er klang verlegen. Was immer er jetzt tat, war falsch. Theo gehen lassen. Theo zum Bleiben zu bewegen.

»Wir sehen uns morgen«, sagte Theo. Lucky und er hatten gar nichts verabredet, doch er sagte es, damit sein Abgang nicht kläglich geriet.

»Klar«, sagte Lucky und hielt die Hand hoch, damit Theo einschlagen konnte. Das taten sie sonst nie. Vielleicht wollte Lucky ihm damit seine Verbundenheit ausdrücken. Vielleicht hatten sie beide die Hoffnung, lässig auszusehen.

Er hatte den Sonnenstrahl auf ihrem Haar gesehen und die Erkenntnis schnitt ihm ins Herz. War er wirklich so vermessen gewesen zu glauben, es gäbe kein anderes Geschöpf mit goldenen Haaren? Kein anderes als dieses, das er im Wald zurückgelassen hatte? Er schloss die Augen und hoffte, sie geriete ihm aus dem Blick und fände nie mehr hinein. Er sah sie nicht mehr, als er die Augen öffnete. Doch da wurde ihm nur eine Frist gewährt. Das wusste er.

Theo schloss die Tür auf. Stille. Keine Stimmen. Nicht von Ma und Pa und nicht aus dem Fernseher. Klar. Es war Dienstag. Da hatte seine Mutter ihre Chorprobe in der Kirche und sein Vater den langen Tag in der Verwaltung. Auf dem Küchentisch lag ein Zettel, der auf Brote im Kühlschrank verwies. Theo war erleichtert, allein zu sein. Seine Mutter hätte in seinem Gesicht gelesen.

Er nahm den Teller mit den Tomatenbroten hinauf in sein Zimmer und stellte sich vor den Spiegel, der früher im Flur gehangen hatte, bis dorthin ein größerer kam, und Ma befand, ein junger Mann müsse sein Aussehen kontrollieren, bevor er aus dem Zimmer trat. Wahrscheinlich hatte sie nur eine Lösung für den alten Spiegel gesucht.

Was las er in dem langen blassen Gesicht? Sah er wirklich so viel jünger aus als Lucky? Oder einfach nur verletzlich, wie seine Mutter sagte? Ein Denker, wie Lucky meinte. Diese Leni war jedenfalls bestens geeignet, ihn zu verletzen. Legte sie es darauf an?

Theo öffnete das Fenster und sah zum alten Ellerbek, der seinen Korbsessel hervorgeholt hatte und im Garten saß. Ma und Pa warteten jedes Jahr lange damit, bis sie die drei alten Stühle aus weiß lackiertem Schmiedeeisen und den Tisch aus dem Keller in den kleinen Garten trugen. Ihnen schien jede Leichtigkeit schwerzufallen. Ihre bevorzugte Jahreszeit war der Winter, wenn sie die Türen schließen konnten und kein Außenleben von ihnen erwartet wurde.

Jede Familie hatte ihre Macke. Auch bei Lucky war es nicht nur lustig.

Luckys Vater war vor ein paar Jahren auf und davon gegangen und lebte irgendwo in Mecklenburg. Lucky war damals zwölf gewesen und Mia erst sieben. Max, der Älteste, machte seitdem nur Ärger. Hatte zwei Ausbildungen abgebrochen und hing auf St. Pauli herum.

Dennoch atmete Theo auf, wenn er bei Lucky am großen Küchentisch saß, wo alle durcheinandersprachen und gelacht wurde. Lachen. Das geschah in seiner eigenen Familie selten.

Wer war das Mädchen, das tot im Wald gelegen hatte? Sie tat ihm leid. Auch wenn man das Leben skeptisch betrachtete, wie er das tat, durfte es doch für Siebzehnjährige nicht einfach vorbei sein.

Wie alt war Leni? So wie sie sich aufführte, konnte sie schon jenseits der Achtzehn sein. Zur Schule schien sie nicht mehr zu gehen. Sollte er Lucky ausquetschen? Theo wusste es nicht. Wusste nur, dass da etwas zog in der Herzgegend, wenn er an Leni dachte.

Der Kommissar

Lüttich hatte sich nicht danach gedrängt, Leiter dieser Soko zu werden.

Er wurde es, weil er einmal eine kurze Zeit lang erfolgreich gewesen war, als es darum ging, den Mord an einer jungen Frau aufzuklären. Das war Jahre her und er hätte lieber die Sonderkommission Cannabis geleitet oder ein paar Bankräuber gejagt.

Er stand in der Rechtsmedizin der Universitätsklinik und betrachtete den toten Körper, der einmal Sarah gewesen war, mit großer Sorgfalt.

Keine andere Spur von Gewalt an ihr als die Male am Hals. Abdrücke von Daumen, die fest zugedrückt hatten, um ihr den Tod zu bringen.

Ihre Fersen waren blutig gewesen, doch stand das in einem anderen Zusammenhang. Sarah hatte sie in den Fellstiefeln wund gelaufen, in denen ihre nackten Füße gesteckt hatten. Fellstiefel an einem der seltenen heißen Tage in dieser Stadt.

Lüttich hatte keine Kinder. Dafür war er dankbar in diesem Augenblick, als er vor Sarah stand. Wie leicht sie abhandenkommen konnten.

Dieses weizenblonde Kind, wer war ihm widerfahren?

Er kehrte in sein Büro zurück und arbeitete sich durch die Aussagen und Beobachtungen, die seine Kollegen in den vergangenen vierundzwanzig Stunden zusammengetragen hatten. Und blieb bei einer Anzeige wegen versuchter Vergewaltigung hängen. Max Oldelev. Einundzwanzig Jahre alt. Auch schon als Beteiligter an verschiedenen Prügeleien aufgefallen. Lüttich las die Notiz, die seine Kollegin hinzugefügt hatte. Oldelev lebte etwa zehn Minuten Fußweg von dem Wald entfernt. Obwohl diese Nähe gar nichts bedeuten musste. Sarah hatte am anderen Ende der Stadt gelebt. Überall in Hamburg konnte sie ihrem Mörder begegnet sein.

Doch er würde sich Max Oldelev mal angucken.

Sonst war die Gegend eher gewaltarm, wenn man von den Einbrüchen absah. Einige schwere Unfälle auf der Bundesstraße nach Kayhude. Ein Kind, das sich unglückselig auf einem Spielplatz mit der Kordel seiner Kapuze an einem Klettergerüst erhängt hatte. Schlägereien. Kaum etwas anderes war aktenkundig geworden. Doch. Beinah hätte er da etwas übersehen. Ein Mann hatte versucht, seine Frau zu erwürgen. Auch die beiden lebten nicht weit vom Wald.

Seine Kollegin graste Harburg ab, dann würde er das mal mit dem nördlichen Rand von Hamburg tun.

Lüttich stand auf und zog sein Jackett an, das über der Stuhllehne hing.

Viel zu warm, das Tweedjackett. Der Sommer hielt sich schon ganze zwei Tage. Vielleicht sollte er mal seinen leichten Anzug lüften, ehe das gute Wetter vorbei war. Warum nur hatte Sarah Fellstiefel angehabt, um sich darin die Fersen blutig zu laufen?

Du meine Seele

Seine Mutter war gestern Abend mit verweinten Augen aus der Kirche gekommen. Theo hatte noch in der Küche gesessen und es gesehen.

»Sitzt er vor dem Fernseher?«, hatte sie gefragt, und ihr Ton war nicht freundlich gewesen. Theo nickte. Doch ihn wunderte die Frage.

Er war immer davon ausgegangen, dass Ma die Fernsehflucht guthieß, die sie da allabendlich betrieben. Seit Jahren kannte er es nicht anders.

Jäh hatte sie diesen Anfang eines Gespräches beendet und war hinaufgegangen zum Fernsehzimmer.

Doch als er an diesem frühen Nachmittag aus der Schule kam und sich an den Küchentisch setzte, um die Nudeln mit Hacksauce zu essen, kam er noch mal darauf zurück. »Was war gestern in der Kirche, Ma?«

»Was soll da gewesen sein?«

»Du hattest geweint. Deine Augen waren rot.«

»Ach was. Ich war müde. Die Proben haben sich hingezogen, wegen des Konzertes am Sonnabend. Und die anderen hatten vorher noch reden wollen über das Mädchen im Wald.«

»Du hast nicht drüber reden wollen?«

»Nein. Wem nutzt das?« Seine Mutter sah aus dem Fenster, das wie seines zur Straße hinausblicken ließ.

»Um wie viel Uhr ist euer Konzert?«, fragte Theo.

»Du brauchst nicht zu kommen. Wird sowieso kaum

voll werden bei dem guten Wetter. Da setzen sie sich doch alle in die Gärten.«

»Dann ist es gut, wenn wenigstens ich in der Kirche sitze«, sagte Theo.

»Siebzehn Uhr fängt es an. ›Du meine Seele, singe‹ heißt das Konzert.«

»Aha«, sagte Theo.

»Ich gehe heute Abend wieder zur Probe. Das hat alles einen viel perfekteren Anspruch als früher.«

Theo zögerte zu fragen, wer diesen Anspruch erhob. Er nahm an, dass es mit den verweinten Augen zusammenhing. Seine Mutter war leicht zu kränken, wenn Kritik an ihr geübt wurde. Er hatte keine Ahnung, wer im Kirchenchor das Sagen hatte. Er hielt sich der Kirche fern, seit er vor drei Jahren konfirmiert worden war.

»Hast du gehört, dass Henze wieder da ist?«, fragte er.

»Darüber wurde gestern auch gesprochen«, sagte seine Mutter. »Wäre doch besser er gewesen, der tot im Wald gelegen hätte.«

Theo sah seine Mutter an. Genau das war ihm auch durch den Kopf gegangen. Dennoch hatte er nicht erwartet, dass sie es aussprach.

»Theo?« Seine Mutter griff nach einem Küchentuch und drehte es in den Händen. »Im Traum sehe ich dich tot liegen«, sagte sie. »Irgendwo. Tot.« Sie lächelte verlegen. »Pass auf dich auf«, sagte sie.

Lucky war frühzeitig zu Hause gewesen. Ein kleiner Ausgleich für die Überstunde gestern. Weder Max noch Mia waren da. Auch Mama nicht. Sie arbeitete bei Karstadt in der Mönckebergstraße und hatte heute die späte Schicht. Da kam sie nicht vor zweiundzwanzig Uhr zurück. War eine ziemlich lange Fahrt in die Innenstadt und zurück.

Dafür leben wir im Grünen, sagte seine Mutter gern.

Grüner als mit diesem Wald um die Ecke ging es wirklich kaum.

Lucky hatte gerade das verschwitzte Shirt abgestreift und stand mit nacktem Oberkörper vor dem Kühlschrank, um ein Bier herauszuholen, als es an der Tür klingelte.

Lüttich sah den jungen Mann mit dem gut trainierten gebräunten Körper in der Tür stehen und schwitzte noch mehr in seinem Tweedjackett. »Max Oldelev?«, fragte er.

»Das ist mein Bruder«, sagte Lucky, »und der ist nicht da.«

Er hatte keinen Zweifel, dass es ein Bulle war, der da vor ihm stand. Lüttich holte den Ausweis hervor und die Metallmarke. »Ich würde Ihren Bruder gern sprechen. Wann habe ich denn da Glück?«

Das Glück, Max anzutreffen. Lucky hätte beinah mit den Augen gerollt. Max war nie da, wenn man ihn brauchte. Nur in völlig unpassenden Momenten ging er durchs Bild, wie vorgestern, als Leni am Auto lehnte.

»Geht es um diese Anzeige?«, fragte Lucky.

Lüttich zögerte. Die Anzeige hatte ihn diese Spur aufnehmen lassen.

Er schüttelte den Kopf. »Nur eine Abklärung«, sagte er.

Eine Abklärung. Was war eine Abklärung?

»Bitte kommen Sie wieder, wenn Max da ist«, sagte Lucky, »oder meine Mutter. Ich kann Ihnen gar nichts dazu sagen.«

Lüttich nickte. »Ich gebe Ihnen meine Karte«, sagte er.

»Es geht um das Mädchen im Wald«, sagte Lucky aufs Geratewohl.

Lüttich sah ihn überrascht an.

»Damit hat mein Bruder sicher nichts zu tun«, sagte Lucky.

»Können Sie mir dazu was sagen?«

Die Tür hinter Lüttich öffnete sich einen Spalt. »Guten Tag, Frau Ganske«, sagte Lucky laut.

Lüttich drehte sich um, doch der Spalt verschwand gerade.

»Kommen Sie rein«, sagte Lucky. Er ließ den Kommissar in das kleine Zimmer eintreten, das seine Mutter die »Gute Stube« nannte. Viel stand nicht darin. Was sein Vater damals mitgenommen hatte, war nie ersetzt worden. Ein großes Sofa gab es, auf dem sie alle Platz fanden und wo sie dann saßen wie Hühner auf der Stange. Saßen sie nicht darauf, lagen da ein Haufen Kissen, die mit Glitzersteinchen bestickt waren. Mamas Vorstellung von Glanz.

Lucky ließ das gerade jetzt an Lenis BH denken.

Sie blieben beide vor dem hellen Eichenbuffet stehen, eines der besseren Stücke in dieser Wohnung. Gerahmte Kinderfotos standen darauf. Von Max und Mia und ihm.

»Sie sind schon achtzehn?«, fragte Lüttich.

Lucky sah gekränkt aus. »Klar«, sagte er, »ich heiße übrigens Lukas.«

»Kannten Sie das Mädchen aus dem Wald?«

»Ich weiß von ihr nur das, was in den Zeitungen stand.«

»Sie war in Ihrem Alter. Könnte doch sein, dass Sie ihr bei einer Party begegnet sind, bei einem Jugendtreff. Vielleicht irgendwo hier in der Gegend.«

»Ich hole mir schnell ein Hemd. Kommt mir komisch vor, halb nackt vor Ihnen zu stehen«, sagte Lucky und ging nach nebenan ins Schlafzimmer seiner Mutter, wo der Korb mit der gewaschenen Wäsche stand und aufs

Bügeln wartete. Er nahm ein T-Shirt vom Stapel und ging zu Lüttich zurück. Eigentlich nett, dieser Bulle.

»Sie haben das Bild von ihr in den Zeitungen gesehen?«

Lucky nickte. Er hatte es gesehen und gedacht, dass die Tote helle lange Haare hatte wie Leni, doch das würde er hier nicht kundtun.

»Ich kenne sie nicht«, sagte er.

Lüttich kramte die Karte aus seinem Jackett und gab sie Lucky.

»Ihr Bruder soll sich bei mir melden«, sagte er.

»Ich werde es ihm klarmachen«, sagte Lucky.

Er brachte Lüttich zur Tür und wartete, bis der Kommissar die erste der vier Treppen hinuntergegangen war. Als er die Tür schließen wollte, nahm er ein Geräusch aus dem dritten Stock wahr. Ein kleines Zischen, als ob es jemandem misslänge, zu pfeifen. Lucky blickte hoch und sah Max dort oben hocken und durch die Stäbe des Geländers gucken.

Max legte einen Finger auf die Lippen und stand erst auf, als unten die Haustür ins Schloss fiel.

»Bullenbesuch?«, fragte er.

»Und warum hockst du da oben?«, gab Lucky zurück.

»Ich hatte eure Stimmen gehört und keine Lust auf eine Begegnung.«

»Legst du dein Ohr an die Tür, ehe du aufschließt?«

»Das Auto vorm Haus kam mir schon verdächtig vor.«

Lucky holte die Karte, die er auf das Buffet gelegt hatte. »Er ist nett«, sagte er, »drück dich nicht davor, ihn anzurufen.«

»Geht es um diese blöde Anzeige?«

»Auch um das tote Mädchen im Wald«, sagte Lucky und sah seinen großen Bruder zusammenzucken. Es erschreckte ihn. »Du hast doch nichts damit zu tun?«

»Bist du bescheuert?« Max zog das Shirt über den Kopf,

wie es Lucky vor einer kleinen Weile getan hatte. »Willst du auch ein Bier?«, fragte er.

Max riss die Laschen zweier Büchsen Astra auf. Seine Büchse setzte er gleich an den Hals. Lucky erinnerte sich noch gut an die Zeit, in der Max nicht davon getrieben worden war, den Starken zu markieren. Er war einmal ein liebevoller großer Bruder gewesen.

»Ich muss gleich wieder weg«, sagte Max. »Will mich nur umziehen.«

»Lass uns mal reden«, sagte Lucky.

»Gern. Darüber, dass du losgebrettert bist, als ich um die Ecke bog? Hab kaum einen Blick auf die Blondine werfen können.«

Darüber, dass du ein Kotzbrocken geworden bist, dachte Lucky.

»Guck nicht so traurig, Brüderchen«, sagte Max, »keine Bange. Aus mir wird was Großes.« Er stellte die Büchse auf den Tisch und verschwand in sein Zimmer, um kurze Zeit später zurückzukommen. Er trug nun ein Hemd, doch sonst sah er aus wie vorher. Gehetzt.

»Koch doch mal für unsere Kleine«, sagte Max. »Trautes Heim. Mia vermisst sicher das Abendessen im frohen Familienkreis.«

Lucky ging ins Badezimmer, drehte den Hahn auf und ließ sich das kalte Wasser übers Gesicht laufen. Immer noch besser als Heulen.

Als er aus dem Bad kam, war Max weg. Lucky schrieb einen Zettel für Mia und legte ihn auf den Fußboden im Flur. Dann nahm er seine Autoschlüssel und verließ die Wohnung. Ein bisschen in der Gegend herumfahren. Vielleicht Theo zu einer Fahrt einladen.

Von Leni hatte er den ganzen Tag nichts gehört.

»Ihr sitzt gar nicht im Garten«, sagte Lucky. Er stand vor der Tür und Theo lehnte im Türrahmen und hörte seinen Vater von oben rufen. »Wer ist denn das um diese Zeit?«, rief sein Vater.

Es war Viertel nach neun und der Abend noch taghell. Theo hatte in der Küche gesessen und Shakespeare gelesen und an Leni gedacht. Ein Glück, dass er nur ein paar Schritte zur Haustür gehabt hatte, sein Vater hätte Lucky vielleicht abgewimmelt.

»Ich geh noch mal eine Runde mit Lucky«, rief er nach oben.

»Ich dachte eher an Fahren«, sagte Lucky.

Theo winkte ab. »Halbe Wahrheiten genügen hier«, sagte er.

Er stieg zu Lucky in den alten Ford und Lucky fuhr sanft an.

Jeder andere Start hätte nur Theos Vater aufgeschreckt.

»Lust auf Mukke?« Lucky drehte das Radio an. Die Scheiben waren runtergekurbelt. Der Fahrtwind war warm und wehte ihnen durch das Haar. Im NDR lief eine Sendung über Joe Cocker, doch das ließ sich aushalten. Lucky drehte auf volle Lautstärke.

»Ich habe die Abende an eurem Tisch immer genossen«, sagte Theo.

»Vergiss es«, sagte Lucky.

»Wenn ich mir das Trauerhaus bei uns angucke.«

»Wir lachen auch nicht mehr«, sagte Lucky.

Theo sah zu ihm hinüber. »Was ist los?«

»Du kannst getrost sein, wir haben viele Sorgen.«

»Was ist das denn für ein Satz?«, fragte Theo.

»Den hat meine Mutter gesagt, als sie mit meinem

Vater telefonierte. Es ging um Max und die Anzeige, die gegen ihn läuft.«

»Er hat die Frau doch gar nicht vergewaltigt. Oder? Hast du nicht gesagt, das sei ein Racheakt von der gewesen?«

Lucky seufzte. »Ich weiß es nicht«, sagte er. »Max hat sich so verändert, dass ich ihm allmählich alles zutraue.«

Theo beugte sich zum Radio vor und stellte den Ton leiser. »Erinnerst du dich daran, wie er mich aus dem Tümpel gezogen hat?«, fragte er. »Fünf war ich und du sechs und Max auch erst neun. Ich hatte eine Panik, nie mehr aus diesem Tümpel zu kommen und tiefer und tiefer zu versinken, und Max hat auf mich beruhigend eingeredet wie auf ein krankes Schaf. Meine Mutter weiß heute noch nicht, wo mein zweiter Gummistiefel geblieben ist. Hab mich nie getraut, das zu beichten.«

»Hast du Lust, nach Kayhude zu fahren? Da soll ein guter Laden sein.«

»Was für ein Laden?« Theo guckte zu Lucky und sah, dass der Tränen in den Augen hatte. Stand es so schlimm um Max?

»Essen. Trinken. Ein Lokal eben.«

»Stimmung, Stoff und geile Typen«, sagte Theo.

»Verarsch mich nicht«, sagte Lucky, »das Ding ist nur, dass ich keine Ahnung habe, wie der Laden heißt.«

»Von wem kommt denn der Tipp?«, fragte Theo.

»Von Leni«, sagte Lucky. »Der Alte Heidkrug ist es jedenfalls nicht.«

»Wenn ich um halb elf nicht zu Hause bin, kriegen meine Eltern die Krise«, sagte Theo.

»Gleich ist schon halb zehn«, sagte Lucky. »Lass es drauf ankommen.«

Lenis Nacht

Ihr Vater war in den Jaguar gestiegen und losgefahren, und Leni hatte den Lichtschalter für die Gartenbeleuchtung betätigt und die weißen Rosenstöcke angestrahlt, den Oleander und den Lavendel.

Kaum dass sie eingezogen waren im vergangenen März, hatte ihr Vater einen Landschaftsarchitekten engagiert und die Losung »Provence« ausgegeben. Hatte er gehofft, Maman herzulocken?

Die saß seit gut einem Jahr in Gassin, einem Dorf im Süden Frankreichs. Da gab es ohne Ende Oleander und Lavendel und gleich noch Pinien und Zypressen dazu. Die tat keinen Fuß freiwillig in die norddeutsche Tiefebene, nur weil Paps auf Tannen und Heidekraut verzichtete und zwischen die Rosen Thymian setzen ließ.

»Die«, sagte Leni laut. Viel zu leer im Haus. »Die«, schrie Leni.

Hasste sie ihre Mutter, weil sie Leni im Stich gelassen hatte?

Nein, dachte Leni. Sie hatte die Liebe zu Maman nur in eine Kapsel getan, eine hart ummantelte Kapsel, und in ihrem Herzen verborgen.

Hätte sie doch zugestimmt, dass Frau Hansen heute Abend geblieben wäre. Die Haushälterin hatte es ihr angeboten.

»Nett von Ihnen«, hatte Leni gesagt. »Doch ich bin schon groß.«

Leni ging zu der Anlage im Terrassenzimmer. Sie guckte nicht nach, was im CD-Fach lag, sondern drückte einfach auf Wiederholung. Sie hatte jetzt nichts gegen einen leichten Jazz, wie ihr Vater ihn hörte. Geräusche in den Ohren klingen lassen, die sie ablenkten von dem großen leeren Haus. Sie trat an das Sideboard, das als Bar diente, und setzte die Flasche Campari an den Hals. Klebrig und bitter, der Campari, wenn man ihn pur trank und nicht mit Soda oder Orangensaft. Trotzdem nahm sie noch einen tiefen Schluck. Schadete nicht, leicht angeschickert zu sein.

»The Boy from Ipanema«, sang Diana Krall.

Das Telefon lag auf der kleinen Empire Kommode, daneben die Liste für Notfälle, die ihr Vater geschrieben hatte. »Handy Paps« stand obenauf, gefolgt von Frau Hansens Nummer und der von Polizei und Feuerwehr und dem ärztlichen Notdienst. Die letzte Nummer auf der Liste war die eines Taxiunternehmens. Diese Ziffern gab Leni ein.

Sie bestellte das Taxi und lief zum großen Spiegel in der Diele. Doch. Ging gut. Die verwuschelten Haare sahen sogar sexy aus. Leni leckte sich über die Lippen und legte den Kopf in den Nacken.

Sie würde Paps nicht anrufen. Vielleicht war sie früher wieder zu Hause als er. Seine späten Sitzungen dauerten ewig.

Diana Krall stimmte »Quiet Nights« an.

Leni hörte schon den Diesel des Taxis, als sie entschied, doch noch die Jacke von Petit Bateau mitzunehmen, die ihre Mutter ihr vor Ewigkeiten geschenkt hatte. Das pastellfarbene Baumwollteil war eine Art Talisman geworden. Einen Moment lang dachte Leni an das tote Mädchen und daran, dass es keine erstklassige Idee war, allein in die Nacht zu fahren, ohne dass es weder Paps noch sonstwer wusste. Doch sie ging ja nicht in den Wald, nur ins Lichtgrün hinter der Stadtgrenze.

Sie ließ die Lampen an und auch Diana Krall singen.

Als sei das eine kleine Sicherheit.

Die Tür zog sie hinter sich zu und schloss nicht ab.

»Lichtgrün«, sagte Lucky, »komischer Name für ein Lokal.«

»Ist das denn der Laden, in den du willst?«, fragte Theo.

»Ich sehe kein anderes, das infrage kommt«, sagte Lucky und ließ das Auto mit zwanzig Stundenkilometern über die Straße kriechen, um dann doch zu der hellgrünen Leuchtschrift zurückzukehren.

»Lichtes Grün statt dunkler Wald«, sagte Theo.

Lucky verzog das Gesicht. Er hatte sich das anders vorgestellt. Nicht ein solches Gesuche zwischen griechischen Lokalen und Frittenbuden.

»Die scheinen einen Garten nach hinten raus zu haben«, sagte Theo.

Lucky hielt an und stellte den Motor aus.

Hohe Fenster. Was im gedämpften Licht dahinter zu sehen war, ließ auf eine eher karge Ausstattung schließen. Ohne jeden Tand. Ganz unüblich für eine Kneipe auf dem Lande. Nur zwei Leute saßen am Tresen.

»Wollen wir es uns ansehen?«, fragte Lucky.

Theo hob die Schultern. Er wäre gerne weitergefahren. »Dafür sind wir ja hier«, sagte er.

Hinter dem Haus war das Leben lauter. Lachen. Stimmen. Eine Schar von Leuten, die hinter einer Weißdornhecke saßen, die weiß blühte und den Garten umschloss.

Der Zugang war wohl nur über die Kneipe möglich. Theo und Lucky traten ein.

Die jungen Männer am Tresen drehten sich kurz nach ihnen um.

Einer von ihnen kam Lucky bekannt vor. Vielleicht ein Kumpel von Max.

Theo ging zwei Schritte hinter ihm her, als Lucky die Tür zum Garten aufstieß. Dieser Laden war tatsächlich total schmucklos. Gekalkte Wände, schwarze Balken an der Decke. Ein Steinboden. Schlichte Tische und Stühle aus dunklem Holz.

Im Garten saßen etwa zwanzig Leute an einem langen alten Holztisch, auf dem Windlichter standen. Teelichter in Weckgläsern, die einzige Lichtquelle im Garten. Es war nun doch schon dunkel.

Theo hörte ein Flügelschlagen im Wasser, das kleine Wellen in Gang setzte. Die Alster musste ganz nah sein. Enten. Blesshühner. Vielleicht war das hier ein ehemaliges Schleusenhaus.

Eine Frau stand vom Tisch auf. Auch in dem schwachen Licht sah Theo, dass ihr Haar hellrot war. »Setzt euch«, sagte die Frau, »was wollt ihr trinken? Zu essen habe ich nichts mehr.«

Theo fing Luckys Blick auf. Lucky schien noch irritierter zu sein von der Szenerie als er. Ein Tipp von Leni? Da hatte er etwas anderes erwartet.

»Wein«, sagte Theo, »ich nehme ein Glas Weißwein.« Auf dem Tisch standen Weingläser und leere und halb volle Glaskrüge. Ein paar Leute sahen auf. »Astra«, sagte Lucky, »wenn es das hier gibt.«

Die Frau lachte. Sie ging ins Haus und kehrte mit einem Weinglas und einer geöffneten Flasche Astra Urtyp zurück. Das Glas füllte sie mit Wein aus einem der Krüge. Sie zeigte auf zwei freie Stühle am oberen Ende des Tisches und stellte Glas und Bierflasche dorthin. Lucky und Theo setzten sich und versuchten, keine Verlegenheit zu zeigen.

Theo sah sich um und erkannte die Tochter einer Nachbarin. Tanja war vier Jahre älter als er. Sie hatten kaum was miteinander zu tun gehabt. Doch sie hob die Augenbrauen, als sie ihn sah. Lucky stieß ihn an. »Da drüben sitzt der Typ, der jetzt in der Kirche orgelt«, flüsterte er, »der leitet den Chor, in dem deine Ma singt.«

»Woher kennst du den?«, fragte Theo.

»Er lässt sein Auto bei uns in der Werkstatt reparieren. Die Chefin steht total auf ihn.«

»Ist ja die reinste Kontaktbörse bei euch. Kennst du Leni daher?«

Lucky nickte. »Klar«, sagte er. »Die Chefin will übrigens auch im Kirchenchor singen. Laut genug ist sie.«

Eine Autotür wurde jenseits der Weißdornhecke zugeschlagen.

»Und dahinten sitzt ein Verflossener meiner Mutter«, sagte Lucky, »sie hat ihn vor die Tür gesetzt, nachdem er Mia den Po getätschelt hat.«

Theo kam nicht dazu, den verflossenen Liebhaber von Luckys Mutter näher in Augenschein zu nehmen. Er wurde abgelenkt von einer Gestalt, die in der Tür zum Garten stand. Theo kniff die Augen zusammen, obwohl es doch eher dunkel war und die Farben weich. Er tat es, weil die Erinnerung an das allzu helle Haar ihn überfiel.

»Da steht Leni«, sagte er.

Das Herz fing an, ihm wieder aus dem Takt zu geraten.

Leni hatte sich ganz selbstverständlich nach vorne gesetzt, Theo konnte nur noch auf den hinteren Sitzen von Luckys altem Ford Platz nehmen.

»Ihr könnt mitkommen«, sagte Leni und klickte die Nachricht auf ihrem Handy weg, »mein Vater schreibt, er schafft es nicht vor ein Uhr.«

»Geht klar«, sagte Lucky. Er hatte zu seiner alten Lässigkeit gefunden.

Theo stellte sich vor, dass seine Eltern schon eine Vermisstenanzeige bei der Polizei aufgegeben hatten. Doch er schwieg. Er konnte jetzt nicht das Kleinkind geben, sonst war er aus dem Spiel.

Lucky warf ihm im Rückspiegel einen Blick zu. »Ruf doch an«, sagte er.

»Ich hab gar kein Handy dabei«, sagte Theo.

»Nimm meines«, sagte Leni und hielt ihm das iPhone hin.

Theo schüttelte den Kopf. Er wollte gar nicht wissen, was sein Vater ihm zu sagen hatte. Und irgendwann musste auch Ma verstehen, dass er nicht länger zu bevormunden war.

Lucky und Theo wurden still, als sie das große Haus betraten. Leni nahm Diana Krall aus dem CD-Fach und legte Taio Cruz ein.

»Break your heart«, sang Taio Cruz.

»Ihr habt einen Haufen Geld«, sagte Lucky.

Leni hob die Schultern. »Ist doch egal«, sagte sie.

Theo dachte, dass er sich das hätte denken können. Ein Haus am Geldhügel, wie dieser Hang genannt wurde, der erst vor ein paar Jahren bebaut worden war. Keine Spießerhütte, wie seine Eltern sie besaßen.

Leni war eine Prinzessin und Lucky und er das Volk.

»Warum seid ihr hierhergezogen?«, fragte Theo.

»Hast du was dagegen?« Lucky klang auf einmal gereizt.

»Paps wollte was Neues. Nachdem meine Mutter abgehauen war.«

Theo dachte, dass er nicht an den Stadtrand zöge, wenn er was Neues wollte. Doch vielleicht hatte Lenis Vater die Langeweile gesucht.

»Deine Mutter ist abgehauen?«, fragte Lucky. »Mein Vater auch.«

Leni lächelte. »Dann haben wir was gemeinsam«, sagte sie.

Lucky schien das glücklich zu machen.

Theo stellte sich an die Terrassentür und sah auf den beleuchteten Garten, die weißen Rosen, den Oleander und Lavendel. Er kam nicht auf die Idee, Leni zu bitten, die Tür aufzuschließen, damit er den Garten erkunden und das Geschmuse ignorieren könnte, zu dem Leni und Lucky nahtlos übergegangen waren.

Kurz vor Mitternacht brach er auf, um zu Fuß nach Hause zu gehen.

Weder Leni noch Lucky hielten ihn zurück.

Eiszeit

Theo hatte vieles versucht, um seine Mutter zu versöhnen. Seinem Vater ging er aus dem Wege. Um Viertel nach zwölf war er zu Hause gewesen in jener Nacht, alle Lichter waren gelöscht im Haus, er hatte gehofft, sich nach oben schleichen zu können.

Doch seine Eltern hatten im Dunkeln gesessen und auf ihn gewartet.

Theo entschuldigte sich nicht. Er hatte nur ein bisschen gelebt, wie alle es taten. Obendrein Leni an Lucky verloren.

»Hast du mir nichts zu sagen?«, fragte sein Vater.

Nein. Theo hatte nichts zu sagen. Dass ihm das Herz in Lenis Nähe klopfte, hätte er nie preisgegeben. Das war seine ganz persönliche Qual.

Am Morgen danach war sein Vater schon weg gewesen. Ma hatte ihm das Frühstück hingestellt und geschwiegen, Theo das Müsli gelöffelt.

»Tut mir leid, dass du dir Sorgen gemacht hast«, hatte er schließlich gesagt, »doch ich will nicht länger bevormundet werden.«

»Nenn es behütet«, hatte Ma gesagt, »nicht bevormundet.«

»Ich komme einmal spät nach Hause und ihr veranstaltet das Jüngste Gericht. Andere kommen dauernd spät, ohne dass ihnen die Eltern mit finsteren Gesichtern auflauern.«

»Andere interessieren mich nicht, Theo. Du bist noch keine achtzehn.«

Sie hatte geklungen, als schlucke sie schwer an Tränen.

Geburtstag hatte er erst im Dezember. Noch sechs Monate. Doch er zweifelte kaum daran, dass ihm auch dann nicht die große Freiheit winkte. Nicht solange er mit Ma und Pa lebte.

Am Freitag war Ma nicht da gewesen, als Theo aus der Schule kam.

Kein Zettel auf dem Küchentisch, doch ein Teller mit Schinkenbroten.

Er erinnerte sich, dass sie am Morgen von einer zusätzlichen Chorprobe in der Kirche gesprochen hatte. Ein weiteres Lied wurde einstudiert.

Zum Gedenken an das tote Mädchen. Irgendwas Trauriges von Bach.

Kaum zu fassen, dass der Fund der Leiche erst vier Tage her war. Es kam ihm endlos viel länger vor.

Theo nahm den Teller und ging durch das Wohnzimmer in den kleinen Garten hinaus. Wenigstens stand da schon einer von den Stühlen aus Schmiedeeisen. Steinschwer. Wahrscheinlich hatte Ma sich damit abgeschleppt, um die Saison endlich anfangen zu lassen.

Er aß die Schinkenbrote und sah sich den vernachlässigten Garten an.

Als er ein kleiner Junge war, hatte es eine Sandkiste gegeben. Seine Mutter und er hatten Förmchen mit Sand gefüllt und Kuchen gebacken.

»Er ist kein Mädchen, Gesa«, hatte sein Vater dann gesagt, und Ma war aufgestanden und hatte sich den Sand vom Kleid geklopft.

Theo kaute den letzten Bissen Brot und dachte, dass er mal mit Ma sprechen musste, damit sie aufhörte, Angst um ihn zu haben. Ihr war wohl gar nicht klar, wie sehr sie ihn damit belastete.

Und Lucky sollte er sich auch vorknöpfen.

Von ihm hatte er seit Mittwochnacht nichts gehört.

Keine von Luckys Frauen hatte ihn und Lucky bislang trennen können.

Doch keine war wie Leni gewesen.

Theo saß in der letzten Bank. Die Kirche füllte sich. Seine Mutter hatte sich geirrt. Sie saßen nicht alle in ihren Gärten. Vielleicht wollten sie so ihre Anteilnahme zeigen an dem, was am Anfang der Woche im Wald geschehen war.

Ma trug keine lila Bluse. Doch sie war hübsch in dem weißen langarmigen Shirt und dem schwarzen engen Rock.

Alle Sänger hatten weiße Oberteile an und dunkle Röcke und Hosen. Sie standen im Altarraum und lauschten den Anweisungen eines Mannes im Anzug. Der Chorleiter vermutlich.

Lucky hatte auf ihn aufmerksam gemacht im Garten des Lichtgrün. Doch Theo erinnerte sich nicht an den Mann. Nur das Gesicht von Tanja war ihm noch im Gedächtnis, wie sie die Brauen hochzog, wohl erstaunt, ihn zu sehen. Doch Tanja hatte in Theos Nähe gesessen.

Sein Vater saß vorne in der ersten Reihe, auch er im Anzug, um das Ereignis zu würdigen, dabei hatte er in den vergangenen Tagen wenig wohlwollende Worte über den Chorauftritt gefunden. Heute Morgen hatte es noch einen Wortwechsel in der Küche gegeben. »Du bist ja eifersüchtig«, hörte er seine Mutter sagen, als er noch auf der Treppe war, doch Ma und Pa waren verstummt, als er eintrat.

Eifersüchtig auf den Chor? Pa pflegte keine Hobbys. Höchstens dass er was Historisches las. Neunzehntes Jahrhundert. Kaiserreich. Bismarck.

Lucky schob sich neben ihn auf die Kirchenbank.

»Was tust du denn hier?«, flüsterte Theo, obwohl die Gespräche in der Kirche noch nicht verstummt waren und weitere Besucher kamen.

»Dachte, dass ich dich hier treffe«, sagte Lucky, »tut mir echt leid mit Mittwochnacht. War nicht so vorgesehen.«

Nein. Lucky hatte nicht vorgehabt, Leni zu treffen. Oder?

»Da vorne sitzt die Chefin«, sagte Lucky. »Die schmeißt sich ran.«

Theo folgte Luckys Blick, doch auch die Dame mit der Hochfrisur sagte ihm nichts. Das Türkis ihres Kleides tat ihm in den Augen weh.

»Und da ist der alte Henze«, sagte Lucky. Sie sahen ihn an der Hand seiner Frau nach vorne gehen. Kleine Schritte. Schlurfend. Wie war Henze bis Frankfurt gekommen?

»Ich lebe genauso lange hier wie du«, sagte Theo, »doch ich kenne kaum die Hälfte der Leute, die du kennst.«

Lucky grinste. »Ich bin dir erstens ein gutes Jahr voraus und zweitens viel aufgeschlossener als du«, sagte er. »Die Herzen fliegen mir zu.«

Theo lächelte. Doch es tat weh. Wenigstens war Leni nicht in der Kirche, sonst könnte er Lenis Herz zu Lucky fliegen sehen.

Der Pastor, der ihn konfirmiert hatte, ging zum Lesepult, fing an, von der Toten im Wald zu sprechen, und verknüpfte das im Nu mit dem Titel des Chornachmittags. »Du meine Seele, singe.« Viel zu singen hatte es da im Wald wohl nicht mehr gegeben. Wie das wohl war, erwürgt zu werden, dachte Theo. Da setzten die Stimmen des Chors ein.

»Du meine Seele singe, wohlauf und singe schön.«

Ma stand in der zweiten Reihe der Sänger und sie sah leuchtender aus als sonst. Das hier schien ihr wirklich was zu bedeuten.

Der Chorleiter drehte sich ihnen zu und kündigte das nächste Lied an. Aus dem Pflanzenbuch Gottes würden sie singen, sagte er. Du liebe Güte. Pflanzen des Waldes. Auf Waldveilchen gebettet sei die Tote gewesen, hatten die Zeitungen geschrieben.

Theo erinnerte sich nicht, schon einmal Waldveilchen gesehen zu haben, vielleicht fehlte ihm das Auge dafür. »Narzissus und die Tulipan, die ziehen sich viel schöner an als Salomonis Seiden«, sang der Chor.

Doch es war ja noch etwas Leidvolles eingeübt worden.

Lucky döste neben ihm. Vielleicht hatte er wenig Schlaf gehabt. Theo stupste ihn an. Doch auch er war wohl etwas weggetreten gewesen, denn auf einmal stand der Pastor wieder am Lesepult und dankte dem Chor und dessen Leiter und sagte das Lied von Johann Sebastian Bach an. »Seufzer, Tränen, Kummer, Not.«

Vor der Kirchentür empfing sie ein warmer Sommerabend.

»Gehst du noch mit zu Sigi?«, fragte Lucky.

»Was meintest du eigentlich mit den Kleinkindern?«, fragte Theo.

Lucky hatte keine Ahnung, wovon er sprach.

»Als Leni am Dienstag ins Tre Castagne kam«, fing Theo an.

»Ach das. War ein Spruch von Leni. Sie kann eine Zicke sein.«

Theo nickte. Er dachte an das Lokal auf dem Lande. Irgendwas war seltsam am Lichtgrün gewesen.

Sie setzten sich an einen Tisch, der noch voll in der Sonne stand. Nach der kühlen Kirche tat das gut. Lucky sah aus, als ob er gleich wieder einnicken wollte. Es gelang ihm gerade noch, das Bier zu bestellen. »Lange Nächte mit Leni?« Theo hatte sich das leider nicht verkneifen können. Doch Lucky schien unbeeindruckt.

»Lange Nächte mit meiner Mutter«, sagte er. »Max ist seit Mittwoch nicht zu Hause gewesen, und sie verbringt die Nächte am Küchentisch und guckt sich Fotoalben von ihm an, als ob er gestorben wäre. Sie sucht wohl nach Hinweisen, ab wann es schiefgelaufen ist.«

»Und du wachst mit ihr?«, fragte Theo.

»Sie tut mir leid. Viel hat sie nicht falsch gemacht. Nur dass ihr der Alte abgehauen ist. Ich denke, Max nimmt ihr das übel.«

»Hast du eine Ahnung, wo Max ist?«, fragte Theo.

»Auf dem Kiez«, sagte Lucky, »da pennt er bei einem Kumpel.«

»Wenn du weißt, wo, dann geh hin und hol ihn.«

»Du spinnst«, sagte Lucky. Er war wieder wach geworden.

»Ich gehe mit dir hin«, sagte Theo.

Lucky schlug ihm auf die Schulter. »Du bist ein echter Freund«, sagte er, »doch ich denke nicht im Traum daran.«

»Tu es für deine Mutter«, sagte Theo. Er wusste nicht, warum ihm auf einmal viel daran lag, Max aufzuspüren.

»Nein«, sagte Lucky, und diesmal schlug er mit der Hand auf den Tisch.

Ein Hund fing an zu bellen.

»Sei still, Troll«, sagte der Mann am Nebentisch. Ein

Hund mit rötlichem Fell kam unter dem Tisch hervor und wedelte.

Lucky streckte die Hand aus und streichelte diesen freundlichen Hund.

Er strahlte dabei, wie nur Lucky es konnte, und Trolls Herz flog ihm zu.

Theos Vater saß im Garten und nicht vor dem Fernseher. Die beiden anderen Stühle und auch der Tisch standen auf der kleinen Terrasse und auf dem Tisch standen ein Glas und eine Flasche Bier.

»Hol dir auch eines und setz dich«, sagte er. Ende der Eiszeit?

Theo hatte nicht vorgehabt, ein zweites Bier zu trinken. Doch er kehrte in die Küche zurück und holte ein Holsten aus dem Kühlschrank. Ma war wohl nicht zu Hause. Auf dem Tresen standen zwei leere Flaschen. Auch sein Vater schien nicht das erste Bier im Glas zu haben.

»Wo ist Ma?«, fragte er, als er auf die Terrasse zurückkam.

»Kleine Feier. Der Chor ist zum Griechen gegangen.«

»Da hättest du doch sicher mitgehen können«, sagte Theo.

Sein Vater schüttelte den Kopf. »Ich mag keine griechische Küche«, sagte er, »alles viel zu fett.«

Theo ahnte, dass er dem Frieden nicht trauen durfte. Pa war alles andere als guter Stimmung. »Mas Auftritt hat mir gut gefallen«, sagte er, »sie wirkte ganz aufgeblüht.«

Sein Vater schwieg dazu. Theo fiel ein, was Ma heute Morgen in der Küche gesagt hatte: »Du bist ja eifersüchtig.« War es das?

»Was hast du vor mit deinem Leben?«, fragte sein Vater unvermittelt.

Theo schluckte. Das hatte er nicht erwartet. »Studieren, Pa«, sagte er, »Geschichte.« Das kam besser an als Philosophie. Bei all dem Bismarck, mit dem sein Vater sich beschäftigte.

»Du könntest Karriere in der Verwaltung machen. Bei uns suchen sie junge Leute mit Abitur.«

»Bist du denn glücklich in der Verwaltung?«, fragte Theo. Er hatte nicht vorgehabt, das zu sagen. Kleine Bombe, die er da platzen ließ.

»Glück ist kein Kriterium«, sagte sein Vater.

»Das sehe ich anders«, sagte Theo.

Sein Vater sah ihn verwundert an. »Mich hat noch nie jemand gefragt, ob ich glücklich bin«, sagte er. »Es geht doch nur um Funktionieren.«

»Nein, Pa. Das glaube ich nicht.« Theo sah seinen Vater an, der sehr traurig aussah in diesem Augenblick. Beinah verzweifelt.

Theo hatte auf einmal das Gefühl, ihn lieb zu haben. Viel lieber als bisher angenommen.

»Hol uns noch ein Bier, Junge«, sagte sein Vater.

Seine Mutter kam spät nach Hause. Theo lag schon im Bett. Er hatte erwartet, laute Stimmen zu hören, einen Streit. Doch es blieb still.

Sarah

Sarah wurde in einem weißen Sarg beerdigt, wie man ihn für Kinder wählt. Ihre Mitschüler hatten Levkojen gebracht und Bartnelken, die Blumen des Junis. Ihre Lehrerin hielt Wicken in den Händen. Wicken seien wie Schmetterlinge, sagte die Lehrerin.

Schmetterlinge waren kurzlebige Wesen. Sie huschten vorbei.

Vielleicht fand die Lehrerin diesen Vergleich passend.

Sarahs Eltern standen zu sehr unter Beruhigungsmitteln, um zu weinen und zu schreien. Sie sahen nur entsetzlich gequält aus.

Von Sarahs Mörder gab es keine Spur.

Lüttich hatte keine Blume in der Hand gehabt. Er stand dort in seinem leichten Anzug, der völlig unpassend für eine Beerdigung war. Lüttich staunte, dass das gute Wetter hielt.

Es gab DNA-Spuren, doch sie führten nirgendwohin.

Diese Leute hier sahen alle unverdächtig aus.

Was hätte sie verdächtig machen können? Ein Zittern in den Händen, als sie die Schaufel mit der Erde hielten? Alle hatten gezittert.

Er stieg in sein Auto und verließ den Friedhof Finkenriek im südlichen Hamburg, um an das andere Ende der Stadt zu fahren und einen Mann zu treffen, der beinahe seine Frau getötet hätte.

Spuren

Auf der alten Landstraße, dort wo der Wirtschaftsweg in den Wald führte, standen die blausilbernen Wagen der Polizei. Sie durchkämmten noch einmal den Wald. Trupp für Trupp gingen sie durch den Wacholder und die Waldveilchen. Schritt für Schritt an den Farnen vorbei.

Morgen würde die Sperrung des Waldstückes aufgehoben werden.

Einer der Polizisten bückte sich, wo seine Kollegen sich schon oft gebückt hatten. War es erst jetzt dahingeweht worden, dieses Haar, das in einer der ersten stacheligen Früchte des Waldmeisters hing?

Kein helles Haar wie das von Sarah. Nicht rötlich wie das Fell von Troll.

Dunkel, dieses Haar. Im Labor würden sie bald feststellen, dass es das Haar eines Mannes war.

Lüttich stellte den Motor aus und betrachtete das Haus. Eines dieser Giebelhäuser, die in den Fünfzigerjahren gebaut worden waren. Kein Rotklinker, wie in Hamburg üblich, sondern rau verputzt in einem Grau, das schmutzig aussah. Eine ganze Siedlung von Giebeldächern.

Die weiter vorne zum Wald hin lagen, sahen noch

wohlhabend aus, doch hier hinten wirkten sie beinah heruntergekommen.

Eine Gardine bewegte sich an einem Fenster im Erdgeschoss.

Seine Ankunft war bemerkt worden. Lüttich hatte sich angemeldet bei den beiden, die vor vier Jahren in einen so heftigen ehelichen Streit geraten waren, dass der Mann nicht aufhörte, mit seinen Daumen auf den Hals der Frau zu drücken.

Damals hatten sie noch nicht in dieser Straße gelebt, sondern im angrenzenden Stadtteil. Doch das hier sah nicht nach einem gelungenen Neuanfang aus. Der kleine Vorgarten war verwahrlost, leere Bierkästen standen an der Hausmauer. Auf dem Stück Wiese lag Müll.

»Wir haben nichts damit zu tun«, sagte die Frau, kaum dass sie die Tür geöffnet hatte. »Mein Mann war die ganze Zeit hier.«

»Welche ganze Zeit?«, fragte Lüttich.

»Na, der Montag, an dem das Mädchen gefunden worden ist.«

Nein. Lüttich glaubte auch nicht, dass der Mann, der sich nun hinter den Rücken seiner Frau schlich, mit der Toten im Wald zu tun hatte. Auch wenn Sarahs Todeszeit, auf die sich der Rechtsmediziner festlegte, der Sonntagabend gewesen war.

Das hier war eine ganz andere Geschichte.

»Sie ist am Sonntagabend getötet worden«, sagte Lüttich.

»Ich war die ganze Zeit hier«, sagte der Mann.

»Dass Sie einen für immer auf dem Kieker haben, nur weil mal was passiert ist«, sagte die Frau.

»Immerhin waren Sie das Opfer damals«, sagte Lüttich. »Wer kann noch bestätigen, dass Ihr Mann am Sonntagabend hier war?«

Der Mann senkte den Kopf. »Sie müssen uns schon glauben«, sagte er und sah seine Frau an, als warte er, ob es nun Lob oder einen Tritt gäbe.

Die Unterwürfigkeit dieses Mannes tat weh. Eigentlich kein Wunder, dass er ihr an den Hals gegangen war, dachte Lüttich. Doch vielleicht büßte er jetzt dafür. Seine Frau war damals vor vier Jahren schon blau angelaufen gewesen, als die Nachbarin dazukam.

»Ich war das im Wald wirklich nicht«, sagte der Mann leise.

Lüttich glaubte ihm. Er verabschiedete sich und ließ das Auto stehen, um ein paar Schritte zu gehen, die sorgenvollen Blicke der beiden im Rücken. Wandte sich nicht Richtung Wald, sondern nach links. Läden gab es kaum. Eine Versicherungsagentur war in einem der Häuser untergebracht, ein Zeitungsladen, der auch Lotto Toto anbot.

Erst am Ende der Straße sah es idyllischer aus. Kastanienbäume. Ein Lokal, vor dem Tische und Stühle standen. Hinter den Bäumen war der Kirchturm zu sehen. Da war wohl das Zentrum des Ortes.

Lüttich setzte sich an einen Tisch und las den Schriftzug Tre Castagne über der Tür, die offen stand. Er war der einzige Gast, anscheinend war halb drei am Mittag eine tote Zeit. Es sah eher nach einem Eiscafé aus als nach einem Speiselokal. Doch als er nach der Karte griff, stellte er fest, dass es Pizza gab und Sandwiches.

»Wollen Sie etwas essen, Kommissar?«, fragte Sigi, der an den Tisch gekommen war. Wenigstens sagte er nicht »Commissario«.

Lüttich blickte überrascht auf und betrachtete den Mann mit den schwarz gefärbten Haaren. Woher wussten Wirte immer alles?

Lüttich entschied sich für ein Sandwich mit Tomaten

und Basilikum und ein Wasser. »Bin ich schon so bekannt hier?«, fragte er.

»Das sieht man doch sofort, wenn einer von der Kripo ist.« Sigi lachte, doch es klang nicht sehr froh. »Sie haben den Mörder von Kati gefasst«, fügte er hinzu. »Ist einige Jahre her. Ich gehörte zu Katis Freundeskreis und Sie haben damals auch mit mir gesprochen.«

»Kati Lindner«, sagte Lüttich, »die junge Frau, die in einem Abbruchhaus in Barmbek gefunden wurde.« Erwürgt, dachte er. Doch er sprach es nicht aus. Sah sich den Mann genauer an, der vor ihm stand.

Acht Jahre war der Mordfall Lindner her. Der Wirt mochte jetzt in den Dreißigern sein. »Wurden Sie damals nicht der Ire genannt?«, fragte er.

Sigi nickte. »Weil ich auf irische Musik stand«, sagte er.

»Und rote Haare hatten«, sagte Lüttich.

»Nun habe ich schwarze«, sagte Sigi, »seit dieses Lokal Tre Castagne heißt. Eine Geschäftsidee. Früher hieß es Sigis Kaffeestube.«

»Waren Sie vor acht Jahren schon Wirt?«

»Damals hatte ich gerade mein Studium abgebrochen«, sagte Sigi.

Er begrüßte zwei Frauen, die sich am Nebentisch niederließen, schwere Einkaufstaschen auf den Stühlen platzierend. Sie bestellten Cappuccino und Sigi ging nach drinnen. Lüttich lauschte dem Gespräch am Tisch nebenan, es ging um Sonderangebote, nicht um eine Tote im Wald.

Der Wirt brachte das Wasser, die zwei Tassen Cappuccino und ein sehr rasch zubereitetes Sandwich. Doch es schmeckte gut.

Im Präsidium würde Lüttich sich die Akte Kati Lindner kommen lassen.

Er ging ins Lokal, um zu bezahlen.

»Sie haben sicher viele junge Gäste«, sagte er.

»Ja«, sagte Sigi, »doch das Mädchen aus der Zeitung war nie hier.«

»Vielleicht kommt Ihnen doch mal was zu Ohren, das für mich interessant sein könnte«, sagte Lüttich und legte seine Karte hin.

Als er aufbrach, sah er ein Mädchen, das sich an einen der Tische unter den Kastanien setzte. Sie war auffallend schön, und ihr Haar war so hell und leuchtend, wie das von Sarah gewesen war.

Lüttich zögerte. Sollte er sie ansprechen und fragen, ob sie Sarah gekannt hatte? Ob sie Angst habe, das nächste Opfer zu sein?

Wenn er nur eine Sekunde lang glaubte, dass helle Haare ein Tatmotiv waren, dann wäre es seine verdammte Pflicht, zu ihr zu gehen. Um ihr vorzuschlagen, die Haare zu färben? Nicht mit fremden Männern in den Wald zu gehen?

Lüttich verließ das Tre Castagne und ging zum Auto zurück. Der einstige Würger war gerade dabei, die leeren Bierkästen an den Straßenrand zu tragen. Ein älterer Opel hielt neben ihm und er öffnete den Kofferraum. Die Frau saß am Steuer.

Lüttich nickte den beiden zu und stieg in sein Auto.

Im Rückspiegel sah er, dass der Mann noch dastand und ihm nachsah.

Als er Alsterdorf erreichte und zum Präsidium einbog, wurde Lüttich klar, dass es ein Fehler gewesen war, das Mädchen mit den hellen Haaren nicht anzusprechen.

Max

Lucky hatte sich diesen Montagabend vorgenommen, um nach Max zu gucken. Seine Mutter hatte heute wieder einmal die späte Schicht, seine Schwester wollte bei einer Freundin übernachten, keinem fiele auf, wenn Lucky nach Feierabend nicht aus der Werkstatt nach Hause kam.

Er fuhr ein Stück die alte Landstraße entlang, die wieder freigegeben war. Ein einziger silberblauer Streifenwagen stand noch da und kündete davon, dass in diesem Waldstück vor einer Woche eine Tote gefunden worden war. Lucky war kein Philosoph, doch irgendwas kam ihm in den Sinn vom Menschen, der wie Gras war und dem Wind, der darübergeht und alles verweht. Vielleicht hatte seine Mutter davon gesprochen, die hatte in letzter Zeit solche Anwandlungen.

Max war eher ein Unkraut. Theos Erinnerung an ihn kam Lucky in den Sinn. Vom Tümpel, in dem der fünfjährige Theo zu versinken drohte, und von Max, der nicht aufgab, der ihn da rauszog und tröstete.

Auf der Bramfelder Chaussee geriet Lucky in einen Stau, der sich bis Barmbek aufbaute, und er fragte sich, ob diese Fahrt wirklich eine gute Idee war. Die Wahrscheinlichkeit, dass Max dort auf St. Pauli brav in seiner Klitsche saß, bis sein Brüderchen auftauchte, war an einem schönen Frühsommerabend noch geringer als sonst.

Er hätte mit Leni ins Lichtgrün gehen sollen. Auch ein Lokal verdiente einen zweiten Versuch und bei Leni musste man am Ball bleiben.

Es war schon halb sieben, als er von der Reeperbahn in die Hein-Hoyer-Straße abbog und einen einigermaßen vertretbaren Parkplatz fand. Er ging in die Seilerstraße hinein und steuerte auf einen fünfstöckigen Altbau zu, der schon bessere Tage gesehen hatte. Ganz oben unterm Dach wohnte der Kumpel von Max. Lucky war hier nicht zum ersten Mal. Sein damaliger Besuch hatte einer Art Party gegolten, in der ohne Ende gekifft worden war und es ihm nicht gelang, ein einziges Bier aufzutun. Er hatte sich bald verdrückt und erst einmal ein Astra und eine Currywurst an der nächsten Bude zu sich genommen.

Die Haustür war nur angelehnt, um nicht zu sagen, sie hing gerade noch in den Angeln. Lucky stieg die steilen Stufen hinauf, die gleich hinter der Tür anfingen, und nahm sich Stockwerk für Stockwerk vor. Die letzte Tür unter dem Dach hing leider nicht locker, sie war fest verschlossen.

Lucky klingelte und klopfte, doch das schien hinter der Tür keinen Eindruck zu machen. Lucky war sich sicher, Schritte gehört zu haben.

»Max Oldelev«, brüllte er, »ich bin's. Dein geliebter Bruder.«

Dieser Appell an die Loyalität unter Familienangehörigen schien Wirkung zu zeigen. Die Schritte näherten sich. Schlurften beinah so, wie es der alte Henze in der Kirche getan hatte. Die Tür wurde geöffnet.

Der Anblick, der sich da bot, verschlug Lucky erst einmal die Sprache.

»Was ist mit dir passiert?«, fragte er schließlich.

Die Augen von Max waren nur noch Schlitze. Konnte

er ihn überhaupt erkennen zwischen diesen zugeschwollenen Lidern, die lila schimmerten?

»Kleine Meinungsverschiedenheit.« Diese deutlich hörbaren Worte ließen zumindest vermuten, dass Max noch seine Zähne im Mund hatte. Doch als er jetzt vor Lucky herging, um ihn in eines der zwei Zimmer zu führen, ging er wie ein Hundertjähriger. Henze war dagegen gelenkig, dachte Lucky.

»Mama macht sich Sorgen.« Lucky stellte sich ans Fenster, als ob er schon nach Fluchtwegen Ausschau hielte. »Du warst seit fünf Nächten nicht zu Hause.«

»Und da plapperst du gleich aus, wo ich mich aufhalte?«

»Nein. Sonst würde Mama hier stehen«, sagte Lucky.

»Sage ihr, es geht mir bestens, und ich baue gerade ein Geschäft auf.«

»Du darfst sie nicht verarschen. Hat dein Wegbleiben mit dem Mann von der Kripo zu tun, der bei uns war?«

»Ich habe niemanden umgebracht, falls du das meinst. Kein süßes blondes Mädchen und niemanden anders.«

»Aber vielleicht weißt du was«, sagte Lucky.

»Kleiner, noch ein solches Wort, und ich setze dich vor die Tür.«

»Dazu bist du gar nicht in der Lage«, sagte Lucky.

Er schob seine Hände in die Taschen seiner Jeans und ballte sie dort zu Fäusten. Gut verborgen. Er wollte sich nicht mit diesem Elend anlegen.

»Komm mit mir mit«, sagte er, »das Auto steht in der Hein-Hoyer-Straße.«

»Und du denkst, ich lege eine Ganz-Körper-Verschleierung an, und du gibst mich als deine sieche türkische Tante aus?«

»Vor wem versteckst du dich, Max?«

»Lass die Finger davon, Lucky. Es gibt Themen, die sind tabu.«

Lucky drehte sich abrupt um. Ihm war zum Heulen. »Was soll ich Mama sagen?«, fragte er. »Die sitzt jede Nacht am Küchentisch und guckt sich deine Kinderfotos an und ist verzweifelt.«

»Sag ihr, dass ich bei einem Freund bin und ein bisschen Zeit brauche, um über meine Zukunft nachzudenken«, schlug Max vor.

»Das wird sie enorm trösten«, sagte Lucky.

»Anderes kann ich dir im Augenblick nicht anbieten, Brüderchen. Vertrau darauf, dass ich es hinkriege.«

»Ich hab Angst um dich«, sagte Lucky.

»Ich pass auf mich auf. Versprochen. Und jetzt hau ab.«

Lucky war schon an der Tür, als er noch mal umkehrte und Max umarmte. »Aua«, sagte Max.

»Wenn du am Freitag noch nicht zu Hause bist, hole ich dich.« Lucky zog die Tür hinter sich zu und lief die Treppen hinunter.

Auch er war verlassen worden von seinem Vater. Warum hatte Max das so schwergenommen, dass er daran zu scheitern drohte?

Lichtgrün

Lucky hatte daran gedacht, bei Theo vorbeizufahren und ihm von Max zu erzählen und den Sorgen, die ihm sein Bruder bereitete. Doch als er zu Hause ankam, trat er nicht auf die Bremse, sondern fuhr weiter über die Stadtgrenze hinaus. Er brauchte dringend Ablenkung.

Die Schrift über dem Lichtgrün leuchtete schon, obwohl der Tag noch hell war, doch ansonsten schien das Lokal wie ausgestorben. Dann hörte Lucky die Sänger. Nur Stimmen, kein Instrument. Sie kamen aus dem Garten und klangen irgendwie altmodisch. Als ob sein Opa Volkslieder sänge, nur besser. Er trat ein und sah die Wirtin, die hinter der Theke stand und Gläser trocknete. »Herz mit Anker?«, fragte sie. Lucky grinste und nickte. Sie hatte sich an das Astra vom letzten Mal erinnert. Ein Herz mit Anker zierte das Etikett der Bierflasche. Er fühlte sich aufgenommen.

Lucky ging in den Garten und sah fünf Männer am langen Tisch sitzen. Er erkannte den Chorleiter und glaubte, auch die vier anderen schon gesehen zu haben. Vielleicht beim Konzert in der Kirche. Der eine arbeitete bei Adolphs in der Gärtnerei. Den anderen war er zumindest schon mal auf der Straße begegnet. Sie hoben ihre Weingläser, als sie ihn sahen. Wein war hier wohl Kult.

Lucky setzte sich an das andere Ende des Tisches, trank sein Astra und versuchte, unbeteiligt auszusehen, als die Männer wieder zu singen anfingen. Die Melodie kannte er aus irgendwelchen Filmen, die seine Mutter an Weihnachten guckte. Meist standen sie in diesen Filmen um ein Klavier herum und sangen zu der Melodie was Englisches, und seiner Mutter kamen dann die Tränen.

»Nehmt Abschied, Brüder, ungewiss ist alle Wiederkehr«, sangen die Männer.

Lucky hatte das verfluchte Gefühl, traurig zu werden.

»Die Zukunft liegt in Finsternis und macht das Herz uns schwer.«

Als wäre der Text für Max geschrieben, dachte Lucky. Er trank sein Astra und wünschte, Theo wäre hier. Theo noch viel lieber als Leni.

Vielleicht, weil die Sänger so auf Männerfreundschaft machten.

Er sah auf, als die Wirtin sich neben ihn setzte. »Montags singen sie hier«, sagte sie, »dann ist der Laden leer, und sie üben die Lieder ein.«

»Ich dachte, das sei ein Kirchenchor«, sagte Lucky.

»Das ist der Männerchor«, sagte die Wirtin. »Allerdings nur ein paar von ihnen. Am letzten Montag waren sie vollständig. Da klang es ganz anders.«

»Letzten Montag ist die Leiche im Wald gefunden worden«, sagte Lucky.

Die Wirtin sah ihn an. »Das stimmt.«

»Kennen Sie Leni?«, fragte Lucky.

»Das Mädchen mit den hellen Haaren, das mit dir und deinem Freund weggefahren ist?«

Lucky nickte.

»Sie ist einsam«, sagte die Wirtin.

Das wäre ihm jetzt nicht zu Leni eingefallen.

Die fünf Männer klopften mit ihren Gläsern auf den Tisch.

»Sie wollen mehr Wein«, sagte die Wirtin und stand auf.

Der Chorleiter blickte zu ihm hinüber. »Wir brauchen noch frische junge Stimmen«, sagte er.

»Ich kann nicht singen«, sagte Lucky. Das fehlte ihm gerade noch. Mit diesen älteren Herrn traurige Lieder anzustimmen.

Die Wirtin brachte einen Literkrug Weißwein.

»Die jungen Leute zieren sich immer so«, sagte einer aus der Runde.

»Gib ihm doch mal deine Karte, Dankwart«, sagte ein anderer.

Dankwart. Da hatte es noch Drachen gegeben, als die Leute so hießen.

»Lasst den Jungen doch in Ruhe sein Bier trinken«, hörte Lucky einen sagen. Er sah den Sprecher dankbar an. Glatte zehn Jahre jünger als die anderen Herrn. Ob der sich in diesem Kreis wohlfühlte? Doch Lucky dachte nicht länger darüber nach, denn der Blick des Mannes wanderte zum Eingang. Leni trat in den Garten und wirkte erhitzt.

Lucky hatte auf einmal ein Seechen vor Augen und einen kleinen Strand, dessen Sand warm war von der Sonne des Tages. Er verstand nicht mehr, wie er diese Gelegenheit ungenutzt hatte lassen können.

Theo hatte gehofft, dass Lucky aufkreuzte. Er lungerte vor der Garage herum und putzte das Fahrrad und hatte die ganze lange Straße im Blick. Seine Eltern saßen hinten im Garten. Pa gab sich Mühe mit Ma. Vielleicht war er tatsächlich eifersüchtig. Auf wen? Den aufgeblasenen Chorleiter? Von dem ließ Ma sich bestimmt nicht blenden.

Kurz vor halb neun sprach er Lucky zum zweiten Mal auf die Mailbox und stellte sich vor, dass das Handy ausgeschaltet in der Jeans steckte, die Lucky leider hatte ausziehen müssen, um mit Leni zu schlafen.

Er pumpte den hinteren Reifen auf, obwohl dem kaum Luft fehlte, und überlegte, ob er als Nächstes zu Ellerbek rübergehen sollte, um dort die Zeit totzuschlagen. Der alte Mann hatte nichts gegen einen kleinen Schnack dann und wann.

Doch er ging um die Garage herum und guckte über die Sträucher in den Garten. »Ich fahre noch mal eine Runde mit dem Rad«, sagte er.

Ma zuckte zusammen, als verabschiede er sich in den Krieg. »Da läuft ein Mörder herum«, sagte sie, »wer weiß, ob der sich nur für Mädchen interessiert.«

Pa machte eine beruhigende Geste. »Pass auf dich auf, Junge, und dass es nicht wieder so spät wird.«

Seit ihrem Gespräch im Garten am Samstag war Pa eine echte Hilfe. Hoffentlich hielt das eine Weile an.

Zwanzig vor neun, als sich Theo aufs Rad schwang. Die sechs Kilometer zum Lichtgrün konnte er in einer Viertelstunde schaffen. Eine halbe Stunde hin und zurück, da hatte er genügend Zeit für ein Glas Wein oder ein Alsterwasser, ohne seinen Vater zu enttäuschen oder Ma zu ängstigen. Er wollte sich das Lokal noch mal angucken.

Theo sah Luckys Auto vor dem Lichtgrün stehen und dachte einen Augenblick daran, umzukehren. Vermutlich saß Lucky mit Leni da und verdrehte die Augen, wenn Theo kam.

Theo entschied, es darauf ankommen zu lassen. Alles andere hätte seinen Frust nur vergrößert. Er schloss das Rad an einem Laternenmast an und ging ins Lokal und gleich weiter in den Garten. Lucky und Leni saßen allein am langen Tisch, Leni mit einer Cola, Lucky mit einem Astra vor sich. Die Teelichter brannten in den Weckgläsern, obwohl es noch genügend Tageslicht gab. Die Wirtin ließ sich nicht blicken.

Die beiden schienen in ein Gespräch vertieft. Theo blieb unbemerkt, doch es erleichterte ihn schon, dass Leni und Lucky nicht ineinander verknotet waren. Er versuchte ein lässiges »Moin«.

»Wo kommst du denn her?«, fragte Lucky, doch es klang freundlich.

Leni schwieg.

»Setz dich und trink was mit uns«, sagte Lucky.

»Ich will euch nicht stören«, sagte Theo.

»Du hast doch damit gerechnet, uns hier zu treffen«, sagte Leni.

»Lass mal, Leni. Du und ich haben uns auch zufällig getroffen.«

»Ich hab mir diesen Laden noch mal angucken wollen«, sagte Theo, »doch ich habe nicht erwartet, dass er so leer ist.«

»Vor zehn Minuten waren noch die Mitglieder eines Männerchors da«, sagte Lucky, »samt Chorleiter. Der fängt an, mir auf den Nerv zu gehen.«

Leni grinste. »Er wollte Lucky für den Chor werben.« Damit schien das Eis gebrochen zu sein. Theo setzte sich.

»Ich geh mal auf die Suche nach der Wirtin.« Lucky stand auf.

»Er hat mir von Max erzählt«, sagte Leni, als Lucky im Lokal verschwunden war.

»Von Max? Ist er wieder da?«

Leni schüttelte den Kopf. »Er war bei ihm auf dem Kiez.« Leni sagte es beinah sehnsüchtig, als sei der Kiez ein Ort der Glückseligkeit und kein gefährliches Pflaster. »Kennst du Max gut?«, fragte sie.

Von drinnen hörten sie Lucky »Hallo« rufen.

»Ich kenne Lucky mein Leben lang und Max ist sein großer Bruder.«

»Ich würde Max gern mal kennenlernen«, sagte Leni.

Lucky erschien in der Tür. »Sieht ganz so aus, als ob wir allein hier sind«, sagte er und sah zu den Fenstern in der oberen Etage. Doch hinter denen war es dunkel und still.

»Habt ihr schon bezahlt?«, fragte Theo.

»Nein«, sagte Leni, »ich lege zehn Euro hin.«

»Das ist unheimlich«, sagte Lucky. Er war sonst nicht der sorgenvolle Typ. Vielleicht steckte ihm das Treffen mit Max noch in den Knochen. »Die kann doch nicht einfach verschwinden.«

»Lass uns gehen«, sagte Leni.

»Was machen wir mit deinem Fahrrad?«, fragte Lucky.

»Darauf fahre ich nach Hause«, sagte Theo.

»Ich dachte an Lenis Fahrrad.« Lucky klimperte mit dem Autoschlüssel.

»Theo und ich fahren gemeinsam«, sagte Leni. Sie ging zu einem alten Hollandrad, das an der Hauswand lehnte, ohne gesichert zu sein. »Hab ich mir von unserer Haushälterin ausgeliehen«, sagte sie, »heute ist sie mit dem Auto abgeholt worden.«

»Apropos Auto«, sagte Lucky. »Ich setze mich dann schon mal ins Tre Castagne und treffe euch da.«

»Ich habe versprochen, nicht spät zu Hause zu sein«, sagte Theo.

»Ich komme auch nicht mehr«, sagte Leni.

»Dann tretet mal schön«, sagte Lucky und stieg ein. Er überlegte kurz, ob er langsam hinter ihnen herfahren sollte, doch dann schaltete er die Scheinwerfer ein und drehte den Schlüssel, bereit, einen schnellen Start hinzulegen. In der dunklen Ecke zum Nachbargrundstück standen zwei. Lucky wendete und das Licht der Scheinwerfer streifte die beiden. Er hätte schwören können, dass es die Wirtin war und dieser Sänger, der sich ihm zur Seite gestellt hatte, als die Chorheinis nervten.

Irgendwas irritierte ihn an diesem Bild. Wirkte nicht gerade harmonisch. Eher, als ob die sich stritten. Doch Lucky schob alle Gedanken daran beiseite. Dass Leni so selbstverständlich mit Theo davonradelte, irritierte ihn noch viel mehr.

Lucky hupte, als er an Leni und Theo vorbeikam.

»Erzähl mir alles, was du von Max weißt«, sagte Leni da gerade.

Leni und er fuhren Seite an Seite auf dem asphaltierten Weg, der neben der Straße entlanglief, und Theo staunte noch immer, dass Leni auf einem alten Fahrrad saß und nicht am Steuer eines neuen Cabrios.

»Paps will nicht, dass ich mit siebzehn den Führerschein mache«, sagte Leni. »Er hat keine Zeit, sich neben mich zu setzen und den Aufpasser zu spielen, wenn ich das Auto fahre.«

»Du bist noch keine achtzehn?«

»Hast du das geglaubt?«, fragte Leni.

Ja. Das hatte er geglaubt. Den Spruch mit den Kleinkindern hätte sie sich sparen können. Leni dachte wohl nicht zu viel darüber nach, ob sie andere vor den Kopf stieß.

»Du gehst nicht mehr zur Schule?«, fragte er.

»Vielleicht fange ich nach den Sommerferien noch mal an. Ich habe nach dem ersten Halbjahr aufgehört, als der Umzug anstand.«

»Und das machen die mit?«

»Ich hatte ein Attest«, sagte Leni. »Hör auf mit der Fragerei.«

Theo sann einen Augenblick über das Attest nach, bevor er anfing, von Max zu erzählen. Vom Tümpel. Dem versunkenen Gummistiefel. Ihren heimlichen Spielen im Wald.

Von den Faltern, denen Max die Flügel ausgerissen hatte, den Käfern, die er in Konfitüregläsern erstickte, erzählte er nicht. Er selbst war doch der Freak. Auch Lucky hatte ihn für einen kompletten Spinner gehalten, als Theo den Käfern ein Grab grub. Theo war zu verlegen gewesen, noch das kleine Grabkreuz zu basteln, und hatte die Eisstiele in seiner Tasche verschwinden lassen.

»Max ist eigentlich ein netter Typ«, hörte er sich sagen, als sie vor Lenis Haus ankamen. Hell beleuchtet. Ein Saxophon klang aus den offenen Fenstern. Sah aus wie eine Hochseeyacht, dieses Haus.

»Paps ist da«, sagte Leni. Sie stieg vom Fahrrad und schob es vor die Garagenauffahrt. Theo stand auf der Straße und dachte, dass er Leni zum Abschied gern umarmt hätte. Umarmten sich nicht alle dauernd? Als Leni die Tür aufschloss, drehte sie sich um und schien erstaunt, Theo noch dastehen zu sehen.

»Ich denke, Max ist einfach ein toller Typ«, sagte sie und ging ins Haus.

Lenis Vater

Lenis Vater war achtundvierzig Jahre alt und sah älter aus, als er war. Das letzte Jahr hatte Kraft gekostet. Die Trennung von Lenis Mutter, die in das Land ihrer Kindheit zurückgegangen war. Frankreichs Süden. Die Sonne. Das Mittelmeer. Hatte er je damit konkurrieren können? Ein Geschäftsmann aus dem Norden Deutschlands, der zu viel arbeitete, spät nach Hause kam, keine Lust auf Vergnügen hatte?

Er kompensierte vieles mit dem Geld, das er verdiente. Das Haus. Die Autos. Der Luxus, in dem er Leni leben ließ. Erlaubte er ihr zu viel? Die nervöse Gereiztheit, die Leni abhielt, in die Schule zurückzugehen. Launen, hatte die Lehrerin gesagt. Depressive Verstimmung, der Arzt.

Ausgelöst durch das Verlassenwerden. »Au revoir, ma petite chère. Du kannst mich jederzeit besuchen und dir das Haus in Gassin mit meinen Liebhabern teilen.«

Nein. So hatte Lenis Mutter das sicherlich nicht gesagt. Das stellte sich ihr Vater nur vor, als er durch den Garten ging, an den weißen Rosen vorbei und dem Thymian, der zwischen den Rosenstöcken wuchs. Dem Lavendel, dem Oleander. Er wartete auf Leni. Da draußen lief ein Mädchenmörder herum und seine siebzehnjährige Tochter hinterließ nicht einmal eine Nachricht, wo sie verdammt noch mal steckte.

Er hielt das Glas mit dem Wein in der Hand und hörte dem Saxophon zu. Die Hand mit dem Glas zitterte.

Leni war so unberechenbar geworden.

War es eine Erleichterung, die er fühlte, als er ihre Stimme hörte?

»Hallo Paps. Bist du im Garten?« Eine große Erleichterung, o ja, doch Lenis Vater hatte das ungute Gefühl, etwas nur aufgeschoben zu haben.

Lüttich

Er hatte sich in die Akte Kati Lindner vertieft und die Aussage des Zeugen Sigi Gerhard gelesen, der zu der Zeit »der Ire« genannt worden war. Kati hatte Philosophie studiert, wie all die anderen in ihrem Kreis. Ihr Mörder hatte als Vertreter gearbeitet, ein Reisender in Sachen Textilien, er war ihr in einer Barmbeker Kneipe begegnet. Sigi Gerhard war in keinem Moment verdächtigt worden.

Ein ehemaliger Student der Philosophie, der sich die roten Haare schwarz färbte und in seinem Eiscafé am Stadtrand den Italiener gab und tiefgekühlte Pizza anbot. Des Lebens verschlungene Wege.

Sigi Gerhard stand zum zweiten Mal in seinem Leben am Rande eines Mordgeschehens. Kati hatte er gekannt. Zu Sarah gab es die räumliche Nähe zum Tatort.

Lüttich legte die Akte zur Seite und trat ans Fenster. Fast schon ein Nachthimmel. Er hatte die Dämmerung verpasst. In einer Woche war Mittsommer. Warum war ihm unbehaglich, wenn er daran dachte? Nichts wies darauf hin, dass sie es mit einem Serienmörder zu tun hatten, und wenn der schlimmste Fall eintrat und er ein zweites Mal tötete, dann konnte das an jedem anderen Tag sein.

Max Oldelev hatte sich seit Mittwochabend nicht bei seiner Mutter blicken lassen. Hätte er ihn längst vorladen sollen? Lüttich seufzte. Diesen Lukas würde er sich noch mal vornehmen. Der schien mehr zu wissen als die Mutter. Er sah auf die Uhr, die auf seinem Schreibtisch stand. Kurz nach halb elf. Nein. Er wollte nicht den bösen Cop geben und die ganze Familie Oldelev zu später Stunde verschrecken.

Morgen würde es bei Max zur Sache gehen.

Lüttich hatte eigentlich nur seine Jacke von der Stuhllehne nehmen wollen, um endlich diesen Arbeitstag zu beenden, doch sein Blick fiel auf das große Kuvert, das auf dem Schreibtisch lag. Die Bilder der toten Sarah. Er zog die Fotografien aus dem Umschlag und betrachtete sie, als sähe er sie zum ersten Mal. Er hatte das Gefühl, es Sarah schuldig zu sein.

Auf den ersten beiden Bildern blieb der Kopf vom Farn verborgen. Ihr Körper war nur bis zur Brust zu sehen. Der Tüllrock von Hennes und Mauritz. Die nackten Beine. Die Fellstiefel. Sie habe diese Stiefel noch nie gesehen, hatte ihre Mutter ausgesagt. Die Winterstiefel ihrer Tochter seien aus wasserdichtem Gore Tex. Sonst gäbe es nur noch ein Paar kurze Stiefel mit Fransen. Nicht wirklich für den Winter geeignet.

Sarahs Hals. Fleckförmige bräunliche Hautverfärbungen. Kleine dunkle Halbmonde, Spuren von Fingernägeln. Sarahs Gesicht war hell und nicht aufgedunsen, wie es sonst oft der Fall war. Das Haar lag wie ein Fächer um ihren Kopf. Ein Heiligenschein, dachte Lüttich.

Das dunkle Haar auf der stacheligen Frucht des Wacholders kam ihm in den Sinn. Die festgestellte DNA fand sich in keiner Kartei.

Lüttich schob die Abzüge zurück in den Umschlag und nahm die Jacke vom Stuhl. Verließ das Büro und ging den Flur entlang. Grüßte einen Kollegen, der gerade einen Kaffee aus dem Automaten holte.

Hatte er bei Kati Lindner nicht auch gedacht, dass es eine zweite Tote geben würde? Er hatte sich getäuscht damals.

Lucky arbeitete unter einem Audi, der auf einer der Hebebühnen stand, und war gerade dabei, die Bremsflüssigkeit abzulassen, als Lüttich in die Werkstatt kam. Lucky blickte ihn verlegen an. Machte garantiert keinen guten Eindruck bei der Chefin, wenn der Kommissar hier aufkreuzte. Wenigstens war der Werkstattmeister nicht da.

»Ihre Mutter sagte mir, dass ich Sie hier finde«, sagte Lüttich.

Das Gespräch mit ihr war wenig aufschlussreich gewesen, wie schon beim ersten Mal. Am Ende hatte sie ihm Kinderfotos von Max gezeigt.

»Lukas, ich will von Ihnen wissen, wo sich Ihr Bruder Max aufhält.«

Lucky zog ein Tuch aus der Tasche seines Overalls und wischte sich die schmutzigen Hände ab. »Warum denken Sie, dass ich das weiß?«

Lüttich betrachtete den sommersprossigen Jungen, in dessen blauen Augen etwas aufblitzte, das er gut kannte. Angst.

»Was fürchten Sie, Lukas?«

Lucky stopfte das Tuch in die Tasche zurück. Er sah die Chefin vor dem Tor der Werkstatt stehen. Sie hielt den Kopf steif und schraubte ihren Hals zu eindrucksvoller Länge. Lucky kannte das schon. Vielleicht steigerte das ihre Hörfähigkeit.

»Können wir das anderswo besprechen?«, fragte er. »Ich habe in einer Viertelstunde Pause.«

Lüttich blickte zu der großen Uhr an der Werkstattwand. Er nickte.

»Kennen Sie das Tre Castagne?«, fragte Lucky.

»Ich kenne es«, sagte Lüttich. »Treffen wir uns dort. Doch dann gehen wir ein wenig spazieren.«

Lucky grüßte Ellerbek, der an seiner Hecke schnitt und zu ihnen guckte. Theos Mutter stand in der Küche, doch sie sah nicht aus dem Fenster.

Gegen zehn nach zwölf betraten Lüttich und Lucky den Wald. Bis dahin hatten sie kaum ein Wort gesprochen.

»Sie wissen, wo Ihr Bruder ist, und Sie haben Angst«, sagte Lüttich, als sie die Hainbuchen hinter sich gelassen hatten und auf dem holprigen Weg gingen. Keine Veilchen mehr und kaum Buschwindröschen. Nur noch ein paar blau blühende Lupinen. Die Bäume standen im vollen Laub. Der Wald war zu dunkel geworden.

»Um Viertel vor eins muss ich zurück sein«, sagte Lucky.

»Wovor haben Sie Angst?«, fragte Lüttich.

Lucky blieb stehen. Hier war die Stelle, an der das Absperrband von Baum zu Baum gezogen gewesen war. Erst acht Tage her, dass Theo und er hier gestanden hatten. Er drehte sich nach Lüttich um.

»Ich habe Angst um Max. Da ist was zu groß für ihn.«

»Und was ist das?«, fragte Lüttich.

Lucky hob die Schultern. »Ich weiß es nicht.«

»Wo finde ich ihn?«

Lucky sagte dem Kommissar, wo er seinen Bruder finden würde. Er sprach stockend, doch er gab alles preis. »Er wird durchdrehen.«

»Ich werde mich zu wehren wissen«, sagte Lüttich.

»Er wird durchdrehen, weil ich ihn verraten habe«, sagte Lucky.

»Sie tun das Richtige, um ihn zu retten, Lukas.« Lüttich hoffte selbst, dass das stimmte.

Lucky sah endlos traurig aus. Er hätte gern jedes seiner Worte zurückgeholt. Er kam sich vor wie Kain, der Abel erschlug.

Die kleinen Lieder

Dienstagabend. Ein jäher heftiger Wind hatte Wolken herangetrieben und schon schlug der Regen gegen die Kirchenfenster.

»Aus meinen großen Schmerzen mach ich die kleinen Lieder.«

Der Chorleiter hob bereits nach diesen ersten Takten die Hand und unterbrach die Sänger. Heinrich Heine hatte den Text geschrieben, Hugo Wolf ihn vertont. Was der Chor daraus machte, gefiel dessen Leiter wenig. Er war ein Mann, der in einer der großen Kirchen der Stadt anerkannt gewesen war und nun die Walddörfer beglücken wollte. Doch dieser Vorstadtchor verdiente ihn nicht.

Die Stimme von Theos Mutter zitterte, als sie noch einmal die erste Zeile sangen. Diese Sorge, nicht zu genügen. Sie sah zu einem der Sänger hinüber. Hardy. Er fing ihren Blick auf und lächelte.

»Die heben ihr klingend Gefieder und flattern nach ihrem Herzen.«

Wäre es nicht Heine, dann würde man es Kitsch nennen, dachte Theos Mutter, doch Heinrich Heine wird es wohl humorvoll gemeint haben. War die Ironie nicht das Große an ihm?

Tanja, die Tochter ihrer Nachbarin, sang zum ersten Mal im Chor an diesem Abend. Sie wohnte wohl wieder zu Hause. Wahrscheinlich war das Praktikum in Neumünster zu Ende. Tanja gefiel dem Chorleiter. Das sah Theos Mutter aus der zweiten Reihe des Chors.

Ihr gefiel Hardy. Sie gefielen einander. Das hatten sie festgestellt an dem Abend beim Griechen. Nach dem Konzert. Theos Vater hatte ja keine Lust gehabt, mit zum Griechen zu kommen.

»Sie fanden den Weg zur Trauten. Doch kommen sie wieder und klagen«, sang der Chor.

Vielleicht durfte Tanja den Chorleiter Dankwart nennen, dachte Theos Mutter. Hardy nannte ihn so. Alle Männer taten es. Die Montagssänger, die ein eigener Chor waren und sich in einem Lokal trafen.

Theos Mutter hatte noch nie an einen anderen Mann gedacht, seit sie vor zweiundzwanzig Jahren geheiratet hatte.

»Und klagen und wollen nicht sagen, was sie im Herzen schauten.«

Da war noch eine andere Unruhe in ihr. Nicht nur die, die Theos Mutter seit zwanzig Jahren so schrecklich vertraut war.

Theo stand an seinem Fenster und guckte dem Regen zu. Er war allein im Haus. Mas Chorprobe. Pas langer Dienstag. Theo wollte sich gerade abwenden, als er Ellerbek in dessen Garten sah. Der alte Mann stand im strömenden Regen und schien Selbstgespräche zu führen.

Ellerbek hatte eine Neigung zur Exzentrik, doch dass er sich gerne nass regnen ließ und dabei redete, war neu. Irgendwas stimmte da nicht. Theo lief die Treppe hinunter und nahm den Schirm von der Garderobe, den seine Mutter hatte liegen lassen. Vielleicht holte er Ma nachher von der Kirche ab, wenn der Schauer nicht nachließ. Wo er schon dabei war, gute Taten zu vollbringen.

Theo hörte Ellerbek singen, kaum dass er zur Tür heraus war. Wer hätte gedacht, dass der Alte noch so eine kräftige Stimme hatte. Hörte sich an wie ein Shanty, dieses Lied, das er sang.

»Darf ich Sie ins Trockene bringen?« Theo hielt den Schirm über Ellerbek, obwohl das gar nichts mehr nutzte.

»Junge«, sagte Ellerbek, »dass du endlich da bist. Dachte ich's doch. Du erinnerst dich noch an das Lied.«

Theo ahnte, wen der alte Mann da ansprach. Nicht ihn. Theo wusste von Ellerbeks Sohn nur, dass der zur See fuhr und lange nichts von sich hatte hören lassen.

Doch wenigstens ließ sich Ellerbek ins Haus führen.

»Sie sollten sich umziehen«, sagte Theo.

Ellerbek sah ihn an und legte die Stirn in Falten.

»Theo«, sagte er, »ich hatte so einen Schwindel.«

»Vielleicht ein heißes Bad? Oder soll ich Dr. Bunsen holen?«

»Kannst du mir den Ofen anfeuern? Da ist noch Holz im Korb.«

»Sie haben doch Zentralheizung«, sagte Theo.

»Ein gutes ehrliches Feuer«, sagte Ellerbek, »das wärmt am besten.«

Theo bückte sich zu den Holzscheiten. Er hatte keine Ahnung, wie ein Ofen anzufeuern war.

»Zerknüll erst mal die Zeitung«, sagte der Alte und deutete auf das Abendblatt, das auf dem Tisch lag. »Dann die kleinen Holzstücke und zum Schluss zwei Scheite.«

Ellerbek nickte, als Theo ein Streichholz zündete und das Feuer tatsächlich zum Brennen brachte. Theo drehte den Kopf weg und kniff die Augen zusammen. Zu grell, das Feuer.

»Hainbuche gibt gutes Holz. Lässt sich nur schwer spalten.«

»Sie sollten sich was Trockenes anziehen«, sagte Theo.

»Ich trinke nachher einen heißen Tee. Danke, Theo.«

»Ist das ein Shanty, den Sie im Garten gesungen haben?«

Der alte Mann schüttelte den Kopf. »Ich hab nicht gesungen, Theo«, sagte er. »Da irrst du dich.«

»Vielleicht gucke ich doch bei Dr. Bunsen vorbei«, sagte Theo. Die ganze Nachbarschaft ging zu dem alten Arzt, dessen Praxis altmodisch war, der jedoch jeden Einzelnen von ihnen kannte.

»Halt mir bloß den Bunsen vom Hals. Hab genug Ärzte, die können mir alle nicht helfen«, sagte Ellerbek.

»Dann geh ich mal«, sagte Theo.

»Junge, sorg dafür, dass ich Liguster aufs Grab krieg. Der ist das ganze Jahr grün. Keine von diesen kleinen Hainbuchen, die haben schon im September Herbst.«

Theo nickte. Er nahm an, dass es wieder Ellerbeks Sohn war, für den der alte Mann diese Worte sprach.

»Ich komm morgen nach der Schule vorbei«, sagte Theo.

»Du bist ein guter Junge«, sagte Ellerbek.

Der Schirm, unter dem Theos Mutter ging, war ein großer schwarzer Herrenschirm. Der Mann, der ihn hielt, nickte Theo freundlich zu.

»Du hast einen fürsorglichen Sohn, Gesa«, sagte er und verabschiedete sich mit einer kleinen Verbeugung. Es sah komisch aus, wie er das tat mit dem aufgespannten Schirm in der Hand.

Theos Mutter wechselte zu dem Schirm im Schottenkaro, den Theo für sie hielt. »Das war Hardy«, sagte sie verlegen. »Im Chor duzen sich alle.«

»Ihr den Chorleiter auch?«, fragte Theo.

»Das dürfen nur die Männer.«

»Ich finde ihn aufgeblasen«, sagte Theo, »warum ist er eigentlich von seiner Hauptkirche weggegangen?«

Theos Mutter zögerte mit der Antwort.

»Ist das ein Geheimnis?«, fragte Theo.

»Ich weiß nicht, warum er weggegangen ist«, antwortete sie.

»Sie treffen ihn am besten abends an«, hatte Lucky gesagt. Er hatte keine Ahnung, wann man Max antraf. Vielleicht ging er gar nicht aus und hielt sich in den zwei schäbigen Zimmern versteckt. Luckys Zeitangabe war nur ein kläglicher Versuch, den Auftritt des Kommissars in der Seilerstraße zu verzögern.

Als Lucky um sechs nach Hause kam, schien noch nichts Schlimmes passiert zu sein. Mama und Mia hantierten in der Küche und waren dabei, kleine Gurken einzulegen. Ein Topf mit Salzwasser kochte auf dem Herd, Mia hackte Dill, seine Mutter legte die Gurken in den Steinguttopf. Eigentlich hatte nur sein Vater diese Dillgurken geliebt. Dass Mama sie noch immer einlegte, kaum dass die Gurken in den Geschäften auslagen, konnte er nur als eine Sehnsucht nach lang Verlorenem deuten. »Neuigkeiten?«, fragte er.

»Das gute Wetter ist vorbei«, sagte seine kleine Schwester.

»Sagen dir das deine alten Knochen?«, fragte Lucky.

»Guck aus dem Fenster.« Mia klang patzig. Sie mochte Gurken weder einlegen noch essen.

Lucky drehte sich zum Küchenfenster. »Nur ein Schauer«, sagte er.

Als er aus dem Auto gestiegen war, hatte es zu tröpfeln angefangen.

»Noch keine Neuigkeiten von Max.« Seine Mutter seufzte.

Im Moment schien ihm das eine gute Nachricht zu sein.

»Gibt es noch was anderes als eingelegte Gurken?«, fragte er.

»Die ziehen erst eine Woche. Dann kannst du sie essen.«

Lucky ging zum Kühlschrank und nahm sich ein Bier. Seine Nägel sollte er noch säubern, ehe er Leni traf. Falls er sie überhaupt traf. Er hatte ihr am Vormittag aufs Handy gequatscht und vorgeschlagen, zum Seechen zu fahren. Doch nicht nur das Wetter sprach dagegen, auch die Sorge, dass bald eine Bombe platzte.

»Mach doch mal das Radio an«, sagte seine Mutter, »dann können wir den Wetterbericht hören.«

»Eine Reise um die Welt und die Taschen voller Geld«, sang Karel Gott.

Lucky schauderte. Mama liebte die Hamburg-Welle. Fast hätte er den Klingelton seines Handys nicht gehört. Die Nummer auf dem Display kannte er nicht. Eigentlich hatte er Lenis Anruf erwartet.

»Ihr Bruder ist ausgeflogen«, sagte Lüttich. »Ihm scheint daran zu liegen, sich verdächtig zu machen. Ich lasse nach ihm fahnden.«

»Vielleicht hat er nur nicht die Tür geöffnet«, sagte Lucky. Er hatte die Aufmerksamkeit von Mia und seiner Mutter, die das Radio leise stellte.

»Das hat ein gewisser Herr Kringel getan«, sagte Lüttich, »er war so freundlich, meiner Bitte nachzukommen und mir die Zimmer zu zeigen.«

Lucky kannte keinen Herrn Kringel. »Hängen dann Steckbriefe von Max an den Bäumen?«, fragte er.

»Er ist keine verloren gegangene Katze«, sagte Lüttich. »Falls Ihre Familie von ihm hört, informieren Sie mich. Das kann nur in Ihrer aller Interesse sein.« Er beendete das Gespräch.

Vor Luckys Augen liefen Filme ab. Festnahmen im Kugelhagel. Tote.

Er schloss die Augen und fühlte den festen Griff seiner Mutter, die anfing, ihn zu schütteln. »Was ist mit Max?«, fragte sie.

»Er ist abgehauen, der verdammte Kerl«, sagte Lucky. Ihm war ziemlich elend.

Seine Mutter hielt sich an der Tischkante fest und weinte in die Gurken hinein. Und der Verursacher all dieser Heulerei hatte die Fliege gemacht.

Max war eine einzige Zumutung geworden.

Kringel hätte gut Dracula heißen können. Die weiße Haut. Die spitzen kleinen Zähne. Der klapperdürre Körper. Der Kommissar hatte keinen Zweifel daran, dass Kringel Drogen in hohen Dosen konsumierte.

Er sollte die Kollegen vom Rauschgiftdezernat alarmieren und sie alle lockeren Dielen heben und hinter jede gesprungene Kachel in dieser abgeschabten Wohnung gucken lassen. Obwohl Dirk Kringel viel zu heruntergekommen aussah, um ein großer Dealer zu sein.

Lüttich fand nichts über ihn in der Kartei.

Er schaltete den Computer aus und verließ das Büro. Er hatte nicht die Absicht, schon wieder erst kurz vor Mitternacht zu Hause zu sein. Er wollte noch was anderes summen hören als nur seinen Rechner. Einen kleinen netten Jazz vielleicht. Dazu ein Glas Rotwein.

Lüttich fröstelte, als er zum Auto ging. Der Regen hatte aufgehört, doch es war kühler geworden. Der Hamburger Sommer fing an.

Dieser Idiot von Max Oldelev. Nicht nur dass er sich hochverdächtig machte, er brachte sich in Gefahr durch sein Verschwinden. Lüttich teilte Lukas' Einschätzung, dass irgendeine Sache ihm über den Kopf gewachsen war. Er glaubte weder daran, dass Max ein Vergewaltiger, noch dass er ein Mörder war. Aber eines schien sicher: Oldelev hatte Geister gerufen, die er nicht mehr loswurde.

Lüttich hatte den Schlüssel schon in der Autotür, als er seinen Namen hörte. Er drehte sich um und sah einen alten Mann über den Parkplatz kommen und erkannte ihn erst auf den zweiten Blick. Petersen. Bei ihm hatte er angefangen. Lüttichs erste Stelle bei der Kripo.

»Komme vom Veteranentreffen«, sagte Petersen.

»Ich dachte, das findet im Dezember statt. Kaffee und Kekse.«

»Kaffee und Kekse gab es heute auch. Nur die Adventgestecke fehlten. Mittsommerfest. Haben sie neu erfunden. Ist doch wirklich rührend, wie die Personalabteilung sich um uns Alte kümmert.«

»Mittsommer ist doch erst nächsten Montag«, sagte Lüttich.

»Stimmte auch sonst nichts an dem Fest«, knurrte Petersen. »Habe gehört, Sie sind der Leiter der Soko Wald.«

Lüttich nickte. Sprachen sie beim Veteranentreffen die Fälle durch?

»Wollte auf Jan Ellerbek aufmerksam machen. Der ist bestimmt nicht in euren Computern drin. Länger als vierzig Jahre her. Ende der Sechzigerjahre. Seine Eltern hatten das letzte Haus am Wald. Führte von der Kirche aus hin. Weiß nicht mehr, wie die Straße heißt.«

»Was war mit Jan Ellerbek?«, fragte Lüttich.

»Hat ein tiefes Loch im Wald gegraben und einen kleinen Jungen hineingesteckt. Das Loch schön zugedeckt. Der Kleine konnte aus eigener Kraft nicht raus. Ein Wunder, dass er nicht hopsgegangen ist. War mitten im tiefsten Winter.«

»Wie alt war Jan Ellerbek damals?«

»Vierzehn. Und der Kleine vier. Ellerbek kam dann nach Ochsenzoll in die Psychiatrie. Aber nicht lange.«

»Die Akten sind sicher längst vernichtet worden«, sagte Lüttich.

»Das nehme ich an. Doch vielleicht hat er das Haus ja geerbt und sitzt da drin und ist noch immer pervers.«

»Danke«, sagte Lüttich. »Ich werde mich drum kümmern. Leben Sie noch in Marienthal?«

Petersen nickte. »In meinem Häuschen in der Schimmelmannstraße. Besuchen Sie mich mal. Meine Frau ist auch noch ganz plietsch.«

Lüttich lächelte. »Gerne«, sagte er.

Lüttich pfiff leise vor sich hin, als der alte Polizist zu einem Mercedes Benz ging, der auch schon die besten Jahre hinter sich hatte. Das letzte Haus in der Straße. Daran war er vorbeigekommen, als er und Lukas heute Mittag in den Wald gegangen waren.

Leni und Max

Leni hatte im Haus herumgehangen und die Haushälterin gequält. Kleidchen aus dem Schrank gezerrt, die gerade gebügelt worden waren, um sie vor dem großen Spiegel in der Diele anzuprobieren und dann auf den Boden fallen zu lassen. Leni langweilte sich zu Tode.

Schließlich zog sie eine knallenge Jeans an und dazu ein tailliertes Hemd ihres Vaters, das sie bis auf die vier unteren Knöpfe offen ließ. Den Bustier hatte sie gestern gekauft. Einen weißen Bustier mit blauen Blümchen, der ihre Brüste bestens hob.

»Das ist zu kalt«, sagte die Haushälterin, als Leni ihr kurz zunickte.

Sie hätte gerne gesagt, dass Leni aussähe, als ginge sie auf den Strich. Doch das stimmte nicht. Die langen hellblonden Haare glänzten seidig. Ihre Haut hatte an den vergangenen Sonnentagen eine leichte Tönung bekommen, ihre Wimpern waren schwarz und ihre Lippen rot. Leni sah aus wie ein schönes wohlhabendes Kind, das sich aufreizender kleidete als die Huren, die auf St. Pauli vor den Häusern standen.

Es war zu kalt, doch Leni hatte nicht vor, ins Haus zurückzugehen. Sie guckte in den Himmel, der von einem blassen Blau war, und hoffte, dass die Sonne an Kraft gewänne und sie sich warm laufen würde. Den Hügel hinunter in den Ort. Sie ging zu Lucky, obwohl sie wusste, dass dort keiner war. Lucky in der Werkstatt. Mia in der

Schule. Luckys Mutter in der Strumpfabteilung bei Karstadt. Vielleicht war es ein sechster Sinn, der Leni den Weg wies. Max in die Arme.

Max trug eine Baseballkappe, die seine Augen beinah verbarg. Er ging noch immer wie auf Watte, vermied die hastigen Bewegungen. Er kam aus der Haustür und hatte eine große Schultertasche umhängen, in die er ein paar Klamotten gepackt hatte. Er sah wirklich nicht wie ein Sieger aus. Doch irgendwas war noch immer sexy an Max, dass Leni nur diesen einen Augenblick brauchte, um auf ihn zu fliegen.

»Doch noch Glück gehabt«, sagte Max.

»Glück?«, fragte Leni.

»Dich zu treffen. Du bist doch die Braut, mit der Lucky ausgeht.« Max' Blick hielt sich an Lenis Brüsten fest.

»Und wobei hast du kein Glück gehabt?«

Max machte eine Kinnbewegung zu Luckys altem Ford hin, der vor dem Haus geparkt war. »Hab den Schlüssel für die Karre nicht gefunden.«

»Du wärest sonst damit abgehauen?«

»Mein kleiner Bruder hätte sie mir sicher gerne geliehen.«

»Dann lass uns den Bus nehmen«, sagte Leni.

Max lachte und sah sich hastig um, ob er zu laut gelacht hatte. »Du willst mich begleiten? Du weißt doch gar nicht, wohin.«

Einen Moment lang dachte Leni an das Auto, das in ihrer Garage stand. Doch sie konnte Max nicht Paps' nagelneuen Jaguar anbieten.

»Weißt du es denn?«, fragte Leni.

Max zögerte. Vielleicht fiel der Süßen noch was Besseres ein.

»Komm mit«, sagte er, »der Bus fährt in ein paar Minuten.«

Es war wirklich nicht angebracht, hier zu wurzeln. Nachher kam noch dieser Kommissar des Weges. Kringel hatte ihn spät noch auf dem Handy erreicht und von dem Besuch gestern Abend erzählt. In der Seilerstraße konnte er sich vorerst nicht blicken lassen. Doch wo sollte er hin, ohne einen Cent in der Tasche?

Dass Leni ihm Geld geben könnte, kam ihm erst in den Sinn, als er ihre Rolex am Handgelenk sah. Waren zwar keine Diamanten dran, sah trotzdem teuer aus. Erst mal ließ er Leni die Fahrscheine lösen. Da saß er bereits auf der letzten Bank im Bus. Lieber nicht so mittendrin, wenn der Bus bald voller wurde.

Noch war er leer. Auch nicht gut. Max hatte das Gefühl, dass der Fahrer zu viel in den Rückspiegel guckte. Vielleicht Lenis wegen. Keine gute Idee, mit einer auffälligen Schönheit herumzuziehen.

»Kannst du das Hemd zuknöpfen?«, fragte er.

Leni sah ihn erstaunt an. Doch sie knöpfte das Hemd zu.

»Sonst fallen wir auf«, sagte Max.

Leni nickte. Sie war eine Gangsterbraut. Das gefiel ihr. Diese Langeweile zu Hause hätte sie nicht eine Minute länger ausgehalten.

Der Bus hielt an der nächsten Haltestelle und Max sah Tanja einsteigen und zog die Baseballkappe noch tiefer ins Gesicht. Tanja würde ihn erkennen, mit ihr war er bis zur Zehnten in die Schule gegangen. Max atmete hörbar aus, als Tanja in den vorderen Teil des Busses ging und dort irgendwen begrüßte.

»Kennst du die?«, fragte Leni.

»Ehemalige Mitschülerin.«

»Das Blond ist nicht echt«, stellte Leni fest.

Max hatte Tanja nur blond gekannt. Schon als Erstklässlerin. Wenn vielleicht auch nicht so hellblond, wie sie jetzt war. Doch er sagte nichts. Er war froh, als sich der Bus eine Haltestelle später füllte.

»Gehen wir auf den Kiez?«, fragte Leni.

»In die Schanze. Die ist gleich nebenan. Hab einen Kumpel da.«

»Und der nimmt dich auf?«

»Hat Lucky dir erzählt, ich sei auf der Flucht oder was?«

»Du benimmst dich so«, sagte Leni.

Am Hauptbahnhof verließen sie den Bus und nahmen die U-Bahn, die am Hafen entlangfuhr. An der Sternschanze stiegen sie aus. Das Haus in der Susannenstraße war gerade renoviert worden. Der untere Teil des Gerüstes stand noch. Der Kumpel von Max kam nicht mehr auf dem Klingelschild vor. »Frag doch in der Tapas Bar nach ihm«, sagte Leni.

»Wozu?«, fragte Max. Die ganze Erschöpfung der vergangenen Tage kehrte zu ihm zurück. »Die kennen ihn nicht. Der isst keine Tapas.«

»Vielleicht wurde mal ein Paket für ihn abgegeben.«

Max schüttelte den Kopf.

»Ich esse gern Tapas«, sagte Leni. »Komm, lass uns reingehen.«

»Hast du Geld?«

»Für Tapas genügt es. Ich habe auch noch eine Kreditkarte von meinem Vater. Ich kann den Laden kaufen.«

»Du hast ihm die Kreditkarte geklaut?«

Leni drehte sich zu ihm um und tippte an ihre Stirn. »Es steht mein Name drauf. Nur das Geld wird von seinem Konto abgebucht.«

Der Wirt kannte den Kumpel von Max nicht. Leni bestellte Tapas.

Max steckte sich mit Mandeln gefüllte Oliven in den Mund, als ihm ein Gedanke kam, der zu wichtig war, um zu Ende zu kauen.

»Kommst du auch an Bargeld ran mit deiner Kreditkarte?«

»Klar«, sagte Leni, »kann ich an jedem Bankautomaten abheben.«

»Ich habe eine große Sache laufen«, sagte Max, »doch die Kohle kriege ich erst in den kommenden Tagen.«

»Im Augenblick bist du also blank.«

Max nickte. Ihm war eingefallen, wo er Unterschlupf finden konnte, doch dem Typen musste er Geld zustecken.

»Wie viel brauchst du?«, fragte Leni.

»Vierhundert? Du kriegst es in ein paar Tagen zurück.«

Davon konnte er auch noch ein Zugticket kaufen. Vielleicht sogar einen Flug. Wer wusste schon, wie die Dinge sich entwickelten.

»Vierhundert fallen auch meinem Vater bei der Abrechnung auf.«

»Du kriegst es zurück.«

»Und was soll ich ihm sagen? Dass ich es kurzfristig einem Typen gegeben habe, den jemand grün und blau geschlagen hat und der jetzt auf der Flucht ist?«

»Zisch ab«, sagte Max. Er stand auf und stopfte sich noch zwei Scheiben vom Schinken in den Mund.

»Und wer ist hinter dir her?«, fragte Leni.

»Alle«, sagte Max. Er guckte zum Wirt. Der telefonierte und sprach spanisch. Das würde er sicher nicht mit der Hamburger Polizei tun.

»Und warum?«

»Das darfst du nicht wissen. Das wäre zu gefährlich für dich, Kleines.«

Max lauschte seinem Satz nach. Kannte er den aus dem Kino?

»Zweihundert«, sagte Leni, »die holen wir gleich aus dem Automaten. Freitag bringe ich dir noch mal zweihundert.«

»Dann müssen wir in Kontakt bleiben«, sagte Max.

»Genau«, sagte Leni.

»Und du läufst nicht zu Lucky und erzählst ihm alles?«

Leni stand auf und ging zum Tresen, um zu bezahlen. Ein Gefühl von Lässigkeit und Erwachsensein durchfuhr sie. Ihr Leben veränderte sich im Turbotempo, seit sie Max getroffen hatte.

Max schulterte seine Tasche. »Dann lass uns zur Bank gehen«, sagte er und überlegte, in welchem Moment er Leni küssen sollte. Das musste schon sein, sonst sprang sie ihm noch ab, und schön war sie wirklich.

»Wo treffen wir uns am Freitag?«, fragte Leni, als sie in der Bankfiliale standen und sie ihre Karte in den Automaten steckte.

»Weiß ich noch nicht«, sagte Max. »Gib mir deine Handynummer.«

»Vielleicht kann ich dir am Freitag sogar dreihundert geben«, sagte Leni. Paps ließ sich leicht überzeugen, dass sie was Schickes kaufen müsste. Und dann würde sie ihm irgendein Teil vorführen. Er hatte längst den Überblick verloren, was ihr Kleiderschrank alles barg.

»Vom Feinsten«, sagte Max. »Dann gib mal die Nummer.«

»Ich dachte, ich begleite dich zu deinem neuen Versteck.«

»Dahin geh ich allein«, sagte Max, »und zwar jetzt gleich.«

Das fand Leni gar nicht gut, doch sie zog einen Kassenbon aus ihrem Portemonnaie und nahm den Stift, den Max ihr schon hinhielt. Dass Max sie leidenschaftlich küsste, kaum dass er den Zettel eingesteckt hatte, überraschte sie total. Die kannte Max aus dem Kino, diese Küsse.

Der alte Ellerbek

Ellerbek hatte schon den ganzen Tag diesen Schwindel gehabt und sich schließlich gegen halb vier aufs Sofa gelegt, als es an der Tür klingelte.

Der Junge, dachte er, der hat doch einen Schlüssel. Dann fiel ihm ein, dass Theo nach ihm gucken wollte.

»Besser als die eigene Brut«, sagte Ellerbek, als er die Tür öffnete.

Beide sahen sie irritiert aus, der Kommissar und der alte Mann. Lüttich stellte sich vor und zog Blechmarke und Ausweis aus der Tasche.

Ellerbek nahm den Ausweis und studierte ihn lange. »Früher sahen die anders aus«, sagte er. Wann früher? Vor vierzig Jahren?

»Das wechselt«, sagte Lüttich, »seit Januar sind sie blau.«

»Kommen Sie wegen der Toten im Wald? Da weiß ich nix.«

»Sie sind Jan Ellerbeks Vater?«

Der alte Mann zuckte zusammen. »Kommen Sie rein«, sagte er.

Er führte Lüttich in die Küche. »Ist was mit dem Jungen?«, fragte er und ließ sich langsam auf einen Stuhl nieder.

»Ich hätte Ihren Sohn gern gesprochen.«

»Wenn ich das wüsste, wo der Junge ist. Ich hab lange nichts mehr von ihm gehört. Würde ihn so gern sehen, bevor es ans Sterben geht.«

Lüttich war vor dem Küchentisch stehen geblieben, doch nun nahm er ungebeten einen Stuhl und setzte sich.

»Wann haben Sie zuletzt von ihm gehört?«

»Ist Jahre her. Im Januar hat er mal vor der Tür gestanden. Ich glaube, das war 2004. Jan fährt zur See. Große Pötte. Doch lange nicht mehr für eine Hamburger Reederei. Dass er sich jahrelang nicht meldet, hat es nie gegeben. Wenn er bloß noch lebt. Was wollen Sie von ihm?«

Lüttich sah in das sorgenvolle Gesicht. Ihm fiel es nicht leicht, von der alten Geschichte anzufangen. Als er es tat, sackte Ellerbek auf seinem Stuhl zusammen. »Schlimm war das«, sagte er leise. »Ich versteh heut noch nicht, was den Jungen damals für ein Teufel geritten hat. Die Leute sind dann mit dem Kleinen weggezogen. Dabei hätten *wir* eigentlich von hier fortgemusst. Meine Frau ist daran kaputtgegangen.«

»Ist Ihr Sohn danach noch mal auffällig geworden?«

Der Alte schüttelte den Kopf. »Nicht dass ich's wüsste«, sagte er. »Jan hat Hamburg verlassen, kaum dass er volljährig war. Dass der Lütte das damals überlebt hat, dafür bin ich bis heute dankbar.«

»Leben Sie hier ganz allein?« Lüttich hörte eine Uhr schlagen.

»Ja. Solange es geht. Hin und wieder kommt der Theo rüber. Der wohnt mit seinen Eltern im Haus gegenüber.«

Lüttich stand auf. Auch Ellerbek stemmte sich hoch. Es klingelte, als sie im Flur standen. »Das wird er sein«, sagte Ellerbek, »der Theo.«

Er öffnete die Tür und Lüttich sah einen schmalen großen Jungen vor sich stehen. Dunkle glatte Haare, die ihm in die Stirn fielen. Ernste Augen. Genau in dem Alter, in dem er befragt werden sollte zu dem toten Mädchen im Wald.

»Das ist ein Kommissar, Theo«, sagte der Alte.

»Ich würde Sie gerne sprechen«, sagte Lüttich, »zu dem, was im Wald geschehen ist. Kennen Sie Lukas Oldelev?«

»Das ist mein bester Freund«, sagte Theo und nahm die Karte, die der Kommissar ihm gab. Was hat Lucky damit zu tun?, dachte Theo, als er Ellerbek ins Haus folgte und in die Küche trat. Doch er konnte sich nichts anderes vorstellen, als dass es mal wieder um Max ging.

Ellerbek erzählte Theo alles, was es von seinem Sohn zu erzählen gab. Das erleichterte ihn nach dem Besuch des Kommissars, der ihn hatte vollständig klar werden lassen. Theo hörte schweigend zu. Selbst wenn seine Eltern davon wussten, war das genau die Art Geschichte, die sie vor ihm verheimlichten. Doch eigentlich waren Ma und Pa zu jung, um sie zu kennen, auch wenn die beiden schon seit ihrer Heirat in diesem Haus wohnten, in dem Theo aufgewachsen war. Sogar der Dorfklatsch darüber schien verstummt zu sein.

Der alte Mann stand auf und füllte den Wasserkessel. Theo würde nicht drum herumkommen, eine Tasse von Ellerbeks Friesenmischung zu trinken, ein schwarzer Tee, der Tote erweckte. Vielleicht lebte der Alte nur des Tees wegen noch. Ellerbek stellte einen Keramiktopf mit Kandis auf den Tisch. Auf dem Kandis lagen klebrige Hustenbonbons. Theo kannte das schon und es ekelte ihn nicht länger.

»Was will er denn von deinem Freund?«, fragte Ellerbek.

»Luckys älterer Bruder hat Probleme mit der Polizei«, sagte Theo.

Ellerbek fragte nicht nach. Er war zu sehr damit beschäftigt, den Tee in die große Kanne zu geben. Der Tee geriet immer zu schwarz, weil er Tasse für Tasse gesiebt wurde, und selbst die ersten Tassen waren nur zu ertragen, wenn man viel vom Kandiszucker reinrührte.

Der Kessel fing an zu tuten, und der Alte gab das kochende Wasser in die Kanne und guckte auf die Küchenuhr, die über dem Herd hing. In fünf Minuten würde er die Tassen füllen.

»Jede Familie hat ihre Geheimnisse«, sagte Ellerbek und sah Theo an.

»Luckys Vater hat die Familie verlassen«, sagte Theo, »ich weiß.«

»Ich dachte nicht an die Familie deines Freundes«, sagte der alte Mann.

»An wen denn?« fragte Theo.

Ellerbek guckte auf die Uhr und schwieg. Schließlich goss er den Tee ein und schüttelte den Kopf, als gäbe es nichts mehr zu sagen.

»Besser als die eigene Brut«, hatte Ellerbek gesagt. Doch er liebte seinen Sohn, davon war Lüttich überzeugt. Auch wenn der alte Mann sich schonungslos erinnerte und nichts schönte.

Machte es Sinn, international nach Jan Ellerbek zu fahnden? Saß er in irgendeinem fernen Land, soff sich die Vergangenheit aus dem Kopf und vergaß dabei den Vater in Hamburg? Oder war er längst tot?

Lüttich fuhr stadteinwärts. Nicht zum Polizeipräsidium. Er wollte in die Seilerstraße. Sehnsucht nach dem Vampir Kringel, dachte er. Die Fährte Ellerbek schien ins Leere zu laufen. Geschah das nicht mit allen Fährten, die er aufnahm, seit Sarah tot im Wald gelegen hatte?

In fünf Tagen war Mittsommer. Warum krallte er sich so fest an diesem Datum? Wurde er alt? Petersen hatten am Ende seiner Laufbahn auch Vorahnungen geplagt, obwohl der wirklich kein Spökenkieker gewesen war, sondern ein bodenständiger Hamburger Kriminalkommissar. Spökenkieker. Lüttich gefiel dieses plattdeutsche Wort. Er wäre gerne einer gewesen, der den Spuk schon im Voraus erkannte. Und die bösen Geister bannte, ehe sie ihr Unwesen trieben.

Er fand einen Parkplatz vor dem Haus in der Seilerstraße und hielt das für ein gutes Zeichen. Doch seine Stimmung sank, als sich die Tür im obersten Stock auf sein heftiges Klingeln hin öffnete.

Tanja

Der Tag, an dem Tanja den Chorleiter kennengelernt hatte, war vier Wochen her und hatte ihr Leben verändert, das in halbherzigen Versuchen dahingedümpelt war, eine Ausbildung als Kauffrau anzufangen.

Später sagte Dankwart, er habe sie am Tresen des Lichtgrün stehen sehen und ihr künstlerisches Talent auf den ersten Blick erkannt. Wenn er das sagte, streichelte der Chorleiter gerne ihre Brüste, bevor er den Klavierdeckel hob und Tanja Tonleitern singen ließ.

Einen naiven Sopran nannte er ihre Stimme, und auch das klang lobend in Tanjas Ohren, denn Dankwart lächelte tief dabei.

Die Einzelstunden am Nachmittag gewährte der Chorleiter nur ihr. Die anderen Mitglieder des Kirchenchors hatten am Dienstagabend Probe, an der Tanja gestern zum ersten Mal teilgenommen hatte. Von den Nachmittagen im kleinen Raum hinter der Orgel, in dem nur ein Klavier stand und ein Sofa und einige Notenständer, wusste keiner. Erschrak Tanja darum so sehr, als sie die Treppe zur Orgel hochstieg und Theo dort oben stehen sah?

Es ging schon auf halb sechs zu, Dankwart würde sich verspäten und hatte heute nur kurz Zeit. Das hatte er ihr auf der Mailbox ihres Handys angekündigt.

»Was tust du hier?«, fragte sie. Spionierte Theo ihr nach? Vergangenen Mittwoch hatte er im Garten des Lichtgrün gesessen und sie angestarrt.

»Und du?«

»Ich hab gestern die Noten liegen lassen.«

Theo nickte. »Ich habe keine gefunden«, sagte er.

Er hatte auch die Lesebrille seiner Mutter nicht gefunden, die Ma auf einem der hellen Stühle vermutete, die vor der Orgel standen. Kaum war er von Ellerbek nach Hause gekommen, hatte sie ihn hergeschickt. Theo war bald nur noch als Wohltäter unterwegs.

»Du bist groß geworden«, sagte Tanja mit der Überheblichkeit der vier Jahre älteren Nachbarstochter.

»Kennst du die Sänger, die im Kirchenchor singen?«

»Klar«, sagte Tanja, »deine Mutter ist auch dabei.«

Als ob das eine Neuigkeit wäre. Theo hätte gern mehr über den Mann gewusst, der einen schwarzen Schirm über seine Mutter hielt.

»Hast du das tote Mädchen im Wald gekannt?«, fragte Tanja.

»Wie kommst du darauf?«

»Dachte nur«, sagte Tanja, »ihr wart doch gleich alt.«

Theo hörte erst die Schritte auf der Treppe, dann die Stimme des Chorleiters. »Tanja, bist du das da oben?«

»Er weiß schon, dass du die Noten suchst«, sagte Theo. Irgendwas kam ihm komisch vor, Tanja wirkte total angespannt.

»Ich bin es«, zwitscherte sie, und es klang, als sei das eine Warnung. Ein verschreckter Kanarienvogel, der da zwitscherte.

Der Chorleiter hatte die oberste Stufe erreicht und sah sie.

»Du bist Gesa Ansorges Sohn«, sagte er.

»Meine Mutter hat ihre Brille hier liegen lassen«, sagte Theo.

»Und was hast du liegen lassen?«, fragte der Chorleiter Tanja.

Sein Ton war scharf. Tanja guckte irritiert.

»Die Noten vom Lied mit den Schmerzen«, sagte sie. Eine Ausrede, das sollte Dankwart doch wissen. Wollte er, dass sie ihre geheimen Probestündchen auffliegen ließ?

»Habt ihr euren Kram gefunden?«

»Nein«, sagte Theo. Der Typ war ein echter Kotzbrocken. Dass der hier neuerdings den Kantor gab, konnte nichts Gutes bringen.

»Dann geht. Gleich kommen zwei Sänger, mit denen ich arbeiten werde«, sagte der Chorleiter. »Ernsthaft arbeiten.«

Er ist eifersüchtig, dachte Tanja, als sie die Treppe hinunterstieg. Der Gedanke gefiel ihr. Vielleicht vermutete Dankwart, dass sie was mit Theo habe. Doch warum sollte sie den dann in die Kirche schleppen?

»Glaubst du das mit den Sängern?«, fragte Tanja.

Theo hob die Schultern. Ihm war das völlig egal.

Vor der Kirche kamen ihnen zwei Männer entgegen. Der eine war der Schirmträger seiner Mutter. Der andere ein kleiner grauer Mann mit einem auffallend spitzen Gesicht.

»Das sind sicher die Sänger«, sagte Theo.

»Ich kenne nur den einen. Hardy.« Tanja drehte sich noch mal nach den beiden um. »Keine Ahnung, wer dieses Rattengesicht ist.«

»Gehst du nach Hause?«, fragte Theo.

»Hast du was dagegen?«

»Dann haben wir den gleichen Weg.«

Tanja blickte zu ihm hinüber. »Du bist tatsächlich groß geworden«, sagte sie. »Ich sehe dich noch in deiner Sandkiste sitzen.«

»Ist ja schon eine Weile her«, sagte Theo. »Erzähl mir was von Hardy.«

»Warum?«

»Nur so«, sagte Theo. Sorgte er sich um die Ehe seiner Eltern?

»Er ist ganz nett«, sagte Tanja. »Ich war gestern zum ersten Mal auf der großen Probe. Da kann ich noch nicht viel sagen. Nur dass ein paar alte Säcke dabei sind, die nerven. Da fällt er positiv auf.«

»Und was machst du jetzt so?«

»Ich werde Sängerin«, sagte Tanja und dachte, dass sie nur dafür den alten Sack Dankwart brauchte.

»Aha«, sagte Theo. »Wie wirst du das?«

»Erst mal im Kirchenchor singen. Dann in den Clubs. Eine CD. Und als Nächstes die Stadien.« Theo sah Tanja an. Sie grinste. Vielleicht war sie doch nicht ganz so bescheuert, wie er bisher angenommen hatte.

»Hast du immer noch das mit deinen Augen?«, fragte sie.

»Nur wenn es zu grell wird.«

»Dann lass uns doch mal abends ins Tre Castagne gehen«, schlug Tanja vor. »Ich zieh mir auch was Dunkles an.«

»Können wir«, sagte er leidenschaftslos.

Theo wünschte, Leni hätte das vorgeschlagen.

Er sah die bunten Zettel an den Bäumen der alten Landstraße. Zettel, die zum Sonnenwendfeuer einluden. Hatte es solche Feuer in seiner Kindheit gegeben? War er da an die Hand genommen worden, damit er nicht zu nah an das Feuer trat und die Funken ihn nicht verbrannten? Er erinnerte sich nicht. Tanzte man um das Feuer? Mit Kränzen auf dem Kopf, an denen bunte Bänder flatterten? Blonde Mädchen mit Kränzen. Ihm kam das *eine* Mädchen in den Sinn.

Ein altes Märchen fiel ihm ein, in dem Stroh zu Gold gesponnen wurde.

Sie war die Vollkommene. Die anderen waren nur Zitate von ihr.

Vampire

Die Frau sah aus wie der Tod. Die Haut spannte auf ihrem Gesicht, Kiefer- und Wangenknochen zeichneten sich darunter deutlich ab, die Augen lagen tief in den Höhlen. Am Hals hatte sie Flecken und Schnitte, ihre Arme waren unter einem viel zu weiten Pullover verborgen.

Der Kommissar hatte keinen Zweifel daran, dass sich in den Armbeugen zahlreiche Einstiche finden ließen. Die Verletzungen an ihrem Hals waren wohl kaum Knutschflecken, eher Misshandlungen. Er schätzte ihr Alter auf knapp dreißig, doch vielleicht war sie viel jünger.

Er zeigte ihr den Ausweis und konnte in letzter Sekunde verhindern, dass sie die Tür zustieß. Als Lüttich eintrat, flüchtete sie in das dreckige Zimmer, in das ihn Kringel geführt hatte. Von Dirk Kringel keine Spur.

»Sie sind allein hier?«, fragte Lüttich.

Die Frau kauerte sich an den Heizkörper, der sicher kalt war.

»Sie sind weg«, sagte sie, »ich weiß nicht, wohin.« Ihre Stimme klang heiser. Sie räusperte sich nach jeder Silbe.

»Sie?«, fragte Lüttich.

»Dem die Hütte gehört«, sagte sie, »und zwei andere. Kenne sie nicht.«

»Stofflieferanten?«

»Ich bin sauber.«

»Gehört die Hütte Dirk Kringel? Einer, der aussieht wie Dracula?«

Die Frau zuckte die Achseln. »Lassen Sie mich in Frieden.«

»Sagt Ihnen der Name Max Oldelev was?«

Sie rutschte an der Heizung herunter und kam auf den Dielen zu sitzen. »Hauen Sie doch ab. Ich weiß nichts«, sagte sie.

Lüttich kehrte ihr den Rücken zu und sah sich den Rest der Wohnung an. Neben dem Steingutbecken in der Küche lag eine kleine flache Pfanne aus Eisen, kaum größer als ein Suppenlöffel. Die könnte zu einem Heroinbesteck gehören. Für Spiegeleier war sie definitiv zu klein.

Doch sonst sah er nichts, was auffällig gewesen wäre an der elenden Ausstattung dieser Wohnung. Sperrmüll. Jedes einzelne Teil.

Er kam in das erste Zimmer zurück und sah sie noch immer neben der Heizung sitzen. Sie hatte die Augen geschlossen.

»Sie sollten sich ärztliche Hilfe suchen«, sagte Lüttich. Ein verlorener Satz. Er wusste das.

Die schmale Tür im Flur fiel ihm erst beim Hinausgehen auf. Ein Spind, eingebaut und unter einer dicken Lackschicht beinah verborgen. Ein paar Holzbretter darin. T-Shirts. Jeans. Eine schwarze Kulturtasche. Lüttich zog den Reißverschluss auf. Kamm, Seife, Zahnbürste. Zwei Kondome. Gehörte vermutlich irgendeinem Gast dieses Hauses.

Lüttich steckte den Zeigefinger in ein Seitenfach, das leer zu sein schien, und hätte sich beinah an einer losen Rasierklinge geschnitten. War damit der Hals der Frau im Nebenzimmer bearbeitet worden oder hatte Kringel seine spitzen Zähne darin versenkt? Aus dem zweiten Fach, das genauso flach anlag, holte Lüttich einen Zettel hervor. Kariertes Papier, wie aus einem Rechenheft gerissen. Eine Adresse draufgekritzelt.

Lüttich steckte den Zettel ein. Die Tasche stellte er zurück in den Spind, den er Zentimeter für Zentimeter abtastete.

»Ich kann Sie zu einem Arzt bringen«, sagte er in das Zimmer hinein.

»Ich bin schon ein paar Jahre volljährig«, sagte die Frau.

Der Kommissar nickte. Erwachsene hatten das Recht, sich zu ruinieren.

Er stieg die Treppen hinunter und trat aus dem Haus. Den Strafzettel unter dem Scheibenwischer konnte er sich nicht erklären.

»Versau es nicht«, hatte der Typ gesagt, »der Doktor geht das nächste Mal nicht mehr so sanft mit dir um.«

Der Typ wollte kein Geld für die Liege im Keller. Max hatte nur den Job zu erledigen, der unter dem Decknamen Lila Pause lief. Dann war man quitt. Beim ersten Versuch hatte Max die Fliege gemacht. Keiner von denen auf dem Schulhof sah älter aus als fünfzehn. Und er hatte den großen Bruder zu geben, der was Leckeres in den Taschen bereithielt. Lila Tabletten verteilen. Geiles Gefühl, wenn man die schluckte. Man wurde zum genialen Wichtigtuer.

Später konnten die Kids das lila Zeug in Zwölfer-Schablonen kaufen. Tabletten, die aussahen wie die Veilchenpastillen, die Max' Opa lutschte. Eine Sechzehnjährige war daran gestorben, weil sie allergisch auf den Chemiecocktail reagierte. Ein Vierzehnjähriger, weil er eine zu hohe Dosis nahm.

Max hatte Schiss. Dass einer von den Kids auf dem

Schulhof in die Kiste sprang und er war schuld. Er hatte außerdem ein Gewissen, weil er selbst ein großer Bruder war und jedem an den Hals gegangen wäre, der Lucky oder Mia das Zeug hätte andrehen wollen. Das Dumme war nur, dass Max den allergrößten Schiss vorm Doktor hatte. Es hieß, der habe schon Leute auf dem Gewissen. Ganz ohne Veilchenpastillen. Das Megadumme war, dass Max zu viel wusste. Den wahren Namen vom Doktor zum Beispiel.

Er habe eine große Sache laufen, hatte er zu Leni gesagt.

Max hätte am liebsten gekotzt beim Gedanken daran, doch er holte ein sauberes Shirt aus der Schultertasche, die neben der Liege stand, und ärgerte sich, dass seine Kulturtasche in Kringels Spind geblieben war.

Einen Kamm brauchte er, Duschgel, Zahnbürste. Gab ja wohl einen Laden in dieser gottverlassenen Gegend. Verkommen ging so einfach. War viel leichter, als sauber zu bleiben.

Heiß war es wieder geworden. Lüttich schwitzte. Der karierte Zettel aus der Kulturtasche hatte ihn zu einer Schule geführt, die wie ausgestorben schien. Die Sommerferien fingen doch erst in zwei Wochen an.

Der Kommissar ging über den leeren Schulhof und blickte auf die große Uhr, die über dem Eingang des alten Gebäudes aus dunkel gebranntem Backstein hing. Zehn nach elf. Hatten alle hitzefrei?

Lüttich legte die Hand über die Augen, um sie vor der grellen Sonne zu schützen, und betrachtete das Gelände. Am anderen Ende des Hofes stand eine kleine graue Gestalt und beobachtete ihn.

Lüttich winkte. Ganz langsam setzte sich die Gestalt in Bewegung und ging auf ihn zu und wurde schließlich zu einem kleinen Mann im grauen Kittel. Der Hausmeister vermutlich. Lüttich zeigte seine Instrumente. Die Blechmarke. Den blauen Ausweis.

»Die sind alle mit der Fähre nach Finkenwerder. Und dann ins Alte Land. Keine Ahnung, was die da wollen. Die Kirschblüte ist vorbei.«

»Schulausflug?«, fragte Lüttich.

Der Hausmeister nickte. »Und was wollen Sie?«

»Einfach mal nach dem Rechten sehen«, sagte Lüttich.

»Hat einer einen Amoklauf angekündigt?«

»Wie kommen Sie darauf?«

»Steht doch immer in der Zeitung, so was«, sagte der kleine graue Mann.

»Ist der Schulleiter auch im Alten Land?«, fragte Lüttich weiter.

»Der läuft vorneweg. Ein Wandervogel. Kommen Sie morgen wieder.«

Hätte Lüttich den Blick nach links gerichtet, als er zu seinem Auto zurückging, dann wäre er auf einen jungen Mann aufmerksam geworden, der Lukas Oldelevs großer Bruder war.

Max war ebenfalls überrascht worden von der Leere auf dem Schulhof.

Das würde dem Doktor nicht gefallen.

Mittsommer

Lucky hatte schon viermal auf Lenis Mailbox gesprochen und vergeblich auf einen Rückruf gehofft. Erst am Freitag erreichte er sie. Leni war auf dem Weg zu Max, doch das ahnte Lucky nicht, als er sie fragte, ob sie am Sonntag zum Seechen mit ihm wollte. Kleines vorgezogenes Mittsommerfest. Am Montagabend musste er Überstunden machen. Der Mercedes der Chefin lief nicht rund.

»Was sind das für Geräusche?«, fragte Lucky.

»S-Bahn«, sagte Leni, »hab was zu erledigen.«

Max hatte die Landungsbrücken als Treffpunkt vorgeschlagen. Brücke 2 bei Eis Meier. »Die haben auch Tische auf dem Dach. Setz dich dahin. Da laufen keine Gaffer vorbei«, hatte Max gesagt.

»Was hältst du nun vom Seechen?«

»Ich überlege noch«, sagte Leni. Max würde ihr kaum Vergnügungen zu bieten haben. Nicht in nächster Zeit. »Okay«, sagte sie dann.

Lucky dachte, dass ihre Begeisterung steigerungsfähig war.

»Dann hol ich dich um drei zu Hause ab«, sagte er.

»Wieso hast du ein Auto und Max nicht?«, fragte Leni und wusste im nächsten Augenblick, dass diese Frage ein Fehler war.

»Wie kommst du darauf?« Lucky klang misstrauisch.

Leni biss sich auf die Zunge. Leider zu spät.

»Theo hat mir das erzählt«, sagte sie. Ein schwacher Auffangversuch.

»Weißt du, wo Max ist?«, fragte Lucky.

»Also Sonntag um drei«, sagte Leni und drückte Lucky weg.

Lucky fluchte, als die Verbindung abbrach. Seine Mutter war völlig durch den Wind wegen Max. Telefonierte dauernd mit seinem Vater und versuchte, ihn aus dem Mecklenburgischen Dorf zu locken. »Denk an deine Verantwortung als Vater«, sagte sie dann. Da hatte der doch schon vor sechs Jahren drauf gepfiffen. Und was sollte sein Vater tun? Den Kiez aufrollen, um Max zu finden? Lucky zog die Stirn kraus.

Er tippte Theos Nummer ein und hörte dem Klingeln zu. Immerhin klingelte es. Theo ließ das Handy am liebsten ausgeschaltet.

»Viertel nach fünf im Tre Castagne?«, fragte Lucky, als Theo sich meldete. »Ich will was mit dir bequatschen.«

Er steckte das Handy in seinen Overall, kaum dass Theo die Verabredung bestätigt hatte. Die Chefin nahte und die schätzte Handys noch weniger als Theo. Vor allem wenn ihr Auszubildender eines in der Hand hielt, statt an Autos zu schrauben.

Max war endlos erstaunt, dass der Doktor ihn noch nicht bestraft hatte, nach dem Flop auf dem Schulhof. Vielleicht lag ihm doch daran, Max als Mitarbeiter aufzubauen, statt ihn zu Mus zu klopfen.

Dennoch wäre es verdammt wichtig, wegzukommen von dieser Liege im Keller. Viel zu angreifbar war er dort. Er hatte in der vergangenen Nacht kein Auge zugetan, dauernd Schritte gehört und Geflüster und einmal einen kurzen Schrei.

Er musste versuchen, in irgendeiner Klitsche unterzukommen, obwohl ihm ein Edelschuppen gutgetan hätte, um sich mal wieder als Mensch zu fühlen. Vielleicht konnte er Leni dafür gewinnen, einen auf Liebespaar zu machen, das aus der Provinz kommt und die große Stadt Hamburg angucken will. Genügend Geld von Papa in den Taschen, um sich einen Haufen Luxus zu leisten. Nur ein paar Tage, bis er die Lila Pause gut hinter sich gebracht und die ersten Lorbeeren gesammelt hatte. Max grinste beim Gedanken an Lorbeer und an Lenis Vater, der eine Quelle für Taler zu sein schien.

Leni saß schon da und hatte ein Glas in der Hand und eine Flasche Cola light vor sich stehen. Er beugte sich lässig über sie und gab ihr einen Kuss auf den Mund. Flüchtiger als der in der Schanze.

»Du siehst müde aus«, sagte Leni, »aber wenigstens nicht mehr lila.«

Max zuckte leicht zusammen. Lila. Ausgerechnet.

»Um die Augen, meine ich«, sagte Leni. »Läuft deine große Sache?«

Max setzte sich und entschied sich für Spaghetti-Eis. Das hatten er und Lucky immer gegessen, als sie Kinder waren und ihr verehrter Vater noch anwesend und Spender des Eises.

»Läuft«, sagte er. »Hast du die dreihundert mitgebracht?«

»Was krieg ich dafür?«, fragte Leni.

Max krauste die Stirn. Was wollte Leni? Weitere Küsse?

»Ich will den Kiez kennenlernen«, sagte Leni, »und zwar nicht die weichgespülte Version.«

Du liebe Güte. Und er wollte die heile Welt eines Hotels mit fünf Sternen. Große Badewannen und frisch bezogene Betten mit je zwei Kissen.

»Ich dachte, wir könnten uns zwei, drei nette Tage in einem echt guten Hotel machen«, sagte er und hörte, dass er kleinlaut klang.

Das ging gar nicht bei einer wie Leni. Die stand auf harte Kerle.

»Du spinnst. Hast du gedacht, das mache ich mit Paps' Kreditkarte?«

Max betrachtete das Eis, das vor ihn hingestellt wurde.

»Und ich habe nicht den geringsten Bock auf einen Luxusladen. Da kann ich gleich zu Hause bleiben«, sagte Leni.

Max stieß den Löffel in das Eis. Das Hochgefühl, das ihn getragen hatte, weil er nicht misshandelt worden war, schlich sich langsam davon.

»Hundert kriegst du«, sagte Leni, »und den nächsten Schein am Montag.« Sie hatte sich überlegt, dass es viel besser wäre, das Geld zu portionieren. Max sollte an der Angel bleiben.

»Wer weiß, was Montag ist«, sagte Max düster.

Leni dachte, dass sie dann Lucky geknackt hatte, obwohl der bestimmt keine Jungfrau mehr war. Vielleicht sollte sie sich Theo mal vornehmen.

»Du hast Erdbeersauce am Mund«, sagte Leni.

Max streckte seine Zunge heraus und leckte langsam über die Lippen.

»Erzähl mir von deiner großen Sache«, sagte Leni.

Ungerührt bis in die Haarwurzeln, dachte Max. Egal was er hier abzog. »Das ist nichts für wohlhabende Töchter«, sagte er.

Lenis Augen wurden zu schmalen Schlitzen.

»Spaghetti-Eis?«, fragte Lucky.

Theo schüttelte den Kopf. »Lieber ein Bier«, sagte er.

Lucky drehte sich nach dem Wirt um und hielt zwei Finger in die Luft. »Zwei Weizen«, sagte er. »Sigi sieht schlecht aus.«

»Was wolltest du mit mir bequatschen?«, fragte Theo.

»Hast du mit Leni über mein Auto gesprochen und dass Max keines hat?«, fragte Lucky.

»Warum sollte ich das getan haben?«

»Um ein Gespräch am Laufen zu halten, als ihr so nett miteinander Fahrrad gefahren seid«, sagte Lucky.

»Wir sollten mal wieder ins Lichtgrün«, sagte Theo. »Vielleicht Montag. Kleiner Mittsommertrunk. Vorher kann ich nicht.«

»Du hast also nicht mit ihr darüber gesprochen. Dann hat sie Kontakt mit Max. Hat ihm immer missfallen, dass ich mir die alte Kiste gegönnt habe. Nicht mal die dreihundert war der Ford damals wert. Ich habe Tage meines Lebens unter ihm liegend verbracht.«

»Wisst ihr inzwischen, wo Max steckt?«

»Ich wette, dass Leni uns das sagen kann«, sagte Lucky.

»Magst du sie eigentlich wirklich?«

»Ich treffe mich am Sonntag mit ihr. Und dann will ich sie vögeln.«

Theo kniff die Augen zusammen.

»Ist hier irgendwas Grelles?«, fragte Lucky.

»Ein greller Gedanke«, sagte Theo. Er zog die schwarze Ray Ban aus der Jeanstasche. Besser die Augen verstecken.

»Montag sind die Sänger da und ich checke den Mercedes der Chefin.«

»Was heißt das?«

»Dass ich erst später ins Lichtgrün kommen werde.«

»Was wäre, wenn Max einfach wieder nach Hause käme?«, fragte Theo.

»Finde ihn. Dann fragen wir ihn.«

»Ich habe mit dem Kommissar gesprochen«, sagte Theo.

»Ist er mit dir auch in den Wald gegangen?«

Sigi kam mit dem Weizenbier, und Theo schwieg, bis Sigi die Gläser hingestellt und wieder gegangen war. »Wir waren hier«, sagte er, »aber drinnen, weil es zu regnen anfing.«

»Und? Konntest du ihm was erzählen?«

»Nichts, was er nicht schon gewusst hätte«, sagte Theo. »Nur Sigi war komisch. Hat hinterm Tresen gestanden und Gläser gespült und gleich zwei davon zerbrochen. Er hätte den Tatterich, sagte er.«

»Ich sag ja, er sieht schlecht aus.«

»Der Kommissar schien ihn von früher zu kennen.«

Lucky zuckte mit den Achseln. Er nahm einen großen Schluck Bier.

»Vielleicht hatte er schon mal mit der Kripo zu tun«, sagte Theo.

»Wohl nicht als Mädchenmörder.« Lucky lachte.

Theo legte einen Finger auf die Lippen.

»Nun mach halblang«, sagte Lucky, »hör lieber mal zu.«

Theo sah Tanja ins Tre Castagne kommen und senkte den Kopf.

»Sie saß in der S-Bahn«, sagte Lucky, »und irgendwie habe ich das Gefühl, dass sie unterwegs zu Max war.«

»Du sprichst von Leni«, stellte Theo fest.

Ein Mann stand von einem der Tische auf. Tanja ging auf ihn zu.

»Klar spreche ich von Leni«, sagte Lucky, »was ist los mit dir?«

»War gerade abgelenkt«, sagte Theo.

Lucky drehte sich um. »Stehst du jetzt auf Tanja?«, fragte er.

»Hab nur überlegt, ob ich den Mann kenne.«

»Ich kenne ihn nicht«, sagte Lucky. »Du und ich sollten uns an Lenis Fersen heften. Dann führt sie uns zu Max.«

»Heimlich hinter ihr herlaufen?«

»Den Kiez aufrollen.«

»Vielleicht stöhnt sie den Aufenthaltsort von Max heraus, wenn du sie am Sonntag vögelst«, sagte Theo. Ihn quälte jedes Wort.

»Nimm mal die Sonnenbrille ab«, sagte Lucky.

»Was soll das?«, fragte Theo. Doch er tat es.

Lucky sah ihn aufmerksam an. »Du bist verknallt in Leni«, sagte er. »Das tut mir leid für dich.«

Theo stand auf und stieß den Stuhl zurück. Legte vier Eurostücke neben das halb volle Bierglas und rannte davon. Mit einer derart heftigen Erwiderung hatte Lucky nicht gerechnet.

Theos Mutter war nicht da. Sein Vater saß allein im Garten. Er guckte auf, als Theo auf die Terrasse trat. »Ich dachte, es sei Gesa«, sagte er.

»Tut mir leid«, sagte Theo. Viel zu viel des Leidtuns heute.

»Unsinn«, sagte sein Vater, »setz dich und sag mir, was Ma für einen Eindruck auf dich macht.«

Theo war zu aufgewühlt von den eigenen Gefühlen, um gleich zu antworten. »Der Chor bedeutet ihr echt was«, sagte er schließlich.

Sein Vater nickte. »Der Chor«, sagte er.

»Ist doch eine Abwechslung. Ihr habt ja nicht gerade ein wildes Leben. Sitzt doch meistens vor dem Fernseher rum.«

»Hat Ma sich bei dir beschwert?«

Theo schüttelte den Kopf. »Lass ihr doch die Freude«, sagte er, »du weißt, wie angstvoll Ma oft ist.«

»Ja. Das weiß ich«, sagte sein Vater.

»Und wenn sie mal ein bisschen flirtet«, sagte Theo.

Sein Vater setzte sich mit einem Ruck auf.

»Mir steht gerade nicht der Sinn danach, dieses Gespräch zu führen«, sagte Theo. Er sollte auf sein Zimmer gehen, ehe er noch in Tränen ausbrach und Erklärungen abgeben musste.

»Was weißt du?«, fragte sein Vater.

Theo seufzte tief. Warum hatte er das mit dem Flirten gesagt?

»Ist eben eine heitere Truppe, dieser Chor«, sagte er. Er konnte es eigentlich nur noch verschlimmern. Theo stand auf.

»Sag es, wenn du was weißt.«

Damit er Ma dann zur Schnecke machte? Und was wusste er denn? Dass sie einen Mann anlächelte, der ihr den Schirm trug.

»Ich gehe nach oben«, sagte Theo.

Sein Vater guckte trübe vor sich hin und antwortete nicht.

»Haben wir ein Familiengeheimnis, Pa?«

»Wie kommst du darauf?«

»Ellerbek hat was von Familiengeheimnissen gesagt.«

Theo fand, dass sein Vater verschreckt aussah.

Leni hatte ein weißes Top an und einen kurzen schwarzen Rock.

Ein Rucksack hing ihr über der rechten Schulter.

»Ich hoffe, du hast für Getränke gesorgt«, sagte sie.

Die Kühltasche stand im Kofferraum des Fords. Zwei

Flaschen Sekt hatte Lucky hineingepackt und eine große Dose Kartoffelsalat.

Lucky glaubte, Lenis Vater am Fenster stehen zu sehen, als sie losfuhren. Doch er guckte nicht noch mal hin, weil Leni nicht guckte.

Leni setzte eine schwarze Ray Ban auf und Lucky dachte an Theo. Seit Freitag hatten sie nichts voneinander gehört.

»Geiles Wetter«, sagte Lucky.

»Ich schätze das Wort geil nicht«, sagte Leni. An diesem Sonntagnachmittag geruhte sie, die Grande Dame zu geben. Nichts deutete darauf hin, dass sie ganz geil auf den Kiez war.

»Paps sagte, du seiest ein netter Kerl, doch kaum der richtige Umgang für mich.« Ließ sich verdammt gut an, der Nachmittag am Seechen bei Sonne und 28 Grad. Danke.

»Ist Max ein besserer Umgang für dich?«, fragte er.

»Wie meinst du das?«

»Vergiss es.« Lucky wollte den Ausflug nicht wieder in der Knospe vermasseln. Nach Max würde er später fragen.

Der alte Kahn lag noch immer kieloben. Das Stück Strand war leer. Lucky hatte es kaum zu hoffen gewagt. Er breitete das gestreifte Badetuch aus, das Mia gehörte. Er trug die Kühltasche zum Seechen.

Lenis Vater konnte ihn mal. Diese Bonzennummer kotzte ihn an.

Er zog die neuen Chucks und die Socken aus. Der Sand rieselte ihm warm zwischen den Zehen.

»Nette Schuhe«, sagte Leni. »Grün macht kleine Füße.«

War er heute dünnhäutig oder klang auch das abfällig? Leni machte keine Anstalten, sich auszuziehen. Das hatte er anders in Erinnerung. Der BH aus weißer Spitze kam ihm in den Sinn. Strass zwischen den Brüsten. Heute trug sie ein Bikinioberteil unter dem Top. Die schwarzen Bänder waren im Nacken geknotet. Ihre Haare fielen über die Schultern und waren wie aus Gold gesponnen. Lucky hielt den Atem an.

»Willst du dich nicht weiter ausziehen?«, fragte Leni.

»Vielleicht bist du mal dran.«

»Ist das ein Pfänderspiel?«

Lucky stieg aus seinen Jeans und war dankbar, sich für die Boxershorts entschieden zu haben. Die enge Badehose hätte ihn verlegen gemacht. Irgendwie fühlte er sich heute nackt unter Lenis Blicken. Hatte sie mit seinem großen Bruder geschlafen und stellte Vergleiche an? Als er das Shirt über den Kopf zog, fühlte er sich besser. Sein nackter Oberkörper konnte sich sehen lassen. Leni schien das ähnlich zu betrachten. Immerhin streifte sie schon mal die Flipflops von den Füßen.

»Was ist in der Kühltasche?«, fragte Leni.

»Sekt.« Lucky hatte Friedrichshöhe Extra Trocken gekauft. Würde ihm die Schleimhäute verziehen, doch er nahm an, dass es das Richtige für Prinzessin Leni war. Er öffnete die Tasche und nahm eine Flasche heraus. »Okay«, sagte Leni. Er kannte keinen anderen Menschen, der die beiden Silben von okay so dehnen konnte.

Leni vögeln. O lieber Übermut.

Er wickelte die beiden Gläser aus dem Küchentuch. Die Sektgläser seiner Oma. Kristall. »Die brauche er nicht mehr«, hatte Opa nach Omas Tod gesagt. Nun trinke er nur noch Schnaps. Leni nahm ihm die Gläser aus der Hand. »Goldrand«, sagte sie.

»Von meiner Oma.«

»So sehen sie aus.«

Lucky öffnete die Flasche. Der Naturkorken löste sich langsam. Kein Plastik. Hoffentlich bemerkte die scharfäugige Leni das. Lucky füllte die Gläser und trug die Flasche zum Seechen, um sie zwischen zwei Steine zu stellen. Einen Verschluss hatte er vergessen.

»Cheers«, sagte Leni und trank ihr Glas leer, ehe er auch nur genippt hatte. »Prost«, sagte Lucky. Dann ging alles ganz schnell. So eilig, wie sie getrunken hatte, entledigte Leni sich ihrer Kleider. Sie stand nackt vor ihm und war so schön. Nein. Er musste sich keine Sorgen mehr machen. Alles gelang. Lucky zog die Boxershorts aus.

Theo war am Samstag mit seinem Vater zu Tante Ebba gefahren. Ma hatte im letzten Moment erklärt, sie habe heftige Kopfschmerzen und käme nicht mit. Pa und Ma waren im Schlafzimmer verschwunden und hatten gestritten. Leise, wie sie es immer taten. Damit Theo nur nichts mitbekam. Theo seufzte.

Schließlich hatte sich Ma mit einem Kühlbeutel auf der Stirn aufs Bett gelegt und Pa den Kartoffelsalat eingepackt, den Theos Mutter gemacht hatte. Gemeinsames Grillen mit Tante Ebba war vorgesehen, mit anschließender Übernachtung in Ebbas Häuschen an der Ostsee.

»Dann kriegst du endlich mal Sonne«, hatte Ma am Vortag noch gesagt, »du bist zu blass, Theo.« Jetzt hatte sie sogar vergessen, ihn zu fragen, ob er die Sonnenbrille dabeihatte und die Lotion mit Faktor zwanzig.

»Grüße Ebba«, hatte sie nur noch gesagt. Eigentlich mochte sie Vaters Schwester. Theo war es mindestens so klar wie Pa, dass etwas ganz schieflief. Doch sie fuhren. Pa hatte es Ebba versprochen.

Am Abend des Samstags war sein Vater immer unruhiger geworden. Hatte versucht, Ma zu erreichen. Doch die ging nicht ans Telefon. Kurz vor Mitternacht hatte Pa zurückfahren wollen. Tante Ebba hatte es verhindert und den Autoschlüssel versteckt.

»Kommt nicht infrage«, hatte sie gesagt, »du hast Bier und sechs Klare getrunken.« Theos Vater war ins Bett gegangen. Die Flasche Kümmel nahm er mit. Theo und Ebba blieben auf der Terrasse sitzen.

»Haben wir ein Familiengeheimnis, Tante Ebba?«, hatte Theo gefragt.

Ebba hatte lange in die dunkle Nacht geguckt. »Diese Frage musst du deinen Eltern stellen«, hatte sie schließlich gesagt.

Sonntagnachmittag fuhr Pa den Wagen nicht in die Garage, als ob er noch mal wegwollte. Theo betete, dass Ma zu Hause sei. Von ihm aus mit Kopfschmerzen und Kühlbeutel. Aber zu Hause.

Ma saß im Garten auf der Wiese. Gebräunte Arme. Gebräunte Beine. Ein kurzes dunkles Sommerkleid mit kleinen weißen Punkten. Theo kannte das Kleid nicht. »Hier war mal deine Sandkiste«, sagte sie.

Dass ihn alle daran erinnern wollten.

Pa guckte seine Frau lange an. Eher besorgt als wütend, dachte Theo.

»Wo warst du gestern Abend?«, fragte sein Vater dann.

Ma erwiderte den langen Blick. »Hier«, sagte sie. »Wo sonst.«

»Ich habe ein Dutzend Mal angerufen und lange läuten lassen.«

»Da war ich wohl im Koma von diesen starken Schmerztabletten.«

»Hoffentlich hast du nicht zu viele genommen.«

Ma schüttelte den Kopf. »Es geht mir wieder gut«, sagte sie und stand auf. »Ich habe Erdbeerkuchen für euch.«

Theo war nicht sicher, ob er aufatmen durfte. Da lag eine Spannung in der Luft. Warum fragte Pa nicht, ob Ma einen der Sänger getroffen habe? Das lag ihm doch auf der Seele.

»Den hast du nicht selbst gebacken«, sagte sein Vater, als er den Kuchen auf dem Küchentisch sah. Er ging zum Mülleimer, hob den Deckel und zog ein zerknülltes Papier hervor. Theo dachte, dass Pas Misstrauen zu weit ging. Er blickte zu seiner Mutter hinüber. Doch die hob nur die Kuchenstücke von der Porzellanplatte auf die Teller.

Sein Vater strich das Papier glatt. Konditorei Krogmann stand darauf. Das lag schon jenseits der Hamburger Stadtgrenze. Im Holsteinischen. Dort wo der Wald breite Wege bot und die Spaziergänger anzog.

»Das ist weit weg«, sagte Pa. »Wie bist du dahin gekommen?«

»Ich habe Theos Fahrrad genommen. Mir war danach. Der Tag gestern ist so danebengegangen.«

»Wo war denn Theos Fahrradschlüssel?«, fragte sein Vater lauernd, als er das Tablett mit den Kuchentellern auf die Terrasse trug.

Theo tastete nach dem Schlüssel, der das ganze Wochenende in seiner Hosentasche gesteckt hatte. Es gab nur den einen, den zweiten hatte er längst verloren.

»Der liegt fast immer auf meinem Schreibtisch«, sagte Theo.

Sein Vater nickte. »Dann ist ja gut«, sagte er.

Sie aßen schweigend ihre Stücke Erdbeerkuchen.

»Ich fahre auch noch ein bisschen herum«, sagte Theo und stand auf. Zum Seechen, dachte er, vielleicht ging es da noch immer zur Sache. Nein. So ein Masochist war er nicht.

»Pass auf dich auf«, sagte seine Mutter. Eine ewige Formel. Theo wusste, dass Ma auf die Zauberkraft der Formel hoffte.

»Von dem Mord hört man gar nichts mehr«, sagte Pa.

Seine Mutter zuckte zusammen. »Rede nichts herbei«, sagte sie.

»Und zankt euch nicht«, sagte Theo.

Er hatte seinen Eltern das Treffen mit dem Kommissar verschwiegen. Gute alte Familientradition. Es war ja auch nur ein kurzes Gespräch im Tre Castagne gewesen. Keine Vorladung.

Er ging auf die Sträucher zu, die den Garten von der Garage trennten, um sein Fahrrad zu holen, als er die Stimme seines Vaters hörte.

»Willst du deinen Fahrradschlüssel nicht holen? Deine Mutter hat ihn doch sicher wieder auf den Schreibtisch gelegt.«

»Klar«, sagte Theo und ging zum Haus zurück, um in das Giebelzimmer hochzusteigen. Sie spielten alle ein Spiel und keiner gab die Wahrheit preis. Theo ahnte, dass das nicht mehr lange gut gehen würde.

Er hatte auf einmal eine dringende Sehnsucht nach Lucky. Viel mehr noch als nach Leni. Diese Familienbande hielt er wirklich nur mit einem guten Freund an der Seite aus.

Theo setzte sich an den Schreibtisch und nahm ein Blatt Papier aus der Schublade und seinen Füller aus dem Mäppchen.

»Lade dich morgen ins Lichtgrün ein«, schrieb er darauf, »Leni wird uns nicht auseinanderbringen.« Er faltete das Blatt und steckte es in einen Umschlag. Beinah schon eine Beschwörung, dieser Brief.

Den würde er Lucky vorbeibringen. Mia oder Luckys Mutter waren wohl zu Hause am Sonntagabend und selbst ein kurzer Brief machte doch mehr her als eine SMS auf Luckys Handy.

Der Kommissar verbrachte den Sonntag in den Wäldern. Er wanderte von dem kleineren dunklen Wald in den großen. Betrachtete die gelben Blumen und wusste nicht, dass es der Goldhahnenfuß war. Auch das Kleine Springkraut erkannte er nicht. Lüttich war kein Botaniker.

Er grüßte die Spaziergänger, die ihm entgegenkamen und die eher älter waren. Das eine und andere Kind dabei. Keine jungen Mädchen.

Lüttich entdeckte die Konditorei und entschied sich nach einem Zögern gegen den Erdbeerkuchen und wählte den mit Rhabarber. Fand einen freien Tisch auf der Terrasse und bestellte ein Kännchen Kaffee. Vergnügte Gäste um ihn herum, die diesen hellen Sommertag genossen. Und er ein alleinstehender Kriminalkommissar mit dunklen Ahnungen. Gegen sechs fuhr er nach Hause und setzte sich auf den Balkon.

Aus dem Garten gegenüber kam Kinderlachen. Was hatte er gedacht, als er vor Sarahs Leiche stand? Dass er dankbar sei, keine Kinder zu haben? Lüttich schüttelte den Kopf. Er hatte etwas versäumt und das tat ihm leid. Der Mensch sollte sich nicht verweigern. Aus lauter Angst, zu verlieren, was man liebte.

Gegen neun klingelte das Telefon. Er hatte sich gerade ein Glas Wein eingeschenkt. *Nummer unbekannt* sagte das Display des Telefons. Er drückte die Taste mit dem kleinen grünen Telefon und hörte ein Lachen. Das Lachen eines Mannes, der sich einen Scherz machte.

Gegen elf rief er den Kollegen an, der in dieser Nacht Dienst hatte.

»Irgendwas Auffälliges?«, fragte Lüttich.

»Sind dir die Messerstechereien auf dem Kiez auffällig genug?«

»Tote?«

»Ein Halbtoter.«

Warum fiel dem Kommissar Dirk Kringel ein? Weil er aussah wie ein Vampir? Wie ein Untoter?

»Keine Mädchenleiche?«, fragte Lüttich.

»Suchst du eine?«, entgegnete sein Kollege.

Sarah war an einem Sonntagabend getötet worden und an einem Montag gefunden. Vor vierzehn Tagen. Morgen war Mittsommer.

»Bitte informiere mich, wenn irgendwas Auffälliges passiert«, sagte Lüttich.

»Klar. Du bist doch unser Experte für Mädchenmörder.«

Klang da Spott in der Stimme des Kollegen? Lüttich galt als einer, der sich festbiss. Weniger Wohlwollende nannten es »Vertüddeln«. Doch er war wirklich keiner, der die Fälle schnell wegarbeitete.

Die Nacht blieb ruhig. Auch am nächsten Vormittag lag nichts Alarmierendes auf seinem Schreibtisch. Nur eine Notiz von acht Uhr zehn. Petersen bat um einen Anruf. Ihm sei noch was eingefallen.

Der alte Kommissar war schon immer ein Frühaufsteher gewesen.

Lüttich gab Petersens Nummer ein und hatte ihn gleich am Apparat.

Der Alte kaute was Krosses. Ein Brötchen vermutlich.

»Ich will Sie nicht beim Frühstück stören.«

»Ist schon das zweite«, knurrte Petersen. »Geht um den Kleinen, den Jan Ellerbek im Wald vergraben hat. In seiner Grube war ein Tier und hatte angefangen, an dem Jungen zu nagen. Wollte es Ihnen nur sagen. Weiß auch nicht, warum ich das für wichtig halte nach all den Jahren.«

»Was für ein Tier?«, fragte Lüttich.

»Ein Baummarder war es wohl. Gab auch Spuren von einer Ratte.«

»Das Kind muss doch total traumatisiert gewesen sein.«

»Vor vierzig Jahren hat man da noch nicht viel Heckmeck gemacht«, sagte Petersen. »Damals fing alles erst an mit der Psychologie bei uns.«

»Danke, dass Sie mich angerufen haben«.

»Vergessen Sie nicht die Schimmelmannstraße. Meine Frau macht erstklassige Rhabarberkuchen. ›Tarte‹ nennt sie die jetzt.«

Lüttich lächelte. »Ich komme bald«, sagte er und beschloss, noch mal in den Wald zu gehen. Am besten gleich.

Lucky hatte gestern nicht mehr nach Max gefragt. Leni war in einen Rausch gekommen, und das hatte nicht nur der Sekt bewirkt, den sie allein trank. Im Nachhinein erschien es Lucky, als habe sie es darauf angelegt, alles um sich herum zu vergessen. Auch ihn.

Am Ende dieses Sonntages hatte er Leni nach Hause gefahren, sie zur Tür begleitet und gewartet, bis sie aufgeschlossen hatte. Vielleicht dachte ihr Vater jetzt, dass Lucky einer war, der Leni in diesen Zustand brachte. Einer, der kein Umgang für seine Tochter war. Was wäre, wenn »Paps« erführe, dass Lucky einen kriminellen Bruder hatte?

Bei ihm zu Hause war die Stimmung schlecht und wurde nicht besser, als Mia bemerkte, dass ihr neues Badetuch völlig versandet in Luckys Sporttasche steckte. Das einzige Highlight war Theos Brief, den Mama erst herausrückte, nachdem sie sich durch die Pellkartoffeln mit Quark und Schnittlauch gearbeitet hatten.

Lucky nutzte die erste Pause am Vormittag des Montags, um Theo eine SMS zu schreiben. Hoffentlich las er sie auch, das wusste man bei Theo nie. Der konnte kauzig sein. Nicht nur, dass er dauernd Bücher las.

Heute war der Werkstattmeister wieder da und ließ Lucky kaum eine freie Minute. Dafür saß die Chefin beim Zahnarzt. Vieles glich sich aus.

Vor halb acht würde es nichts werden mit dem Lichtgrün. Es sei denn, er erledigte den Mercedes der Chefin im Schnelldurchgang.

Theos Antwort ging zu Luckys Erstaunen schon eine halbe Stunde später ein. Saß Theo nicht in der Schule?

»Klingel durch, wenn du so weit bist«, schrieb Theo.

Leni hatte schon seit einem halben Jahr keine Schule mehr von innen gesehen. Es gab Augenblicke, da dachte sie über ihre Zukunft nach, doch die Verdrängung setzte schnell ein. Die Zukunft würde sich schon finden irgendwo zwischen Hamburg und dem Süden Frankreichs, wo ihre Mutter lebte, die sie sicher großzügig aufnehmen würde, falls Paps mal ungnädig werden sollte und Leni nicht länger in Frieden ließ.

»Vielleicht fange ich nach den Sommerferien noch mal an«, hatte sie zu Theo gesagt. Nichts lag ihr ferner.

Theo forderte so einen Satz heraus, ernsthaft, wie er war. Es würde ein Spaß sein, ihn zu knacken.

Es gab schrecklich öde Tage in ihrem Leben und Langeweile total.

Doch da waren auch diese Momente, in denen Leni sich lebendig fühlte von den Haarwurzeln bis zu den Zehenspitzen.

Der Montag hielt einen dieser Momente bereit. Als sie in der Hochbahn saß, auf die Station Baumwall zufuhr und den Blick über den Hafen hatte, der in einem milchigen Sonnenlicht vor ihr lag. Die ganze Luft schmeckte nach weiter Welt. Der Hunderter für Max knisterte in ihrer Jeanstasche. Sie hatte den Schein nicht in ihre kleine, feine Lederbörse gesteckt. War doch viel lässiger, ihn aus der Jeans zu ziehen.

Max hatte als Treffpunkt diesmal die Kehrwiederspitze ausgewählt. Gab alles inklusive dort. Den Blick auf die Baustelle der Elbphilharmonie. Den Hafen für die Sportboote.

»Am Sandtorkai«, hatte Max gesagt, »vor dem Stricker's.« Leni war zehn Minuten nach der verabredeten Zeit in das Lokal hineingegangen. Zwei Cappu trank sie und ein Mineralwasser. Max kam nicht. Sie wurde von Minute zu Minute zorniger.

Eine Stunde später hatte sie die Milchkaffees und das Mineralwasser bezahlt, das Lokal verlassen und zum vierten Mal Max' Handynummer eingegeben, doch es kam keine Verbindung zustande.

Leni ging über die Niederbaumbrücke zurück zum Baumwall und landete schließlich in den Luxusläden des Neuen Wall. Den knisternden Hunderter zog sie aus der Tasche ihrer Jeans, um ein viel zu teures T-Shirt zu kaufen. Geschah Max recht, dass das Geld weg war. Doch ein dumpfes Gefühl blieb zurück.

Leni stieg in die S-Bahn und dann in den Bus und sah Tanja darin sitzen. Eine echte Tussi. Vielleicht passte die ja besser zu Max.

Vier Stunden waren vergangen, seit sie die Tür des väterlichen Hauses hinter sich zugeschlagen hatte. Sie könnte sich zwischen Lavendel und Oleander auf den Rasen legen und sich bräunen lassen. Zu schade, dass Paps nicht bereit gewesen war, einen Pool anzulegen.

Leni kam von der Bushaltestelle und schlug den Weg zum Tre Castagne ein. Keinen dritten Cappucino mehr. Wirklich nicht. Doch vielleicht einen Campari. Der weichte den Zorn auf. Die Tanja-Tussi war eine Weile vor ihr hergegangen, doch nun bog sie zur Kirche ab.

Leni setzte sich an den Tisch unter der großen Kastanie und bestellte Campari mit Soda. Sah dieser Pseudoitaliener von Wirt sie lüstern an?

Die Angst kam, als sie das Glas geleert hatte. Angst um Max. Vielleicht hatte er verdammt gute Gründe gehabt, sie zu versetzen.

»Wer weiß, was Montag ist«, hatte er gesagt. Voller Düsternis.

Lucky war um zwanzig vor sieben schon so weit und klingelte durch. Theo stand vorm Haus, als er mit dem Ford vorfuhr. Theos Vater saß oben vor dem Fernseher, um die Nachrichten um sieben Uhr zu sehen. Noch zeigte ihm das Zweite Deutsche Fernsehen die Werbespots für Treppenlifte und Rheumamittel. Ma hantierte in der Küche.

»Ich bin mit Lucky unterwegs«, hatte Theo vom Flur aus gerufen und die Tür hinter sich zugezogen. Er wollte vermeiden, dass ihn einer aufhielt. Doch als er zu Lucky ins Auto stieg, sah er das besorgte Gesicht seiner Mutter am Küchenfenster.

»Irgendwelche Vorgaben, wann du wieder zu Hause sein sollst?«

»Ich habe ihnen keine Gelegenheit dazu gegeben.«

»Tut mir echt leid wegen Freitag«, sagte Lucky.

»Weißt du, was der alte Ellerbek sagt, wenn er ›tut mir leid‹ hört?«

»Keine Ahnung«, sagte Lucky.

»Da hab ich einen ganzen Sack von voll.«

»Okay. Ich werfe mich vor dir in den Staub, wenn wir im Lichtgrün sind.«

»Ist schon gut«, sagte Theo. Er hatte sich geschworen, nicht nach Leni zu fragen, doch er brach den Schwur kurz hinter der Stadtgrenze.

»Hast du mit ihr geschlafen?«

»Leni hat mit mir geschlafen«, sagte Lucky.

»Wo ist der Unterschied?«

Lucky seufzte. Theo verdiente Ehrlichkeit.

»Leni hat die ganze Nummer an sich gerissen«, sagte er, »ich kam mir vor wie die verführte Jungfrau.«

Beinah hätte Theo gelächelt. »Weiß sie denn, wo Max steckt?«

»Du triffst genau den Punkt«, sagte Lucky. »Ich hatte das Gefühl, dass es Max war, mit dem sie schlafen wollte.«

»Tut mir leid«, sagte Theo.

»Her mit dem Sack vom alten Ellerbek.«

»Und Max?«, fragte Theo.

Sie waren vor dem Lichtgrün angekommen. Einige Autos standen vor dem Haus. Im Garten schien großer Betrieb zu sein.

»Klingt krass, doch da gab es keinen Moment, in dem ich Leni nach Max hätte fragen können«, sagte Lucky.

»Ein Freund, ein guter Freund«, schallte es aus dem Garten.

»Du lieber Gott«, sagte Lucky, »diese Sänger sind noch da.«

»Dann kannst du gleich den Liebhaber meiner Mutter sehen.«

»Was?« Lucky sah Theo an, als sei der verrückt geworden.

»Ich vermute es jedenfalls stark«, sagte Theo. »Sie hat vor der Fahrt zu meiner Tante vergangenen Samstag Kopfweh gekriegt und ist zu Hause geblieben. Am Abend ist sie nicht ans Telefon gegangen, und als wir am Sonntag zurückkamen, gab es Erdbeerkuchen von Krogmann. Ma sagt, sie habe mein Fahrrad genommen, doch den Schlüssel fürs Fahrrad hatte ich die ganze Zeit dabei.«

»Und dein Vater vermutet das auch?«

Theo nickte. »Ich denke, er versucht noch, es zu verdrängen.«

»Und warum einer von den Sängern?«

»Sie singt im Chor. Sonst hat sie doch keine Gelegenheit.«

»Könnte auch ein ganz anderer sein«, sagte Lucky. »Was hat denn das mit dem Erdbeerkuchen von Krogmann zu tun?«

»Auf meinem Fahrrad ist sie jedenfalls nicht dahin gefahren. Dann doch wohl in seinem Auto, und wenn sie das lieber verschweigt, dann steckt was dahinter.«

Sie stiegen aus und Lucky schloss den Ford ab. »Irgendwie traue ich das deiner Mutter nicht zu«, sagte er. »Was fährt der denn für ein Auto?«

»Was weiß ich«, sagte Theo, »jedenfalls heißt er Hardy.«

Das Lokal war leer. Das Leben fand draußen statt. »Lass uns bloß nicht in die Nähe dieses Chorleiters kommen«, sagte Lucky.

Weder der Chorleiter noch Hardy waren zu sehen. Das Haar der Wirtin loderte feuerrot, und Theo kniff die Augen kurz zusammen, als sie in den Garten traten. Beinah hätte er Tanja angerempelt, die aufgestanden war, um ins Innere des Lichtgrün zu gehen.

»Du schon wieder«, sagte Tanja und kicherte. Sie wirkte betrunken.

Lucky und Theo kannten die Leute nicht, die am langen Tisch saßen. An einem Kopfende gab es noch freie Stühle, und sie gingen darauf zu und setzten sich. Die Sänger saßen am anderen Ende und hoben die Gläser und sangen noch einmal »Ein Freund, ein guter Freund«. Sie waren nur zu dritt, und Theo erkannte jetzt den Mann mit dem spitzen Gesicht, der Tanja und ihm vor der Kirche begegnet war.

»Astra und Weißwein?«, fragte die Wirtin. »Ich habe noch Sauerfleisch da. Ohne Bratkartoffeln. Nur mit Brot.«

Der kulinarischen Vielfalt wegen wurde dieses Lokal jedenfalls nicht aufgesucht. Theo und Lucky bestellten das Astra und den Weißwein.

Ihre Umgebung war laut genug, um leise über Max zu reden.

»Der Plan von Freitag«, sagte Lucky. »Heften wir uns an Lenis Fersen und sie führt uns zu Max.«

»Und wie willst du dich an Lenis Fersen heften? Ihr heimlich vorm Haus auflauern, bis sie zur Tür rauskommt?«

»Das ist ein Teil des Problems«, sagte Lucky.

Theo hob die Augenbrauen. »Wir warten darauf, dass wir Leni zufällig sehen, und dann heften wir uns an ihre Fersen. Vielleicht könnten du und ich einfach öfter in der Nähe der Bushaltestelle herumlungern.«

»Verarschen kann ich mich selber«, sagte Lucky.

»Das ist einfach ein idiotischer Plan.«

»Sag mir einen besseren.«

»Zogen einst fünf wilde Schwäne«, stimmten die drei Sänger an. Ihr Vortrag schien von keinem Zweifel getrübt zu sein, dass ihnen alle gern zuhören wollten. Theo blickte sich um. Tanja war wohl gegangen.

Die Wirtin kam mit einem Literkrug Wein aus dem Lokal und stellte ihn vor die Sänger. Sie wirkte angestrengt.

»Warum der Laden wohl Lichtgrün heißt«, sagte Theo, »Feuerrot wäre doch viel treffender.«

Lucky sah ihn verwundert an. »Ach, die Haare«, sagte er schließlich.

»Vielleicht sollten wir Leni ins Kreuzverhör nehmen«, schlug Theo vor.

»Leni hat Haare wie gesponnenes Gold«, sagte Lucky, »überall.«

»Klingt nach Grimms Märchen«, sagte Theo, »also Kreuzverhör?«

»Sie wird uns die Augen auskratzen.«

»Klingt auch nach Grimms Märchen.«

»Traust du dir ein Kreuzverhör mit Leni zu?«, fragte Lucky.

»Können wir doch nett gestalten«, sagte Theo. »Ein, zwei Glas Wein trinken. Kein Literkrug. Sie soll ja noch was sagen.«

»Wer soll sie dazu einladen?«

»Du«, sagte Theo, »du warst doch schon ganz nah dran an Leni.«

Lucky nickte. »Ich versuche es«, sagte er.

Die Sänger kündigten ein schwedisches Mittsommerlied an.

Theo und Lucky würden heute nicht alt werden hier.

Der Kommissar saß auf seinem Balkon und dachte an den Wald, durch den er heute gegangen war. Ein stiller dunkler Wald. Keine Leiche.

Er ahnte nicht, dass in diesem Augenblick ein Eichhörnchen starb. Durch einen Biss in den Nacken. Ein Baummarder, der dem Tierchen den Tod zufügte. Es hätte Lüttich auch nur am Rande interessiert.

Eben hatte die alte englische Wanduhr seiner Eltern zwölf geschlagen.

Mittsommer war vorbei. Der Kommissar atmete auf.

Vermisst

Max meldete sich nicht. Leni versuchte ständig, ihn auf dem Handy zu erreichen. Doch das versuchten auch Lucky und seine Mutter, Mia und der Kommissar. Max war wie vom Erdboden verschluckt.

Luckys Mutter sortierte die Fotos, die sie noch nicht ins Album geklebt hatte. Viele Fotos von Max. »Quäl dich doch nicht«, sagte Lucky.

Die kleine Schwester war kaltschnäuziger. Vielleicht auch wütend auf den großen Bruder, der ihnen allen Kummer bereitete, Leid bescherte.

»Scheiß auf Max«, sagte sie. Doch sie tippte weiter seine Nummer ein.

Lucky rief den Kommissar an und bat ihn um Hilfe. Die kleine Fahndung verlief im Sande. Für die große Fahndung war Max ein zu kleiner Fisch.

Lüttich suchte die Seilerstraße auf. Dirk Kringel stand in der Tür. Die Knochenfrau war nicht mehr da. Kringel zuckte die Achseln.

Auch Lucky fuhr auf den Kiez und trat beinah die Tür ein in der Seilerstraße.

»Tut mir echt leid für dich«, sagte Kringel. »Keine Ahnung, wo dein Bruder steckt. Hab mit seinen Geschäften nichts zu tun.«

Er gab Lucky die Kulturtasche mit, die T-Shirts und eine ziemlich zerschlissene Jeans. *Tut mir echt leid für dich.* Eine beschissene Aussage. Lucky schmerzte es noch im Nachhinein, dass er Theo diesen Satz zugemutet hatte.

Leni war völlig weichgeknetet, als Theo und Lucky sie um ein Gespräch baten. Sie trafen sich im Tre Castagne und Leni erzählte bereitwillig von den Verabredungen. Dem Geld, das sie Max gegeben hatte. Und dass Max von einer großen Sache gesprochen habe.

»Sag Mama, dass ich Zeit brauche, um über meine Zukunft nachzudenken«, hatte Max vor vierzehn Tagen zu Lucky gesagt.

Leni und Lucky suchten den Tapasladen in der Schanze auf und Eis Meier. Als ob Max dort Spuren hinterlassen hätte.

Sie kamen sich beinah nah. Viel näher als am Seechen. All diese Spielchen, die Wichtigtuereien waren ohne Bedeutung, wenn einer verloren ging. Es wurde Juli. Keine Spur von Max.

»Die Mutter der Toten hat mich angerufen«, sagte Lüttichs Kollegin Imke. »Sie vermisst Sarahs Gitarre.«

»Das fällt ihr jetzt erst auf?«, fragte der Kommissar.

»Sie hat sich heute zum ersten Mal in Sarahs Zimmer getraut. Vorher waren nur wir drin. Und wir haben nach keiner Gitarre gefragt.«

»Fährst du hin?«, fragte Lüttich.

»Ja«, sagte Imke. »Lass uns uns danach mal zusammensetzen.«

»Vielleicht hatte Sarah die Gitarre verliehen«, sagte Lüttich. Doch er glaubte selbst nicht so recht daran.

Wäre das Instrument dann nicht längst wieder da? Kaum vorstellbar, dass ein Freund oder eine Freundin die Gitarre stillschweigend als Andenken behielt.

»Es ist ein teures Instrument«, sagte seine Kollegin, »eine spanische Konzertgitarre. Sarah hatte vor, auf ein Konservatorium zu gehen.«

»Wussten wir das schon?«

»Nein. Ich denke, Sarahs Mutter war bisher einfach nicht in der Lage, über die Zukunftsträume ihrer toten Tochter zu sprechen.«

»Finde mal heraus, bei wem sie Gitarrenunterricht gehabt hat.«

Lüttich legte auf und blickte auf den Bildschirm seines Computers. Eben hatte er die Liste der als vermisst gemeldeten Personen aufgerufen. Sollte er Max Oldelev hinzufügen? Oder war Max nur ein untergetauchter Krimineller?

Lüttichs Blick blieb an dem Namen Hortensia Lebanidse hängen.

Eine Vermisstenanzeige, die am Vormittag im Polizeikommissariat 26 im Hamburger Westen aufgegeben wurde. Elbvororte.

Lebanidse. War das georgisch? Oder ukrainisch? Ein Mann mittleren Alters war eine Stunde später als vermisst gemeldet worden. Auch der Westen. Was kamen denen denn die Leute abhanden mitten im schönsten Juli.

Lüttich scrollte zurück. Hortensia Lebanidse aus Blankenese. Er nahm das Telefon und rief die Kollegen vom Sechsundzwanziger an, um zu hören, was es mit der achtzehnjährigen Hortensia auf sich hatte.

Sie waren zu dritt in den Wald gegangen. Ein Spaziergang, den Leni vorgeschlagen hatte. Dieser Sommerabend flirrte und tauchte die Wipfel der Bäume in ein goldenes Licht. In ein paar Tagen fingen die Sommerferien an. Theos Freude darüber war gedämpft.

Keiner von ihnen hatte Ferienpläne, wenn Leni auch daran dachte, in den Süden Frankreichs zu fahren. Doch das hatte sie erst am Ende der Ferien vor, im August, um dann wenigstens sechs Wochen in Gassin zu bleiben und die nahen Strände von Saint Tropez aufzusuchen.

Ihr Vater drängte sie, nach den Ferien wieder in die Schule zu gehen. Leni plante, erst in den letzten Tagen des Septembers nach Hause zu kommen. Wenn es zu spät war für den Neubeginn. Ein genialer Coup, der ihrer Mutter sicher gefiele.

»Da ist der Tümpel, in dem Theos Gummistiefel den ewigen Frieden gefunden hat«, sagte Lucky.

»Kommt bloß nicht auf die Idee, diesen Frieden zu stören«, sagte Theo.

Alberne Heiterkeit, die sie vortäuschten.

»Glaubt ihr, Max ist tot?«, fragte Leni.

»Sei bloß still.« Luckys Stimme klang dünn.

»Gibt es hier im Wald nur die Tümpel?« Leni ließ sich ins Moos fallen. Eine kleine Fläche, die weich und einladend aussah. Lucky tat es ihr nach und legte sich neben Leni. Theo setzte sich auf einen Baumstumpf. »Weiter nach Norden sind Moore und Sümpfe«, sagte er.

»Moorleichen«, sagte Leni. Sie sang es beinah.

»Lass das«, sagte Lucky.

Leni nestelte an den Knöpfen des karierten Hemdes, das Lucky trug, und begann, ihn zu streicheln. Sie sah Theo dabei an und lächelte.

»Und wo hat die Leiche gelegen?«, fragte sie.

»Wir haben keine Leiche gesehen«, sagte Theo. »Nur

das Absperrband und dahinter den weißen Trupp von der Spurensuche.«

Er wandte seinen Blick ab von Leni und Lucky und sah sich um.

Wo wohl die Stelle war, an der Ellerbeks Sohn den kleinen Jungen vergraben hatte? Doch diese Geschichte behielt Theo für sich.

Ein kleiner dünner Schrei ertönte. Sie zuckten alle drei zusammen.

»Ist das ein Kauz?«, fragte Leni.

»Eher der Todesschrei einer Maus.« Lucky stand auf und knöpfte sein Hemd zu.

»Die Käuze höre ich von meinem Fenster aus«, sagte Theo, »aber immer nur in der Dämmerung und nachts.«

»Hu Huhuhu Huuuh«, heulte Lucky.

»Ich hab keine Lust mehr«, sagte Leni, »lasst uns zurückgehen.«

Als sie aus dem Wald kamen, stand Ellerbek neben seiner Hecke, die Schere lag auf dem Boden. Der alte Mann sah erschöpft aus.

»Ich komme morgen vorbei«, rief Theo ihm zu.

»Du bist echt einer von diesen Guten«, sagte Leni. »Fahren wir noch ins Lichtgrün?«

Beide schüttelten sie den Kopf. »Ich komme noch mit zu dir«, sagte Lucky zu Theo und überraschte ihn damit.

Lenis Augen wurden schmale Schlitze.

»Männerfreundschaft«, sagte sie.

»Sie ist eine Hexe«, sagte Lucky. Er lehnte am offenen Giebelfenster.

Er hatte artig Guten Abend gesagt und dann waren sie ohne weitere Verzögerung in Theos Zimmer gegangen.

Theos Eltern hatten vor dem Fernseher gesessen und einen Film über Klapperschlangen gesehen.

»Sie versucht, uns gegeneinander auszuspielen«, sagte Theo.

Es dämmerte. Ein erstes Käuzchen war zu hören.

»Glaubst du, dass Max tot ist?«, fragte Lucky.

»Nein.« Theo hätte kaum was anderes gesagt, wenn er das geglaubt hätte. Doch er ging davon aus, dass Max untergetaucht war.

»Meine Mutter sagt täglich ›Tu was‹«, klagte Lucky. »Aber was soll ich tun? Ich habe keine Ahnung, wo er stecken könnte.«

»Das ist nicht fair von deiner Mutter«, sagte Theo.

Lucky winkte ab. »Max war schon immer ihr Liebling.« Er drehte sich zu Theo um, der vor seinem Kleiderschrank stand und in zwei schmale hohe Gläser eine gelbe Flüssigkeit gab. »Warte. Ich hole noch Wasser«, sagte Theo und verschwand nach unten.

»Was ist das?«, fragte Lucky, als Theo mit einem Glas Wasser zurückkam und ein wenig davon in die schmalen Gläser tropfen ließ. Die gelbe Flüssigkeit trübte sich.

»Absinth«, sagte Theo, »das Getränk der Dichter und Denker.«

»Dann solltest du es alleine trinken. Mir genügt ein Astra.«

»Sei kein Spielverderber«, sagte Theo. Er gab Lucky ein Glas. »Auf ein Leben ohne Leni«, sagte er.

»Darauf will ich nicht trinken.«

»Du hast recht«, sagte Theo, »das war blöd.«

Hortensia Lebanidse war erst jetzt als vermisst gemeldet worden. Doch die Familie, in der sie als Au-pair lebte, hatte sie vor dreizehn Tagen das letzte Mal gesehen. Tensi hatte Urlaub erbeten, um zur Hochzeit einer Freundin ans Schwarze Meer zu fliegen.

Dort war sie nie angekommen, doch das hatte die Blankeneser Familie mit drei Kindern erst vor wenigen Tagen erfahren und noch eine Weile geglaubt, dass Tensi sie nach zwei Jahren einfach verlassen hatte. Zu viel Arbeit für ein Au-pair in dem großen Haus an der Elbe.

Der Kommissar rief seinen alten Vorgesetzten Petersen an, ob ihm wohl ein kleiner Besuch in der Schimmelmannstraße zupasskäme.

Petersens waren gerade dabei, Würstchen auf einen Grill zu legen.

»Kommen Sie«, sagte Petersen. »Der Kartoffelsalat, den meine Frau vorbereitet hat, reicht für zwanzig Personen.«

Die Würstchen verbreiteten den typischen Sommerduft, der sich mit dem Geruch von gemähtem Gras vermischte. Der Kartoffelsalat war köstlich. Lüttich hatte zwei Flaschen Weißwein mitgebracht. Er selbst trank alkoholfreies Bier.

»Ich glaube nicht, dass Hortensia was mit Ihrem Fall zu tun hat«, sagte Petersen, als sie sich in ihren Gartenstühlen streckten. »Diese Mädchen werden ganz schön ausgebeutet. Vielleicht hatte sie die Nase voll.«

»Doch dann müsste sie ja bei ihrer Familie in Tiflis aufgetaucht sein.«

»Lüttich, Sie kennen den Vorwurf, dass Sie sich gerne vertüddeln?«

»Wird darüber auch schon in Veteranenkreisen gesprochen?«

»Lassen Sie mal diese Hortensia links liegen«, sagte der Alte.

Theo stand am Fenster und lauschte den Käuzchen. Lucky war gerade gegangen. Gott sei Dank hatte es noch Bier im Kühlschrank gegeben, wenn auch kein Astra. Seine Eltern schliefen längst. Ihr Fenster war wohl auch weit offen. Theo hörte, dass sich sein Vater im Bett wälzte.

Er wälzt all die ungesagten Sätze, dachte Theo.

Ma und Pa fingen an, ihm leidzutun.

Ellerbek fiel ihm ein. Heute hatte er wirklich den Tod im Gesicht gehabt.

Seit Theo die Geschichte von Ellerbeks Sohn kannte, fühlte er sich verantwortlich für den alten Mann, auch wenn er ihm kaum den Sohn ersetzen konnte. Ob Jan Ellerbek noch lebte?

Der Abend mit Lucky hatte gutgetan. Ihm. Ihrer Freundschaft.

Wie war er nur auf diesen taktlosen Trinkspruch gekommen?

Auf ein Leben ohne Leni. Ein Leben ohne Qual. Die Liebe kannte er doch nur aus Büchern. Doch auch da quälten sich die Helden. Theo seufzte.

Die Szene im Wald fiel ihm ein. Leni, die Lucky streichelte und Theo dabei nicht aus den Augen ließ und lächelte. Lucky hatte recht. Leni war eine Hexe. Die einen Zauber auf ihn losgelassen hatte.

»In den letzten zwei Jahren hatte Sarah Unterricht bei einem alten Konzertgitarristen, der sie im April für die Begabtenförderung eines Konservatoriums vorgeschlagen hat. Da ist sie auch angenommen worden. Sollte nach den Sommerferien beginnen.«

Lüttichs Kollegin Imke saß in Lüttichs Büro und löffelte ihren Joghurt, über den sie gerade Leinsamen gestreut hatte.

»Ich nehme an, er kommt kaum als Täter infrage«, sagte Lüttich.

»Das Einzige, was an seinem Körper nicht krumm und kraftlos ist, sind seine Hände. Da hat er Glück gehabt. Er kann noch Gitarre spielen. Doch ich glaube kaum, dass er damit würgt.«

»Du warst bei ihm?«

»In seinem Häuschen in Nienstedten. Er ist noch immer völlig geschockt von Sarahs Tod.«

»Schon wieder der Westen«, sagte der Kommissar.

»Was ist noch im Westen?«

»Ein vermisstes Au-pair aus Georgien.«

»Au-pairs sind flüchtige Geschöpfe«, sagte Imke Karle. »Kann ich ein Lied von singen als alleinerziehende Mutter. Im Übrigen lebte Sarah in Harburg. Das ist der Süden.«

»Aber sie fuhr zur Gitarrenstunde nach Nienstedten. Oder kam der alte Konzertgitarrist zu ihr?«

»Nein«, sagte Imke, »dafür ist er zu klapprig.«

»Hat er eine Ahnung, wo ihre Gitarre ist?«

»Nein. Willst du selbst mit ihm sprechen?«

Lüttich schüttelte den Kopf. »Ich denke, wir sollten noch mal Sarahs Bild veröffentlichen lassen und dazuschreiben, dass sie vielleicht eine Gitarre dabeihatte. Wie transportierte sie die? In einem Koffer?«

»Der Gitarrenkoffer steht in Sarahs Zimmer. Doch eine schwarze Tasche fehlt. Mit Gurten. Damit konnte sie die Gitarre auf dem Rücken tragen. Ihre Mutter sagt, sie sei meist mit der Tasche unterwegs gewesen.«

»Früher sah man noch junge Leute mit Gitarren auf dem Rücken an den Autobahnauffahrten stehen«, sagte der Kommissar. »Pappschilder mit dem Zielort in der Hand. Heute haben sie alle Billigflugtickets.«

»Kein Grund zum Traurigsein«, sagte Imke. »Dafür haben wir kaum noch Anhaltermorde.«

»Man muss das Gute in allem sehen«, sagte Lüttich. »Einverstanden, dass wir es an die Zeitungen geben?«

»Einverstanden«, sagte Imke Karle.

Kringel

Dirk Kringel kotzte die Currywurst, die er an einem Imbiss auf der Reeperbahn gegessen hatte, auf die eigenen Schuhe. Elend ging es ihm. Der Stoff, der ihm angedreht worden war, tat ihm nicht gut.

Unten in der Seilerstraße fiel er fast mit der losen Türe ins Haus. Die Treppen schienen eine kaum zu bewältigende Anstrengung zu sein.

Er schaffte es knapp zu dem Steingutbecken in der Küche und kotzte noch ein wenig Galle. Ließ das lauwarme Wasser über sein Gesicht laufen und zog dann die Schuhe aus, stellte sie ins Becken und ertränkte sie in einer Lauge, die er mit den letzten Tropfen Spülmittel fabrizierte. Die einzigen guten Schuhe, die er besaß.

Ein unerträglicher Gestank. In der Küche. An seinem Körper. Und er konnte nicht einmal duschen. Der Abfluss in der Badewanne war seit Tagen verstopft.

Kaum zu glauben, dass er einmal ein Sohn aus gutem Haus gewesen war. Klavier gespielt, die Schule geschafft, Töchter ausgeführt hatte. Obwohl die ihn meist ausgelacht hatten, seiner kleinen spitzen Zähne wegen. »Mäusekönig« war noch das freundlichste Wort gewesen.

Er hatte sie gehasst, all diese Metzgerstöchter, wenn sie über ihn lachten.

Doch Hamburg hatte ihm auch nicht gutgetan.

Scheißdrogen. Er musste weg davon. Noch war Zeit.

Vielleicht ging er in die Kleinstadt zurück, aus der er

kam. Diese verkommene Bude hinter sich lassen. Sauber werden.

Sollte ihr Besitzer diese Bude wieder übernehmen. Doch der war auch vom Erdboden verschluckt. Wie Max, dieser Kindskopf.

Dem war wohl nicht mehr zu helfen. Es hieß, dass er einen Job nach dem anderen in den Sand setzte. Das würden sie ihm nicht durchgehen lassen. Dass sie einen derart unfähigen Dealer nicht zum Teufel jagten, konnte nur bedeuten, dass Max zu viel wusste.

Dirk Kringel ließ sich vorsichtig auf einen der beiden Küchenstühle nieder und versuchte, zu Atem zu kommen. Nach einer Viertelstunde hatte er die Kraft, sich auszuziehen. Er ließ die Klamotten auf den Küchenboden fallen und tappte in das Badezimmer. Ein Glück, dass es keinen großen Spiegel gab in dieser Bude, er hätte den Anblick seines nackten kaputten Körpers kaum ertragen.

Ein Duschgel mit Kokos stand auf dem Beckenrand. Musste noch von Max sein. Kringel setzte sich vorsichtig in die Wanne und nahm den Brausekopf in die Hand. Und wenn es eine Überschwemmung gab. Er musste sich reinigen.

Gefahrenzonen

Das Kuvert war so dünn, dass Leni dachte, es sei leer. Doch ein kleiner Zettel lag darin. Krakelige Schrift. Eine Adresse in der Schanze. Ein Tag. Eine Uhrzeit. Kein Gruß. Kein weiteres Wort. Leni hatte kaum Zweifel, dass es eine Nachricht von Max war.

Sie hätte Lucky alarmieren müssen. So war es abgemacht. Theo. Luckys Mutter. Vielleicht den Kommissar. Leni tat nichts davon.

Der Tag war heute. Max hatte die Zeit knappstens kalkuliert.

Die Post hätte sich nicht verspäten dürfen.

Keine Zeit, Klamotten auszusuchen. Nicht mal Zeit, um das Handy aufzuladen. Leni ließ es auf der Empire Kommode liegen. Neben der Liste für Notfälle, die Paps dort ausgelegt hatte.

Sie wollte weder Lucky noch Theo an der Seite haben, wenn sie Max gegenübertrat. Er gehörte ihr allein.

Leni ließ ein Taxi kommen. Sie hatte keinen Nerv für Bus und Bahn.

Sie kam in der Schanze an und hatte noch eine Viertelstunde Zeit.

Ein Ladenlokal im Keller, das leer zu stehen schien. Die Glasscheibe war von einer grauen Decke verhangen. Leni lehnte sich an das Eisengeländer der kleinen Treppe und behielt die Straße im Auge.

Sie kriegte kaum mit, dass die Tür zum Ladenlokal

aufging und sie hineingezogen wurde. Drinnen war es dunkel.

»Das ist sie?«, fragte ein Mann, den Leni nicht kannte.

Max trat aus dem Dunkel und küsste sie auf die Wange. Er sah verändert aus. Als sei er sein eigener schlecht gelungener Klon.

»Dann lass ich dich mal allein mit deinem Goldeselchen.« Der Mann öffnete die Tür, um sie von außen abzuschließen.

»Was soll das?«, fragte Leni.

»Ich erkläre dir alles«, sagte Max.

»Wo warst du die ganze Zeit?«

»In einem Versteck. Vorgestern haben sie mich gefunden.«

»Wer? Dieser Kerl?«

»Pscht.« Max guckte sich um. Doch sie waren allein. »Lass uns versuchen, es schön zu haben«, sagte Max. Er legte den Arm um Leni.

»Bist du verrückt? In diesem Loch?«

»Ich bin verrückt vor Sehnsucht nach dir«, sagte Max. Er glaubte selbst nicht, was er sagte. Doch er versuchte, Leni auf den Mund zu küssen.

Leni wehrte ihn ab. »Wer ist der Mann?«, fragte sie erneut.

»Hinten gibt es einen kleinen Garten«, sagte Max. Er zog an ihrer Hand.

Der Garten war nichts als ein betoniertes Viereck. Vielleicht acht Quadratmeter groß, Ein Campingtisch. Zwei Stühle. Eine hohe Mauer umgab ihn. Kein Strahl Sonne kam hinein.

»Das ist kein Abenteuer«, sagte Leni, »das ist Scheiße.«

»Keine Sorge, es wird schöner«, sagte Max. Er zog eine silberne Schablone aus der Jeanstasche. Lila Tabletten darin. Er drückte eine heraus und schluckte sie trocken. »Was ist das?«, fragte Leni.

»Kennst du das?«, fragte Max. »Dass es so selten Momente gibt, in denen man sich lebendig fühlt? Und glücklich?«

Leni dachte an den Hafen im milchigen Sonnenlicht. Den knisternden Hunderter in ihrer Tasche. Die Vorfreude, Max zu treffen. Die ganze Luft hatte nach weiter Welt geschmeckt an diesem Tag.

»Und diese Veilchenpastillen helfen dabei?«, fragte Leni.

»Du bist ein kluges Mädchen.« Max lächelte.

»Ich denke, du solltest nach Hause gehen«, sagte Leni. »Dir wächst hier was gewaltig über den Kopf.«

»Wir könnten einen geilen Road Movie zusammen erleben«, sagte Max, »du wolltest doch raus aus deinem Schloss.«

»Du hast ja nicht mal ein Auto.«

»Dann bleib die Prinzessin in deinem langweiligen Leben.« Max stand auf und kam mit einer offenen Flasche Wein wieder und zwei trüb aussehenden Gläsern, die er auf den Campingtisch stellte.

»Kannst du die spülen?«, fragte Leni.

Max nahm die Gläser und verschwand. Sie sahen kaum klarer aus, als er wiederkam und den Wein einschenkte.

»Du hast nur eine große Klappe«, sagte er, »doch riskieren tust du nichts.« Er legte die Schablone auf den Tisch und hob das Glas.

Leni schnappte sich die Tabletten. Sie nahm gleich zwei und spülte sie mit einem großen Schluck Wein herunter. Als die Tür aufgeschlossen wurde, schwebte sie ein Stück über dem Boden, kicherte diesen Mann an, der ihr eben noch Angst gemacht hatte, und riss an ihrer Bluse. Der Doktor grinste.

»Geht doch«, sagte er zu Max und klopfte ihm auf die Schulter.

Max hörte ihn noch lachen, als er längst gegangen war.

Theo ging am späten Nachmittag zu Ellerbek hinüber. Das erste Ferienwochenende. Er würde sich in den kommenden sechs Wochen mehr Zeit für den alten Mann nehmen.

»Geht zu Ende«, sagte Ellerbek, »gut, dass du kommst, Junge.«

Die Heckenschere lag auf dem Küchentisch. Da hatte sie noch nie gelegen. Sie sah nutzlos aus. Als ob Ellerbek sie nicht mehr brauchte, um den Liguster zu schneiden.

»Hast deiner Mutter das Herz gebrochen«, sagte Ellerbek.

Theo dachte, dass er Dr. Bunsen holen musste. Der alte Mann sah aus wie ein einziges Häuflein Elend.

»Den Kleinen zu vergraben«, sagte Ellerbek.

Theo führte ihn in das Wohnzimmer und setzte ihn in den Sessel. »Machst du den Ofen an?«, fragte Ellerbek.

Draußen waren es an die dreißig Grad. Doch der Alte schien zu frieren.

Theo nahm die Zeitung vom Tisch und zerknüllte sie. Mist, dass er sein Handy nicht dabeihatte, um Ma zu alarmieren.

»Nimm die kleinen Holzstücke«, sagte Ellerbek, »und dann die Scheite.«

»Ich hole meine Mutter«, sagte Theo.

»Nein«, sagte Ellerbek, »es ist gleich vorbei. Nur noch das Feuer.«

Gleich vorbei, dachte Theo. Seine Hände zitterten, als

er das Zündholz an die Holzscheite hielt. Er kniff die Augen zu. Das Feuer brannte.

Theo öffnete die Augen und sah den Alten lächeln. Ellerbeks Blick wurde ganz klar. Er sah ihn an. »Theo«, sagte er, »hüte dich vor dem Teich.«

Theo lief los, als der alte Mann nach vorne sackte.

Die Nachricht vom Tod des alten Ellerbek verbreitete sich wie ein Lauffeuer an diesem heißen Samstagnachmittag.

Theos Mutter hatte dem alten Mann die Augen geschlossen, und Theo und sie hatten ihn auf das Sofa gelegt, seine Hände gefaltet und das Feuer im Ofen erstickt. Die kleine alte Pendeluhr stand still.

Bunsen, der selbst nicht viel jünger war als Ellerbek, eilte herbei, um den Totenschein auszuschreiben. Der Bestatter kam, der schon Ellerbeks Frau begraben hatte und den Alten zu ihr legen würde unter dem großen grauen Stein, auf dem bereits Ellerbeks Name stand und der seines Sohnes.

»Die Beerdigung hat er vor Jahren schon bezahlt«, sagte der Bestatter, »doch wie es mit dem Haus weitergehen wird, weiß keiner.«

Der Bestatter hielt sich für denjenigen, der den Schlüssel nehmen sollte, doch als der Sarg herausgetragen war und er abschließen wollte, ging Theo noch einmal in die Küche zurück und nahm die Heckenschere, die dort auf dem Tisch lag. Weder Bunsen noch der Bestatter nahmen davon weiter Notiz. Auch seine Mutter kommentierte es nicht, dass er die Schere zu ihnen nach Hause trug.

»Ellerbek will den Liguster auch aufs Grab. Der ist

immer grün«, sagte Theo. »Keine kleine Hainbuche. Deren Herbst fängt im September an.«

»Dann soll er den Liguster haben.«

»Ihr habt ihn gekannt, seit ihr ins Haus gezogen seid«, sagte Theo.

»Zweiundzwanzig Jahre«, sagte Ma.

»Hüte dich vor dem Teich«, sagte Theo.

Seine Mutter sah ihn erschrocken an. »Was?«

»Das waren Ellerbeks letzte Worte. Die hat er an mich gerichtet.«

»Das galt nicht dir«, sagte Ma. »Das hat er wohl seinem Sohn noch sagen wollen. Verwirrt, wie er oft war.« Sie klang gequält.

Theo widersprach ihr nicht. Doch er wusste, dass der alte Mann in diesem Moment ganz allein ihn gemeint hatte.

Leni erinnerte sich nicht daran, wie sie nach Hause gekommen war.

Auch nicht, wann genau Max sich aus dem Staub gemacht hatte. Vielleicht war das schon in der Schanze gewesen.

Als sie erwachte und sich wieder besser fühlte, lag sie in ihrem Bett. Bedeckt von der viel zu warmen gesteppten weißen Tagesdecke. Sie trug noch immer die Bluse von gestern und den kurzen Jeansrock. An der Bluse waren Knöpfe abgerissen.

Leni stand auf, zog einen Pulli über, ging durchs Haus und sah, dass Paps in der Küche ein Essen zubereitete. Es roch nach zu scharf gebratenem Fleisch.

»Du hast lange geschlafen«, sagte er.

»Wie lang?«, fragte Leni.

Ihr Vater drehte sich um und sah sie prüfend an. »Als ich gestern Abend gegen zweiundzwanzig Uhr kam, lagst du schon im Bett, und jetzt ist später Nachmittag.«

»Ist Frau Hansen nicht da?«, fragte sie.

»Heute ist Samstag«, sagte Paps. »Warum bist du so müde gewesen?«

Die kleine rosa Pille, die ihr Max in den Mund gesteckt hatte, um sie wieder runterzuholen von ihrem Trip, hatte Leni längst aus ihrem Gedächtnis verloren. Sie hob die Schultern.

»Willst du was essen?«, fragte ihr Vater.

»Nicht dieses ekelhafte Fleisch.«

»Das ist ein erstklassiges Filetsteak.« Er nahm das Steak aus der Pfanne und legte es auf einen der dicken blauen Keramikteller, die ihre Mutter zurückgelassen hatte. »Wir müssen reden, Leni«, sagte er.

Leni ging zum Kühlschrank und nahm eine Tüte Milch heraus. War Milch nicht gut zum Entgiften? Sie goss ein großes Glas voll.

Paps nahm Messer und Gabel aus dem Besteckkasten und setzte sich mit seinem Teller an den Tisch.

»Isst du nichts dazu?«, fragte Leni.

»Diät«, knurrte ihr Vater.

Das hatte er auch nötig. Sein Polohemd spannte über dem Bauch. Ihre Mutter hätte nie zugelassen, dass er zunahm.

»Ich habe dich in einem Internat angemeldet. Ein strenges. Ein teures.«

Leni hätte beinah das Glas mit der Milch fallen lassen.

»Da hat Maman ja wohl noch was mitzureden«, sagte sie.

»Deine Mutter sitzt in Südfrankreich und kümmert sich nicht um dich. Also entscheide ich.« Paps kaute heftig auf dem Fleisch herum.

»Ich werde bald achtzehn. Dann entscheide ich selbst.« Leni klang patzig. Doch ihr war zum Heulen zumute.

»Erst Ende Januar. Dann hast du schon ein halbes Schuljahr hinter dir und bist hoffentlich zu Verstand gekommen.«

»Ich werde nie auf ein Internat gehen«, sagte Leni und wandte sich ab, um die Küche zu verlassen.

»Du bleibst hier«, sagte Paps. »Ich bin seit heute Morgen alle paar Minuten zu deinem Bett gelaufen, um zu lauschen, ob du noch atmest. Als ob ich den plötzlichen Kindstod befürchte. Was hast du gestern geschluckt, dass du ins Koma fällst?«

»Ich habe mit einem Freund einen langen Spaziergang gemacht«, sagte Leni. »Das macht müde.«

»Mit dem Jungen aus der Werkstatt?«

»Nein. Du kennst ihn nicht.«

»Ich lasse sie alle antanzen, um zu sehen, was für einen Umgang du pflegst«, sagte ihr Vater. Er war aufgestanden. »Und wer dir die Knöpfe von der Bluse reißt. Und wozu du das Geld brauchst, das du von der Kreditkarte abhebst.«

»Ich werde zu Maman ziehen. Die ist nicht so spießig wie du.«

Leni wurde total überrascht von der Ohrfeige. Sie hielt die Hände vors Gesicht und fing an zu weinen. Er hatte sie noch nie geschlagen.

»Das wollte ich nicht«, sagte ihr Vater.

»Ich hasse dich«, sagte Leni und lief mit geballten Fäusten aus dem Haus. Erst als sie den Hang schon hinter sich gelassen hatte und in den Taschen ihres Jeansrockes nach der kleinen feinen Geldbörse suchte, entdeckte sie die silberne Schablone mit zwölf lila Tabletten.

»Er hat doch eigentlich ein schönes Leben gehabt«, sagte Lucky.

Bis zu dem Tag, an dem sein Sohn versucht hat, einen kleinen Jungen zu töten, dachte Theo. Er trank einen Schluck Weizenbier und schwieg.

Irgendwann würde er Lucky davon erzählen. Nur nicht heute.

»Wie alt war er?«, fragte Lucky.

»Zweiundachtzig. Das hat Bunsen gesagt.«

»Und Max wird vielleicht nicht mal zweiundzwanzig.«

»Wie kommst du darauf?«

»Wenn er was mit Drogen macht, lebt er nicht lange.«

»Du bist sicher, dass es um Drogen geht?«

»Was sollten das sonst für große Geschäfte sein? Du hättest diesen Kringel sehen sollen. Den aus der Seilerstraße. Sieht aus wie eine einzige Warnung vor Heroin.«

Theo überlegte, was er zugunsten von Max sagen könnte, doch es fiel ihm nichts ein. Max schlitterte wirklich am Abgrund entlang.

»Ich soll mich vor dem Teich hüten, hat Ellerbek gesagt. Das waren seine letzten Worte«, sagte er.

»Er meinte wohl die Tümpel. Davor haben sie uns immer gewarnt.«

Theo schüttelte den Kopf. Lucky packte ihn am Arm.

»Ich könnte schwören, dass das dahinten eben Leni war«, sagte er.

Theo hob die Schultern. »Warum soll sie das nicht gewesen sein? Sie wohnt in der Gegend.«

»Lass uns mal zahlen. Sie geht bestimmt zur Bushaltestelle.«

»Du willst ihr doch wohl nicht folgen«, sagte Theo.

Dazu war er kaum noch in der Lage nach den Ereignissen des Nachmittags.

»Vielleicht führt sie uns zu Max.«

»Sie hat doch selbst keine Ahnung, wo er ist.«

»Ich habe da meine Zweifel«, sagte Lucky.

»Und du fährst mit ihr im Bus, ohne dass sie was merkt?«

»Wir nehmen mein Auto und fahren hinter dem Bus her.« Lucky zog einen Geldschein aus der Tasche.

»Bis wir startbereit sind, ist sie längst über alle Berge.«

»Es ist Samstag. Wenn wir Glück haben, ist ihr gerade ein Bus vor der Nase weggefahren, und sie steht eine halbe Stunde an der Haltestelle.«

Theo seufzte tief. Er stand auf. Es würde ihn wundern, wenn Leni dann kein Taxi nähme.

Leni hätte zu gerne ein Taxi genommen. Der Fahrplan des Nahverkehrs nervte sie zutiefst. Doch sie hatte ein T-Shirt gekauft im Kaufhaus Olden, dem einzigen Laden, der am Samstag bis 18 Uhr geöffnet hatte, sah man mal von Penny und Lidl ab. Zwanzig Euro waren nun schon weg und die Kreditkarte lag zu Hause auf ihrem Schreibtisch.

Die zerrissene Bluse hatte Leni in den nächsten Abfallkorb gestopft.

Sie stieg in den Bus. Tanja war ausnahmsweise nicht zu sehen, nur eine andere Tussi saß da und probierte verschiedene Klingeltöne für ihr Handy aus. An ihren zehn Fingern hatte sie zwanzig Ringe.

Den roten Ford, der dem Bus folgte, sah Leni nicht. Sie dachte über ihren Schlachtplan nach, der eine einzige Katastrophe war.

Sie hatte keine Ahnung, wo Max steckte. Dafür aber Schiss, noch einmal zu dem Laden in der Schanze zu gehen. Kaum noch Kohle.

Und die Befürchtung, Paps könnte die Polizei einschalten.

Leni tastete nach der silbernen Schablone in ihrer Tasche. Vielleicht würde alles leichter werden, wenn sie sich eine lila Tablette gönnte. So ein kleines Hochgefühl konnte sie verdammt gut brauchen.

Sie drückte die Tablette heraus und schluckte sie trocken, wie es Max getan hatte. Der Bus war bereits in der Innenstadt angekommen, als sie eine erste Wirkung spürte. Leni kicherte und sah den Mann mit dem spitzen Gesicht an, der ihr schon die ganze Zeit gegenübersaß.

Er erinnerte sie an eine Ratte. Leni wandte den Blick ab. Nicht nett, das zu denken. Sie sollte gnädiger sein mit hässlichen Leuten.

Am Hauptbahnhof nahm sie die S-Bahn zur Sternschanze. Fast schon ihre Hausstrecke. Als sie die kleine Treppe zum Laden hinunterstieg, fühlte sie sich großartig.

»Großartig«, hatte Theo gesagt, »und jetzt?« Sie waren dem Bus bis zum Bahnhof gefolgt und standen hinter ihm in der Haltebucht, als sie Leni aussteigen und zur S-Bahn gehen sahen.

»Du folgst ihr, und ich komme nach«, hatte Lucky gesagt, »ich hoffe, du hast dein Handy ausnahmsweise mal dabei und hältst mich auf dem Laufenden. Könnte mir vorstellen, dass sie zur Schanze will. Oder zu den Landungsbrücken.«

Theo sprang in den letzten Waggon der S 3, bevor die

Türen schlossen. Er hatte gerade noch Lenis leuchtend helles Haar aus den Augenwinkeln wahrgenommen, als sie in den vorletzten Wagen stieg.

Beinah verlor er sie an der Sternschanze, weil Leni als eine der Letzten ausstieg. Theo schob sich zwischen die schließenden Türen und schaffte es gerade noch.

»Sie biegt links in die Schanzenstraße ein«, sagte er in sein Handy.

»Geh ihr nach«, sagte Lucky, »und informier mich. Ich steh im Stau.«

Hatte sie erwartet, dass sich die Tür öffnete, kaum dass sie klopfte? Leni saß auf den Stufen der kleinen Kellertreppe und starrte die alte graue Decke an, die im Ladenfenster hing. Ihr Puls ging noch viel zu schnell, doch die Euphorie wich der Erkenntnis, dass diese Aktion abkackte. Kein Max, der wahnsinnig vor Glück war, das geile Road Movie mit ihr zu erleben und vor der drohenden Zukunft abzuhauen, die ihr Vater für sie plante.

Irgendwas bewegte sich im Laden. War da nicht eine knochige weiße Hand hinter dem Fenster zu sehen, die sich an den Rahmen legte?

»Mach auf«, brüllte Leni, und dann wurde ihr auf einmal klar, dass es gar nicht Max war hinter dem Fenster.

Die Härchen auf ihren Armen stellten sich auf. Doch Leni blieb wie angewurzelt auf der Treppe sitzen. Sie hatte nun die Tür im Auge, die ein Geräusch von sich gab, das Leni an den Blasebalg denken ließ, mit dem Paps das Kaminfeuer anfachte.

Die Tür bewegte sich.

»Leni«, sagte da jemand hinter ihr. Sie fuhr herum.

Theo stand da. Die Hände auf das eiserne Geländer gelegt.

Leni blickte noch mal zur Tür, die sich gerade schloss, und brach in Tränen aus.

Sie war ihm um den Hals gefallen. Hatte ihn geküsst. Flüchtig nur. Doch geküsst. Auf die Lippen. Theo dachte, dass dies ein Tag war, aus dem man ein Jahr machen konnte.

»Was macht dir so Angst?«, fragte er.

Leni schüttelte den Kopf.

»Ist Max in dem Laden?«

»Ich dachte, er sei da. Ich hab ihn gestern hier getroffen.«

»Du hast Max gestern hier getroffen?«

»Lass uns gehen«, sagte Leni.

»Lucky kreuzt hier jeden Augenblick auf«, sagte Theo. Er ließ sich von ihr ein Stück von dem Kellerladen wegziehen.

»Was tut ihr hier?«, fragte Leni.

»Wir sind dir gefolgt. In Luckys Auto. Erst dem Bus. Dann ich allein in der S-Bahn. Lucky dachte, du führst uns zu Max. Und er hatte recht.«

»Nein. Das im Laden ist nicht Max. Er hat keine Spinnenhände.«

Luckys alter Ford bog in die Straße ein. Lucky hupte. Er stellte das Auto halb auf den Gehsteig und stieg aus.

»Max war gestern noch in dem Kellerladen«, rief Theo.

»Und wo ist er jetzt? Nicht mehr da drin?« Lucky kam auf sie zu.

»Heute hockt da einer mit Spinnenhänden«, sagte Theo. Leni schwieg.

»Irrsinnig komisch«, sagte Lucky.

»Nein. Es ist wahr. Ich habe die Hand eben gesehen«, sagte Leni.

»Hast du was genommen? Irgendeinen Scheiß von Max?« Lucky fasste nach Lenis Handgelenk. Er war wütend. Die ganze Familie kam um vor Sorge um seinen vermissten Bruder und Leni traf sich mit ihm.

Er ließ sie los und kehrte zu dem Laden zurück. Alles still. Lucky stieg die Stufen hinunter und trat gegen die Tür, die erstaunlich stabil war. »Am besten werfen wir die Scheibe ein«, sagte er. Doch er stieg die Kellertreppe wieder hoch.

»Max ist nicht da drin«, sagte Leni.

»Lass uns losfahren«, sagte Theo. Er fasste Lucky an den Schultern. »Immerhin wissen wir jetzt, dass Max lebt«, sagte er.

Alle drei stiegen sie in Luckys Auto.

Kringels Knochenhand hatte noch einmal nach dem alten Fensterrahmen gegriffen, um zu sehen, dass diese Kids endlich weg waren. Kein gutes Quartier, das er hier gefunden hatte, nachdem die Wohnung in der Seilerstraße durch den Wasserschaden unbewohnbar geworden war. Kringel hatte sich aus dem Staub gemacht oder eher aus dem Wasser.

Wäre er wenigstens nicht eingeschlafen in der Wanne. Doch er war schrecklich erschöpft gewesen. Ausgeblutet, dachte Kringel. Erst war die Feuerwehr gekommen, dann die Polizei und hatte angefangen, gefährliche Fragen zu stellen. Sollte der Besitzer der Bude sich des Schadens annehmen. Nach dem konnten die lange suchen.

Er schleppte sich in den kleinen Garten. Ein Hohn, dieses Stück Beton »Garten« zu nennen. Doch genau das hatte der Doktor getan, als er ihm das Loch als Unterschlupf anbot. Kaum aus Nächstenliebe. Nur um einen guten Kunden nicht zu verlieren.

Vielleicht auch aus Sorge, Kringel könnte obdachlos auf der Straße herumhängen und Antworten auf Fragen geben. Nur gestern hatte er sich stundenlang die Zeit auf den Straßen vertreiben müssen, weil Max ein kurzes Gastspiel in diesem Loch gegeben hatte. Keine Ahnung, wo sie den am Abend hingebracht hatten.

In der ganzen Stadt gab es diese Löcher, die der Doktor anmietete.

Wer wusste schon, was da geschah? Die hatten halbe Kinder verschleppt und unter Drogen gesetzt, bevor sie die wieder ins wirkliche Leben ließen. Abhängig bis auf den Grund ihrer Seele.

Kringel setzte sich auf einen der wackligen Gartenstühle und krempelte den Ärmel seines weißen Hemdes auf. Die Spritze hatte schon auf dem Tisch gelegen, als er von der Klopferei gestört worden war. Hoffentlich hatte sich nicht irgendeine dreckige Fliege darauf gesetzt.

Kringel seufzte, als er die Nadel in seine Armbeuge stieß. »Guter Stoff«, hatte der Doktor gesagt, »kleines Geschenk vom Gastgeber.«

Nach dieser Spritze hatte Dirk Kringel vergessen, dass er sich nach einem anderen Leben sehnte. Sauber. In seiner Kleinstadt vielleicht.

Einer, der Klavier spielen konnte und die Töchter ausführen.

Der Mäusekönig.

Der Engel an der Pforte

In der Kirche saßen sie dicht gedrängt, um Abschied zu nehmen vom alten Ellerbek. Theo hatte sich von seinem Vater in die erste Bank vor dem Altar drängen lassen. Sie hatten beide ihre dunklen Anzüge an.

Der von Theo war noch von seiner Konfirmation. Alle Säume längst ausgelassen. Dennoch waren die Ärmel und die Hosen zu kurz.

Der Sarg stand nur ein paar Schritte entfernt.

Der Chor stellte sich gerade neben ihnen im kleinen Seitenschiff auf.

Vielleicht wollte Pa dem Sarg nah sein, vielleicht den Chor im Auge behalten, um zu sehen, wem Ma einen zu langen Blick zuwarf.

Kein Angehöriger aus Ellerbeks Familie war da. Die Nachforschungen der letzten Tage hatten nichts ergeben. Alle schienen sie tot zu sein, Jan Ellerbek blieb verschollen.

»Ich sagte zu dem Engel, der an der Pforte stand: Gib mir ein Licht, damit ich sicheren Fußes der Ungewissheit entgegensehen kann«, sagte der Pastor vorne am Pult.

Er hatte Ma aufgesucht und Bunsen, um Einzelheiten aus Ellerbeks Leben zu erfragen. Der alte Ellerbek war kein Kirchgänger gewesen.

Ma hatte kaum was sagen können. Doch Bunsen hatte wohl was beigetragen. Theo bezweifelte, dass er von Jan

Ellerbeks Tat im Wald gesprochen hatte, obwohl er bestimmt davon wusste. Bunsen war seit bald fünfzig Jahren der Arzt im Ort.

»Aber er antwortete: Geh nur hin in die Dunkelheit und lege deine Hand in die Hand Gottes. Das ist besser als ein Licht und sicherer als ein bekannter Weg.«

Der Chor setzte ein. Hatten sie dieses Lied von Bach nicht schon bei ihrem Auftritt damals gesungen, als der toten Sarah gedacht wurde? Deren Bild vor einigen Tagen noch mal in den Zeitungen gewesen war, mit dem Hinweis auf eine Gitarre, die sie wohl dabeigehabt hatte an dem Tag ihres Todes.

»Seufzer, Tränen, Kummer, Not.«

Sie mussten ohne die Handzeichen des Chorleiters singen. Der saß oben an der Orgel. Ma sah innig aus, wie sie da sang. Tränen standen ihr in den Augen. Der Kleine mit dem spitzen Gesicht war wohl nun auch ein fester Sänger der Truppe. Vielleicht war das damals seine Aufnahmeprüfung gewesen. Hardy stand in der hinteren Reihe. Halb verdeckt von einem anderen Sänger. Dem Gärtner von Adolphs.

Theos Blick blieb an Tanja hängen. Die weiße Bluse, die sie zu ihrem schwarzen Rock trug, war zu eng. Die Knöpfe hielten kaum die ganze Pracht. Gleich platzen sie, dachte Theo und grinste.

Pa stieß ihn an. Doch Ellerbek hätte ihm den Gedanken verziehen.

Ellerbek, der vor zweiundachtzig Jahren geboren worden war. Ein Haus gebaut hatte, einen Sohn gezeugt und die Hecke geschnitten.

Der jetzt da vorne im Sarg lag und all die weißen Levkojen um ihn herum und die brennenden Kerzen. Ein wärmendes Feuer. Das hatte er gern.

»Hüte dich vor dem Teich.« Was bedeutete das?

Der alte Ellerbek fehlte ihm. Schon jetzt.

»Ich weiß, dass mein Erlöser lebt«, sang der Chor zu den Klängen der Orgel, als der Sarg aus der Kirche getragen wurde. Pa und Ma würden noch mit zum Friedhof gehen und eine Schaufel Sand auf den Sarg werfen. Theo würde Ellerbeks Heckenschere holen, die oben in seinem Zimmer lag, und anfangen, den Liguster zu schneiden.

Leni nahm den hochglänzenden Prospekt des Internats am Genfer See, den Paps ihr hingelegt hatte, und warf ihn in den Kamin. Kein Feuer im Kamin, nur Asche, doch Leni war zufrieden mit der Symbolik.

Paps hatte noch ein paarmal davon angefangen, schien aber nun endlich begriffen zu haben, dass er das mit ihr nicht machen konnte.

Seit gestern schwieg er. Doch er litt. Leni zuckte mit den Achseln.

Nur noch vier von den lila Tabletten in ihrer Tasche.

Eigentlich waren sie langweilig, diese Tabletten. Euphorie. Herzklopfen. Ende. Gab doch bestimmt was Besseres. Max, dachte Leni. Der hatte sicher noch anderes im Angebot. Wo der nun steckte? Eine kleine SMS könnte er doch wohl absetzen.

Max schrieb die SMS einen Tag später, kaum dass er ein Handy aus der Hand des Typen entgegengenommen hatte. »Gruß vom Doktor«, hatte der gesagt, »du willst doch Kontakt zu deinem Goldeselchen halten. Versteh das als weitere Bewährungsprobe.«

Max saß auf der Liege im Keller, als er die Nachricht tippte. Der Keller war ganz in der Nähe des Friedhofs Finkenriek, auf dem Sarah beerdigt worden war. Doch das wusste Max nicht.

Er hatte eine harte Woche hinter sich, seit er Leni in der Schanze hatte zurücklassen müssen. Eine Schulung, nannte der Doktor das, was er mit Max durchzog. Keine Schulhöfe. Die Sommerferien waren in vollem Gange. Dafür wurde er jetzt zu den Ferienlagern gekarrt und den Stränden der Ostsee, trieb sich in der Nähe von Jugendlichen herum, quatschte sie an, hoffte darauf, dass die Kids gelangweilt genug waren, um Lust auf ein paar Drogen zu haben, und versuchte, seiner Angst und seiner Skrupel Herr zu werden. Er war mäßig erfolgreich gewesen.

»Sehnsucht nach dir«, tippte er ein. »Dienstag, dreizehnter Juli, um zwei?«

Er schlug ein Lokal im Portugiesenviertel nahe der Landungsbrücken vor. Das war ihm vom Doktor als Treffpunkt empfohlen worden, und der schätzte es gar nicht, wenn man ihm widersprach.

Die Antwort von Leni kam nach zwei Minuten. Der Doktor konnte zufrieden mit ihm sein. Dienstag beim Portugiesen.

Lüttich fühlte eine große Müdigkeit über sich kommen, als er das Mädchen im Tümpel liegen sah. »Die liegt noch nicht lange da«, sagte der Rechtsmediziner. »Ich will nicht vorgreifen, doch tot ist sie schon eine ganze Weile. Schätze, drei Wochen. Das heißt, sie muss vorher woanders gelegen haben.«

Das Mädchen war kaum mehr erkennbar. Nur ihr hellblondes Haar wehte noch um das zerstörte Gesicht, als ein kleiner Sommerwind aufkam. Dennoch wusste der Kommissar sehr bald schon, dass es Hortensia war. Eine silberne Kette hing an ihrem Hals. Der kleine Anhänger, der auf der Vorderseite eine der Putten von Raffael zeigte, hatte auf der Rückseite Zeichen, die Lüttich für kyrillisch hielt. Doch er wurde aufgeklärt, dass es georgische Buchstaben waren, die den Kosenamen Tensi bildeten.

Das Kettchen war nicht das Einzige, was um Hortensias Hals hing.

Erst hatten sie es für eine Schlingpflanze aus dem Tümpel gehalten, ein durchnässtes Kraut. Doch es war ein nasser kleiner Fellkragen.

Er würde sich später als Kaninchenfell herausstellen.

Für den Gummistiefel in der Kindergröße 30, den sie aus dem Tümpel holten, fanden sie keine Erklärung.

Lüttich saß an seinem Schreibtisch und starrte auf das Ergebnis der Obduktion. Die drei Wochen, die der Rechtsmediziner nach dem Leichenfund geschätzt hatte, bestätigten sich. Wahrscheinlicher Zeitpunkt des Todes war der zwanzigste oder einundzwanzigste Juni. Mittsommer. Was für ein Idiot war er gewesen, als er damals geglaubt hatte, die Gefahr sei mit dem letzten der zwölf Uhrenschläge gebannt. Das tote Mädchen hatte die meiste Zeit in einem Plastiksack gelegen. Auch das war am Körper nachweisbar.

Was hatte er mal gedacht? Dass er gerne einer wäre, der die Geister bannte, ehe sie ihr Unwesen trieben?

»Du hast den richtigen Riecher gehabt«, sagte seine Kollegin und setzte sich auf die andere Seite des Schreibtisches. »Ich habe geglaubt, sie sei nur ein weiteres Au-pair, das die Lust verloren hat.«

Er hätte etwas darum gegeben, wenn Imke den richtigen Riecher gehabt hätte oder Petersen. Was hatte der alte Kommissar gesagt? »Lassen Sie mal diese Hortensia links liegen.«

Am Nachmittag würde er die Hamburger Gastfamilie fragen, ob das Mädchen ein Instrument gespielt habe, und selbst überrascht sein von der Frage, die er da stellte. Nein. Tensi hatte kein Instrument gespielt. Sie sei unmusikalisch gewesen. Sie hatte keine Geige, keine Querflöte dabeigehabt und auch keine Gitarre, wie Sarah sie wohl mit sich herumgetragen hatte, um dann tot im Wald zu liegen.

Der Mann aus dem Ort, der die tote Tensi gefunden hatte, stand unter Schock. Er sei in den Wald gegangen, um Liedtexte zu lernen, hatte er gesagt und nach dieser Aussage um eine Beruhigungsspritze gebeten.

Lüttich würde sich diesen Nils Freygang einmal vornehmen.

Hortensia war erwürgt worden. Dunkle Halbmonde an ihrem Hals. Wie bei Sarah. Eine Serie, dachte Lüttich. Scheiße noch mal.

Rotweiße Absperrbänder im Wald. Silberblaue Polizeiautos davor.

Früher hatte es dort Tümpel gegeben, in denen ein Gummistiefel Größe 30 versank. Ein tiefes Loch, das ein großer Junge für einen kleinen grub.

Heute gab es zwei tote Mädchen im Wald.

»Du gehst mir nicht aus dem Haus«, hatte Theos Mutter gesagt.

»Ich bin weder blond noch ein Mädchen«, sagte Theo.

Keiner konnte glauben, was im Wald geschehen war. Sie alle hofften, dass es bald einen Schuldigen gäbe, der dafür zur Verantwortung gezogen wurde, dass er ihren Frieden störte.

Lüttich lief mit einer Schar von Kollegen durch den Ort. Doch es kam nichts dabei heraus. Hortensia aus Blankenese schien wie vom Himmel in den Wald gefallen zu sein. Ähnlich wie Sarah aus Harburg.

Ein Ungeheuer, sagten die Leute. Keiner von uns.

»Ich habe immer Angst um dich gehabt«, sagte Theos Mutter. Sie hatte es schon oft gesagt. Lenis Vater bekam von all dem erst mal nichts mit. Er war geschäftlich in Genf. Er hätte seine Tochter sonst eingesperrt, um sie zu schützen. Leni mit dem goldenen Haar.

Die Spuren führten zu einem abgelegenen Schuppen des Ponyhofs, der schon seit Jahren nicht mehr genutzt wurde. Das Gerät, das dort noch stand, war längst vergessen worden.

Der schwarze Plastiksack mit der toten Hortensia hatte zwischen einer rostigen Egge und alten Mistgabeln gelegen. Auf dem feuchten Flecken Erde schwärmten noch immer die Pferdebremsen. Ein paar Kinder, die in den Ferien auf dem Ponyhof ritten, erinnerten sich an den süßlichen Geruch, der ihnen beim Spielen in die Nase gestiegen war. Erst jetzt war klar, dass das der Geruch einer Leiche gewesen war. Irgendwann am Montag musste jemand den Sack aus dem Schuppen geholt und in den Wald getragen haben. Eine kleine Last. Tensi war ein zierliches Mädchen gewesen. Mit hellen Haaren und hellen Augen.

Kein Zeuge meldete sich, dem etwas aufgefallen wäre.

Den wenigen Spaziergängern, die sich am Sonntag für den unwegsamen Gang an den Tümpeln des Waldes vorbei entschieden hatten, war der Anblick der Toten erspart geblieben.

Leni hatte es Max leicht gemacht. Nach Tabletten gefragt, die geiler wirkten als die Veilchenpastillen, kaum dass Max und sie an einem der kleinen Tische mit den karierten Decken Platz genommen hatten.

»Hast du keine Angst überzuschnappen?«, hatte Max gefragt.

Er war wirklich kein überzeugender Verkäufer seiner Ware.

»Ich will einfach mal den Wahnsinn erleben«, hatte Leni gesagt und dazu Teigtaschen gegessen, die von der Mutter des portugiesischen Wirtes mit Muscheln und Krabben gefüllt worden waren. Doch die Köstlichkeit war an Leni und Max verschwendet. Max wunderte sich nur über den fischigen Geschmack. Er zog Fleisch vor.

Er hatte zwei Schablonen zu je zwölf weißen Tabletten aus der Tasche seiner Jeansjacke gezogen und ihr die unter dem Tisch zugesteckt.

»Die musst du aber bezahlen«, hatte er gesagt.

»Klar«, hatte Leni geantwortet, »wir gehen gleich zum Automaten.« Wenigstens hatte Paps die Kreditkarte noch nicht sperren lassen.

»Bloß nicht überdosieren. Am besten immer nur eine Tablette.«

»Du hast ja ordentlich Schiss«, hatte Leni festgestellt.

Die Teigtaschen und die beiden Cola waren von Max bezahlt worden.

Schließlich hatte er erstes Geld verdient.

»Macht dir der neue Mord keine Angst?«, hatte Max gefragt, als sie zur S-Bahn an den Landungsbrücken gingen und ihnen die Schlagzeile der Bildzeitung ins Auge sprang.

Doch Leni hatte nur mit den Achseln gezuckt.

Freygang

Nils Freygang war ein hässlicher Mann. Seine Augen waren kleine schwarze Knöpfe in einem spitzen Gesicht, die weichen kurzen Haare von einem matten Grau, obwohl er noch keine vierzig Jahre alt war.

Er kannte den Vergleich mit einer Ratte nur zu gut.

Doch die Natur hatte Gnade gezeigt und ihm eine wohltönende Stimme gegeben, ein voller Bariton, der den Chorleiter entzückte.

Freygang hatte sich in seinem bisherigen Leben eher versteckt. Nach dem Ende der Schulzeit war er in der Verwaltung verschwunden, hatte keine Kontakte gesucht und fiel nicht auf.

Theos Vater, der auf demselben Amt arbeitete und sein Büro ein paar Zimmer weiter hatte, grüßte ihn betont freundlich, wenn sie sich täglich an der Kaffeemaschine trafen. Doch auch er war kein kontaktfreudiger Mensch, und die anderen Kollegen, vor allem die Frauen, mieden Freygang. Er hatte nicht einmal Charme. Nur eine Stimme.

Dass er endlich den Mut gefunden hatte, dem neuen Musiker der Kirchengemeinde vorzusingen, war eine Erlösung für Nils Freygang.

Er studierte alle Liedtexte ein. Sang Tonleitern im Wald. Er wollte der Beste sein. Endlich hervortreten aus dieser Einsamkeit.

Doch am Dienstag kam er nicht zur Chorprobe.

Freygang sah nur noch die weit geöffneten Augen in dem zerstörten Gesicht vor sich, seit er die tote Hortensia gefunden hatte.

Geh aus mein Herz

Im Hochsommer kann ich nichts pflanzen«, sagte der Gärtner, den Theos Mutter hatte kommen lassen. »Im Oktober setze ich Ihnen alle Stauden, die Sie wollen. Sieht ja traurig aus in Ihrem Garten.«

Ma nickte und bestellte große Kübel Löwenmäuler, Eisenhut und Lupinen und ließ sie in die Mitte der Wiese stellen.

»Da war meine Sandkiste«, sagte Theo, bevor es ein anderer sagte.

Seit Jahren war ihm dieser Hinweis vertraut.

Er fand seine Mutter verändert. Sie sah noch immer sorgenvoll aus, wenn er das Haus verließ. Doch die Traurigkeit, ohne die er Ma kaum kannte, schien einem Tatendrang zu weichen.

»Was soll der wilde Aktionismus?«, fragte sein Vater am Abend.

»Ich will einen schönen Garten«, sagte Ma, »keinen Friedhof.«

Als der große runde Teakholztisch und die vier Stühle kamen, flippte Pa aus. »Schaff das weg«, schrie er, »ich will keinen schönen Garten.«

Theo hatte seinen Vater noch nie so außer sich gesehen. Mas Augen füllten sich mit Tränen. Doch sie stellte die Stühle auf und legte fliederfarbene Sitzkissen darauf und bat Theo, die alten Möbel aus Schmiedeeisen in den Keller zu tragen.

»Sieht toll aus, Ma«, sagte Theo.

»Vielleicht noch Seerosen«, schrie sein Vater.

Hüte dich vor dem Teich, hörte Theo den alten Ellerbek mahnen.

»Tante Ebba meinte, das müssten mir meine Eltern sagen«, sagte er.

Ma und Pa sahen sich an. Still. Alle beide.

»Was müssen dir deine Eltern sagen?«, fragte Pa schließlich.

»Ob wir ein Familiengeheimnis haben.«

Theos Mutter fing zu schluchzen an. Sein Vater ging zur Mitte der Wiese und strich den Lupinen über die Köpfe.

»An dieser Stelle ist deine Schwester ertrunken«, sagte er, »weil deine Mutter unachtsam war.« Seine Stimme war nur noch ein Wispern.

Der alte Arzt kannte viele Geheimnisse. Das von Jan Ellerbek und dem kleinen Jungen im Wald. Das von der anderthalbjährigen Annika, die im Gartenteich ihrer Eltern ertrunken war.

»Sie müssen es Theo erzählen«, hatte er zu Gesa Ansorge gesagt, wann immer sie in den letzten Jahren in seiner Praxis saß.

Sie saß oft da, um ihre Tabletten gegen die Depressionen zu holen.

Als Bunsen Theo vor seiner Tür stehen sah, ahnte er, dass es kein Geheimnis mehr gab. »Komm rein«, sagte er.

Der alte Arzt führte Theo in das Sprechzimmer und wies auf die Ecke mit den beiden Ledersesseln.

»Ma und Pa haben sich im Schlafzimmer eingeschlossen«, sagte Theo.

»Streiten sie sich?«

Theo nickte. »Ellerbek hatte von einem Teich gesprochen.«

»Und danach hast du sie heute gefragt? Ich habe immer gesagt, dass es nicht genügt, eine Sandkiste an der Stelle zu bauen oder Gras wachsen zu lassen und zu schweigen«, sagte Bunsen. »Dieses Schweigen hat sie langsam vergiftet und dir haben sie auch keinen Gefallen damit getan.«

»War es wirklich Mas Schuld?«

»Sie ist für einen Moment ins Haus gegangen, um dort was auch immer zu tun, und deine Schwester ist in den Teich gefallen. Kleine Kinder zappeln und schreien nicht. Sie liegen mit dem Gesicht im Wasser und ertrinken ganz leise.«

»Und mein Vater hat Ma das nie verziehen?«

»Nein«, sagte Bunsen, »nie.«

»Wäre sie so alt wie Tanja?«

»Ja. Doch eure Nachbarn haben das Unglück nicht miterlebt. Sie sind erst kurz nach deiner Geburt hergezogen.«

»Dann wussten es nur der alte Ellerbek und Sie.«

»Vielleicht noch ein paar Leute, die euch nicht nahestehen. Nach Ellerbeks Beerdigung sah ich deine Eltern zu Annikas Grab gehen.«

»Zeigen Sie es mir?«

»Das sollten deine Eltern tun.«

»Ich möchte es ohne Ma und Pa sehen.«

Der alte Arzt nickte und stand auf. »Hat Ellerbek dir noch etwas anderes erzählt?«

Theo zögerte. »Die Geschichte von Jan«, sagte er schließlich, »dass er das Loch im Wald gegraben hat.«

»Dann lass uns mal gehen, Theo«, sagte Bunsen. »Jetzt gleich. Wird auch für mich höchste Zeit, die Dinge zu regeln.«

Lucky und Theo hatten eine Weile schweigend gesessen und Löcher in den Sommerabend geguckt. Das Tre Castagne war gut besetzt. Worte wehten über die Tische, die nicht zu der lauen Luft gehörten.

Tod und Verderben. Die zweite Leiche im Wald.

»Annika hatte im Dezember Geburtstag«, sagte Theo, »wie ich.«

Lucky schüttelte den Kopf, als könne er es noch nicht fassen. »In meiner Familie haben sie alle eine Vollmeise«, sagte er, »doch das wäre bei uns nicht passiert. Das einfach totzuschweigen.«

»Was Neues von Max?«

»Nein. Meine Mutter ist dankbar, dass Max noch lebt. Soweit wir das wissen. Leni gibt ja die Taubstumme. Ich hab schon gefühlte hundert Nachrichten auf ihrem Handy hinterlassen. Gestern kam was vom Gericht für Max. Wäre wirklich gut, wenn er mal auftauchte.«

»Das neue Mädchen hatte auch helle Haare«, sagte Theo. Seine Stimme klang belegt. »Glaubst du nicht, dass Leni in Gefahr ist?«

Lucky versuchte, noch einen letzten Tropfen Bier aus seinem Glas zu schlürfen. Eigentlich hatte er Lust auf einen Schnaps. Doch er war es, der morgen früh um sieben in der Werkstatt antreten musste. Das waren die Momente, in denen Lucky ernsthaft bedauerte, nicht mehr zur Schule zu gehen. Sechs Wochen Sommerferien.

»Ich will gar nicht darüber nachdenken«, sagte er, »ob sie in Gefahr ist. Ich will mir auch nichts Schlimmes für Max vorstellen.«

Theo seufzte und sah sich nach Sigi um. »Ich werde wohl mal nach Hause gehen«, sagte er, »hoffentlich sind sie sich nicht an den Hals gegangen.« Er traute seinen Eltern inzwischen vieles zu.

»Ich komme mit«, sagte Lucky.

»Da muss ich allein durch«, sagte Theo. Doch er war dankbar, dass Lucky diesen heldenhaften Satz ignorierte.

Der Wald am Ende der Straße stand da wie eine drohende schwarze Wand, obwohl es noch nicht ganz dunkel war.

»Das Haus von Ellerbek sieht so einsam aus«, sagte Theo.

»Wohnt ja auch keiner drin«, sagte Lucky. »Was daraus wohl wird? Erst mal müssen die wohl den Sohn finden.«

»Ich glaube nicht, dass Jan Ellerbek noch lebt«, sagte Theo.

»Bei euch ist kein Licht«, sagte Lucky.

»Vielleicht sitzen sie im Garten auf den neuen Teakholzstühlen. Sie werden wohl kaum schon schlafen gegangen sein.«

»Ich weiche nicht von deiner Seite«, sagte Lucky. »Ihr habt doch sicher noch Bier im Kühlschrank.«

Das Haus war leer. Keiner saß im Garten. Die fliederfarbenen Kissen lagen auf den Stühlen und sahen unberührt aus. Das Auto stand in der Garage. Im Kühlschrank gab es zwar kein Bier, doch eine Flasche Aquavit. Lucky nahm sie mit nach oben in Theos Zimmer. Gute Vorsätze waren da, um gebrochen zu werden. Sagte das sein Opa nicht immer?

Theo stellte sich vor, dass Ma bei ihrem Sänger war. Besser als mit Tabletten auf einer Parkbank. Doch wo steckte sein Vater? Er setzte sich ins Fenster und behielt die Straße im Auge.

»Trink einen Schluck«, sagte Lucky. Doch Theo schüttelte den Kopf. »Ich erzähl dir mal eine Geschichte«, sagte er.

Theo erzählte vom vierzehnjährigen Jan Ellerbek und dem kleinen Jungen. Vom tiefen Loch und den Zweigen darüber und dem Zufall, dass der Vierjährige gefunden worden war. Von der Ratte und dem Baummarder im Loch konnte er nicht erzählen und auch nicht von den Bisswunden, die der kleine Junge gehabt hatte.

Davon wusste Theo nichts.

»Das weißt du alles vom alten Ellerbek?«, fragte Lucky und trat ans Fenster. »Das muss ihn all die Jahre gequält haben.«

»Viele scheinen sich hier über Jahre zu quälen«, sagte Theo.

»Da drüben tanzt ein Licht«, sagte Lucky, »vielleicht ein Irrwisch. Nach allem, was du erzählt hast, könnte doch Ellerbek da drüben herumgeistern.«

»Quatsch«, sagte Theo, »seit wann glaubst du an Gespenster?«

»Bei denen geht es doch immer um unerledigten Kram«, sagte Lucky.

»Ist ja nicht wirklich unerledigt«, sagte Theo.

»Was ist aus dem kleinen Jungen geworden?«

»Weiß keiner«, sagte Theo, »wo siehst du ein Licht?«

»Ist schon wieder weg«, sagte Lucky.

Sie sahen ein Auto, das sich ihnen und dem Wald näherte. Ein anthrazitfarbener Passat Variant, der ein Stück weit vom Haus hielt.

Theos Mutter saß auf dem Beifahrersitz.

»Jetzt wissen wir, was für ein Auto Hardy fährt«, sagte Theo.

Lucky beugte sich vor.

»Bei uns in der Werkstatt war er damit noch nicht«,

sagte er. »Aber gesehen habe ich den Typ schon. Im Lichtgrün.«

»Theo«, rief Ma aus dem Flur, »bist du oben?«

Sie hörten sie die Treppe hochsteigen. Ma klopfte, als sie vor dem Giebelzimmer stand, doch sie wartete nicht auf Theos Antwort.

»Warum machst du kein Licht?«, fragte sie, als sie ins Zimmer trat.

»Vielleicht schlafe ich schon«, sagte Theo aus der Ecke am Fenster.

Seine Mutter tastete sich zum Schreibtisch vor und schaltete die Leselampe an. »Ach, du bist auch da, Lucky. Könnt ihr nicht mal den Mund aufmachen? Ihr habt mich doch im Haus gehört.«

»Und gesehen, wie du ankamst«, sagte Theo. Ihm war bitter zumute, obwohl er Ma verstehen konnte.

»Geht es dir besser, seit du das Geheimnis kennst?«

»Das mit Hardy?«

»Das mit deiner kleinen Schwester«, sagte Ma. »Weißt du, wo Pa ist?«

»Wir haben ihn schon überall gesucht«, sagte Lucky. Er fühlte sich unbehaglich. Theos Mutter sah aus, als ob sie in Tränen ausbrechen wollte.

»Hoffentlich hat er sich nichts angetan«, sagte sie leise.

»Quatsch«, sagte Theo zum zweiten Mal an diesem Abend. Doch er war nicht ganz so gelassen, wie er tat.

»Vielleicht fährt er einfach durch die Gegend. Er muss sich ja auch abreagieren«, sagte Ma.

»Ist dir das gelungen mit Hardy?«

»Was soll das, Theo«, sagte seine Mutter. »Du tust mir weh.«

»Das Auto steht in der Garage«, sagte Lucky.

»Kommt ihr mit in den Keller?«, fragte Ma. »Ich trau mich nicht allein.«

Theo legte kurz die Hand auf die Hand seiner Mutter, als sie im gleichen Moment nach dem Geländer der schmalen Kellertreppe griffen.

Der Keller sah aus wie immer. Kein Pa darin.

»Er wird doch nicht in den Wald gegangen sein«, sagte Ma. »Mein Gott. Wo dort gerade wieder ein Mord passiert ist.«

»Ich glaube nicht, dass der Mörder im Wald wohnt«, sagte Theo.

Er fing an, Spezialist für zynische Bemerkungen zu werden.

»Wir müssen ihn suchen gehen«, sagte Ma.

»Pa ist nicht der Typ, der nachts allein in einen dunklen Wald hineinläuft«, sagte Theo. Er wollte nicht in den Wald.

Theo kramte die alte Taschenlampe hervor, die er als Zehnjähriger geschenkt bekommen hatte. Sie hatte ein eher schwaches Licht, das seine Augen gut vertrugen. Die stärkere Lampe fand er nicht in der Eile, die Ma beschwor.

Ellerbeks Ligusterhecke und die Hainbuchen lagen schon hinter ihnen. In kleinen Schritten tappten sie in die Schwärze und wurden von ihr verschluckt. Lucky. Theo. Ma. Einer nach dem anderen. Die Schreie der Käuzchen klangen in ihren Ohren. Die Flügelschläge der Fledermäuse. Worauf hofften sie? Pas Hilferufe zu hören?

Sie waren noch nicht weit gekommen, als sie das Absperrband im Lichtkegel der Taschenlampe erkannten.

»Lasst uns umkehren«, sagte Ma leise.

»Wenn Pa tatsächlich in den Wald wollte, dann hat er sich von der Absperrung kaum aufhalten lassen«, sagte Theo.

Ein Kreischen hoch über ihnen. Lucky hob die Lampe und leuchtete in die Krone des Baumes. Das Licht zitterte in seiner Hand.

»Der Irrwisch«, sagte Lucky, »der Irrwisch in Ellerbeks Haus.«

»Von einer Taschenlampe«, sagte Theo. Er sah nicht, dass Lucky nickte.

»Was redet ihr da?«, fragte Ma.

»Ich hab eine Ahnung, wo wir Pa finden«, sagte Theo.

Ma war in den Garten und durch alle Zimmer gegangen. Doch sie schüttelte den Kopf, als sie zu ihnen zurückkehrte.

Theo und Lucky standen vor Ellerbeks verschlossener Haustür und lauschten. Totenstill. Kein Funken Licht im Haus. Nicht mal ein Irrwisch.

»Willst du nicht drüben warten, Ma?«

»Nein«, sagte Ma.

Dass die Kellertür nachgab, wenn man das Schloss bewegte und die Klinke nach oben drückte, hätte Theo lieber für sich behalten. Als er ein Kind gewesen war, hatte er diesen Keller ab und zu als Zufluchtsort genutzt. Vielleicht hatte Ellerbek sogar davon gewusst.

Suchte Pa auch eine solche Zuflucht?

»Glaubt ihr wirklich, dass er im Haus ist?«, fragte Ma.

Er hatte sich in Ellerbeks Sessel gesetzt und war mit dem Album in den Händen eingeschlafen. Theos Vater wachte auf, als er ein Geräusch aus dem Keller hörte. Doch er blieb still sitzen im Sessel.

Das Album mit den Bildern von Annika lag ihm noch immer auf dem Schoß, als das Licht angeschaltet wurde und seine Frau ins Zimmer trat und Theo und Lucky.

Vor zwanzig Jahren hatte er es nicht ertragen, diese Bilder im eigenen Haus zu verwahren, und das Album den Ellerbeks anvertraut. Nach dem Tod des Alten hatte er jeden Tag vorgehabt, es zu holen. Vielleicht ließ er endlich nur noch Trauer zu und vergaß seinen Zorn.

»Das Album gibt es also noch«, sagte Ma.

Hatte sie nicht glauben müssen, dass er es weggeworfen habe?

»Wir haben dich überall gesucht, Pa.«

»Sogar im Wald«, sagte Lucky.

Gerd Ansorge nickte. »Sogar im Wald«, wiederholte er.

»Ich habe das Album sehr vermisst«, sagte Ma.

Theo sah zwischen seinen Eltern hin und her.

Hätte das nicht der Augenblick sein müssen, wo Pa aufstand, um Ma zu umarmen? Doch seine Mutter wandte sich ab, öffnete die vordere Tür, schlug sie hinter sich zu und lief davon.

»Die Hüterin des Hauses«, schrie Pa.

Der Zorn war noch immer nicht vergangen.

Sentimentalitäten

Theos Vater tat den Schlüssel in das Holzkästchen zurück, das er in der Schublade seines Nachttisches verwahrte. Dort lag der Schlüssel zu Ellerbeks Haus zwischen vier Kondomen, zwei Kalenderblättern und einer Locke seiner kleinen Tochter.

Sie hatten nur kurz miteinander geredet, Gesa und er. Über den Verrat, ein Album zu verstecken. Den Verrat, einen Garten genießen zu wollen, in dem Schreckliches geschehen war.

Er war schon immer ein Mensch gewesen, dem es schwerfiel, Gefühle zu zeigen. Doch seit Annikas Tod hatte er sich hinter einer noch höheren Mauer verschanzt. Zwanzig Jahre lang. Theo hatte es nie anders gekannt. Gestern hatte es einen Moment gegeben, wo erste Steine der Mauer bröckelten. Der Moment ging vorüber. Die Mauer stand.

Gerd Ansorge erinnerte sich gut an den Tag, an dem der alte Nachbar ihm den Schlüssel gegeben hatte. Ellerbeks Frau war noch nicht lange tot gewesen. Den befürchteten Notfall hatte es bis zum Tod des alten Mannes nicht gegeben. Der Schlüssel war in der Schublade geblieben.

Bis gestern. Und nun war es still im Haus. Gesa nicht da. Theo hinter Büchern hockend. Sprachlos.

In der Verwaltung hatte er sich krankgemeldet. Das war lange nicht vorgekommen, wenn er auch nicht immer anwesend gewesen war.

In früheren Zeiten hatte er es verachtenswert gefunden, sich Abwesenheiten im Amt zu gönnen. Doch diese Zeiten waren vorbei.

Gerd Ansorge ging in den Garten und betrachtete die Kübel mit dem Eisenkraut, den Löwenmäulern, den Lupinen.

Er ahnte nicht, dass Theo ihn vom Fenster des Schlafzimmers aus beobachtete. Er blickte nicht hoch.

»Sogar im Wald«, hatte Lucky gestern Nacht gesagt.

Lucky. Der einzige Freund seines Sohnes.

Ansorge legte die Hand auf die Köpfe der Lupinen und streichelte sie und entschied, einen Spaziergang zu machen.

Der Wald, der hinter Ellerbeks Haus anfing, war einsam. Theos Vater brach auf, um dort die Stille zu suchen.

14 J stand in der Jacke von Petit Bateau, die Maman ihr geschenkt hatte, als Leni vierzehn Jahre alt und alles noch gut gewesen war.

Ein helles Mint, das gut zu ihren Augen passte. Doch nun zu klein.

Leni zog sie dennoch an. Unter der Jacke nur gebräunte nackte Haut. Dazu weiße Jeans. Sie schüttelte ihr Haar und sah im Spiegel, dass es sich wie ein Heiligenschein um ihre Schultern legte. Leni ahnte nicht, dass dem Kommissar dieser Vergleich in den Kopf gekommen war, als er das Bild einer Toten betrachtet hatte.

Eine Verschwendung von Schönheit, nur in den Garten zu gehen, sich auf eine der neuen Korbliegen zwischen Lavendel und Oleander zu betten, die Hummeln summen zu hören und nicht mal Lucky und Theo dazu einzuladen. Doch es war die beste Gelegenheit, die weißen Tabletten in höherer Dosis zu probieren. Frau Hansen hatte einen freien Tag. Paps kam erst spät am Abend.

Leni trat an das Sideboard und nahm eines der hohen Gläser, um es mit Campari und Soda zu füllen. Sie überlegte, eine CD einzulegen, und entschied sich dagegen. Lieber sich auf das Wesentliche beschränken, dachte sie, als die vier Tabletten vor ihr lagen.

»Bloß nicht überdosieren«, hatte Max der Schisser gesagt.

Leni legte die erste Tablette auf die Zunge und trank einen großen Schluck Campari. Die zweite. Bei der dritten klingelte ihr Handy.

Leni ignorierte es und goss noch einmal Soda nach, um die vierte der Tabletten zu nehmen. Sie ging in den Garten hinaus und setzte sich auf die Korbliege, deren Kissen provenzalische Muster hatten. Blau und Grün. Wie das Gesicht von Max damals beim ersten Treffen.

Sie blickte über den Rasen und dachte, dass viel Platz für einen großen Pool wäre. Maman hatte einen Pool in Gassin, obwohl das Meer doch so nahe war. Vier Tabletten. Nichts tat sich.

Leni nahm den letzten großen Schluck und lehnte sich zurück.

Und auf einmal fielen die Bäume auf sie und dann auch der Himmel.

Die Gitarre lag in Blättern gebettet in der Krippe eines Futterstandes.

Eine Gitarre aus einer spanischen Werkstatt. Eine

Alhambra. Diese war rötlich und aus massivem Zedernholz und hatte Sarah gehört.

Die Krippe stand im Holsteinischen. Jenseits der Stadtgrenze.

Die Alhambra hatte vor allen Wettern geschützt in ihrer Tasche gelegen und die Zeit seit dem 7. Juni trocken überstanden. Lüttich hatte kaum Zweifel, dass sie am Tage von Sarahs Tod dort abgelegt worden war.

Beinah behutsam abgelegt. Behutsamer als Sarah und Hortensia.

»Warum legt er sie in eine Krippe, die kilometerweit entfernt ist?«, fragte er seine Kollegin. »Und warum hat er Hortensia nicht gleich in den Wald gelegt? Warum der Umweg über den Schuppen?«

»Sind wir sicher, dass es ein Er ist?«

»Das ist die Handschrift eines Mannes«, sagte der Kommissar. »Und denk an das dunkle Haar, das auf diesem Wacholder hing.«

»Waldmeister«, sagte Imke Karle. »Das Haar kann von einem Unbeteiligten gewesen sein. Und ansonsten haben wir an den Mädchen keine fremde brauchbare DNA entdeckt.«

»Ich bin um diesen Zeitpunkt, an dem Hortensia getötet wurde, ein paar Mal durch den Wald gelaufen. Sonntag und Montag«, sagte Lüttich.

»Da hast du deine Erklärung, warum er den Umweg über den Schuppen genommen hat«, sagte Imke spöttisch. »Zu viel Polizeipräsenz.«

»Aber warum hat er sie nicht da liegen lassen, sondern sie drei Wochen später noch mal umgebettet?«

»Ein Waldfreund«, sagte seine Kollegin.

»Er will uns was sagen«, sagte der Kommissar.

»Und was hat dieser Nils Freiweg gesagt?«

»Freygang«, korrigierte Lüttich. »Er ist in den Wald gegangen, um die fünfzehn Strophen eines Liedes zu lernen. ›Geh aus mein Herz und suche Freud.‹ Und dann findet er eine Leiche.«

»Ein Lied von Paul Gerhardt«, sagte Imke Karle.

»Was?«

»Ein evangelisches Kirchenlied aus dem siebzehnten Jahrhundert.«

»Was du alles weißt. Jedenfalls singt Freygang in einem Chor. Sieht ein bisschen schräg aus. Als sei er als Ratte zurechtgemacht. Schwarze Knopfaugen. Spitze Schnauze. Graues Fell.«

»Hört sich freakig an«, sagte Imke Karle. »Vielleicht ist er der Täter. Trägt das tote Mädchen vom Schuppen in den Wald und will dann auch, dass sie schnell gefunden wird. Also tut er es selbst.«

»Glaube ich nicht«, sagte Lüttich. Er überlegte noch, wann er das letzte Mal von einer Ratte gehört hatte. Petersens Worte fielen ihm erst ein, als er bereits auf dem Weg zu Hortensias Gasteltern war.

Theos Vater war nicht weit gekommen. Er hatte schon bald vor dem Absperrband gestanden, das um ein großes Areal gezogen war.

Ein Mann in Jeans und einem kurzärmeligen bunten Hemd hatte ihn aufgehalten, um darauf aufmerksam zu machen, dass der Wald erst morgen wieder betreten werden durfte. Gerd Ansorge war höflich nach seinem Ausweis gefragt worden und hatte ihn erst vorgezeigt, nachdem er den des Kripomannes studiert hatte.

Ordnung muss sein, dachte er, als er an seinem Haus vorbeiging, um im Tre Castagne ein Bier zu trinken.

Noch zog es ihn nicht wieder nach Hause. Der schweigende Theo. Die abwesende Gesa.

Es war ihm peinlich, Freygang in dem Lokal sitzen zu sehen. Vielleicht hatte der sich auch heute Morgen krankgemeldet. Dann wären sie quitt. Er nickte dem Kollegen zu, und ihm fiel ein, dass Freygang seit Tagen nicht im Amt gewesen war. Der arme Kerl hatte die Leiche gefunden. Fürchterliches Erlebnis.

Theos Vater setzte sich weit genug weg, um nicht in ein Gespräch verwickelt zu werden. Eine junge Serviererin kam aus dem Lokal. Er bestellte ein Bier. Vom Wirt war nichts zu sehen.

Nicht viel los auf der Straße. Die Sparkasse und die meisten Geschäfte hatten Mittagspause bis halb drei. Ein paar spielende Kinder. Es waren ja Ferien. Er nickte, als ihm das Bier hingestellt wurde.

Er nahm einen großen Schluck und blickte dabei über den Rand des Glases und sah Gesa von der Bushaltestelle kommen und auf die Kirche zugehen. Kein Dienstagabend. Was tat sie in der Kirche?

Schade um das Bier, das noch nicht getrunken war. Theos Vater stand auf und trug das Glas ins Lokal. Bezahlte das Bier und bat darum, es für ein paar Minuten in den Kühlschrank zu stellen.

Dann ging er zur Kirche hinüber.

»Du darfst keinem erzählen, dass Dankwart mir den Schlüssel gegeben hat«, sagte Hardy. »Er hat mich auf Diskretion eingeschworen.«

Theos Mutter schüttelte den Kopf. Sie war bestens geübt im Bewahren von Geheimnissen. Auch wenn das eine große brüchig geworden war.

»Du hast einen Stein im Brett beim Chorleiter«, sagte sie.

Hardy lächelte. »Ich weiß, dass er im Zimmer hinter der Orgel junge Damen empfängt«, sagte er. »Darum tut er mir auch mal einen Gefallen.«

»Du erpresst ihn?«

»Gott bewahre.« Hardy musterte Gesa. Sie hatte dunkle Schatten unter den Augen, doch ihre Haut war jung, obwohl sie auch schon in den Vierzigern war. Ihm gefiel ihr volles dunkle Haar. Ihre ernsten Augen. Sogar die Anflüge von Schwermut, die sie hatte. Ihn beunruhigte nur, wie sehr sie seine Nähe suchte. Er suchte im Chor das kleine Feuer, mehr nicht.

Sie zuckten beide zusammen, als unten an der Kirchentür gerüttelt wurde, die um diese Tageszeit verschlossen war.

»Dein Mann«, sagte Hardy.

»Nein«, sagte sie. »Ausgeschlossen.«

»Du sagst doch, er sei heute nicht zur Arbeit gegangen.«

»Er ist zu Hause. Er fühlt sich nicht gut«, sagte sie. Hardy wusste nicht, was in ihrem Leben geschehen war.

Unten an der Tür war es still geworden.

»Er hegt einen Verdacht. Ich hab es in seinem Gesicht gelesen.«

»Wann hast du in Gerds Gesicht gelesen?«

»Während der Trauerfeier. Er saß mit eurem Sohn in der ersten Bank.«

»Es ist doch kaum was geschehen zwischen uns«, sagte sie.

»Ich bin kein Ehebrecher«, sagte Hardy.

Theos Mutter nahm ihre Jacke. »Ich auch nicht. Schließ mir auf.«

»Ich hab es verdorben.« Hardy senkte den Kopf.

»Erst einmal ja«, sagte Gesa und wandte sich ab.

Theo hatte sich auf sein Fahrrad gesetzt und war zur alten Landstraße gefahren. Vor dem Ponyhof und im Wirtschaftsweg parkten noch immer Polizeiautos. Silberblaue und andere.

Er dachte daran, wie er damals hinter den Ställen gestanden und zum ersten Mal Leni gesehen hatte. In Luckys Ford sitzend.

Seitdem spielte Leni mit ihnen allen. Mit Lucky. Max. Mit ihm. Ach was. Mit ihm spielte sie noch nicht einmal. Er war für Leni das Kleinkind geblieben. Auch wenn sie ihn nicht mehr absnobbte.

Er wendete sein Rad und überlegte, ob es zu früh war fürs Lichtgrün. Vielleicht hatte wenigstens die Wirtin Lust, ihn wahrzunehmen. Ihm ein Glas Wein hinzustellen, ohne zu fragen, ob er schon alt genug dafür sei.

Irgendwie musste er doch Stoff sammeln, um in ein paar Wochen über sein schönstes Ferienerlebnis zu schreiben.

Als ich wieder keinen Sex hatte.

Wie meine Schwester im Gartenteich ertrank.

Er kam an der Kirche vorbei und dachte an Tanja. Vielleicht könnte die ihn entjungfern. Doch Tanja stand ja auf alte Männer.

Das Lichtgrün öffnete erst um achtzehn Uhr. Außer Montag. Da kamen die Sänger. Theo sah auf sein Handy. 17 Uhr 02. Er war in Rekordzeit geradelt. Er hätte sich Zeit lassen sollen.

Sein Fahrrad fand ganz von selbst zum Geldhügel.

Fuhr den Hang hinauf. Stand still vor Lenis Haus. Theo stieg ab.

Er klingelte zweimal und wäre wieder gefahren, hätten nicht diese kleinen jammernden Laute in der Luft gelegen, die aus dem Garten zu kommen schienen. Wie kam es, dass er sich um Leni ängstigte wie seine Mutter um ihn?

Vergeblich versuchte Theo, durch die hohe Buchsbaumhecke zu spähen, die den Garten umgab. Er versuchte, an das andere Ende des Grundstückes zu gelangen. Hatte er damals nicht ein Tor in der Hecke erblickt, als er allein an der Terrassentür stand und in den Garten hineinguckte, um sich von Luckys und Lenis Geschmuse abzulenken?

Das Tor war aus Eisen, hoch wie die Hecke und abgeschlossen. Doch es gab zwei Querstreben, in die er die Füße stellen konnte, um über das Tor zu klettern. Als er an der Gartenseite heruntersprang, blieb er an einem Nagel hängen und hörte den Jeansstoff reißen.

Leni lag neben einer Korbliege und war bedeckt von Rosenblättern. Auf dem hellen Jäckchen, das sie trug, sah man feine Spuren von Blut. Kein Jammern mehr. Sie war ganz still.

Theo hielt den Atem an, als er sich neben sie kniete und den Puls fühlte.

Leni schlug die Augen auf und sah ihn an.

»Wenn mich mein Prinz erst küsst«, sagte sie.

Theo setzte sich auf den Rasen. »Was ist hier los?«, fragte er. Er sah erst jetzt, dass die Köpfe der weißen Rosen an den Sträuchern kahl waren.

»Ich lebe noch«, flüsterte Leni und versuchte, ihn zu umarmen.

Ihre Hände und Arme waren zerkratzt. Die Rosen hatten sich gewehrt.

Leni entdeckte den Riss in Theos Jeans und schob ihre Hand hinein.

»Du blutest.« Sie zog die Hand hervor und leckte daran.

»Du auch«, sagte Theo.

»Blutsbruder. Blutsschwester«, sang Leni.

»Was hast du genommen?«, fragte Theo.

»Lass uns miteinander schlafen«, sagte Leni und presste sich an ihn.

Einen Augenblick lang hatte Theo das Gefühl, dass Leni nicht einmal wusste, wer er war. Lucky kam ihm in den Sinn, der Ähnliches erlebt hatte.

Doch Theo ließ sich fallen. Er nahm seine Chance wahr.

»Tensi hat immer gesungen«, hatte der kleine Junge gesagt, »aber sie traf die Töne nicht.« Kasper war ein musikalisches Kind. Das wurde dem Kommissar vom Vater bestätigt. Kasper hatte das absolute Gehör. Die arme Hortensia war unmusikalisch gewesen.

Eine Familie wie aus dem Bilderbuch der Wohlhabenden. Drei begabte Kinder. Ein großes Haus mit Blick auf die Elbe. Dort war Hortensia zwei Jahre lang Au-pair-Mädchen gewesen. Hatte Lieder gesungen, Geschichten erzählt, Wäsche gebügelt und die Kinder zur musikalischen Früherziehung begleitet.

Wie war sie nur in einen Wald im Norden Hamburgs geraten? Tot?

Lüttich stand auf seinem Balkon und blickte in den Abendhimmel, der nun schon früher dunkel wurde. Bald begann der August.

Länger als vier Wochen her, der letzte Mord. Lüttich

musste nicht mehr befürchten, dass der Täter Freude an einem vierzehntägigen Rhythmus fand. Doch was hatte die Mädchen zu ihrem Mörder geführt?

Hundstage

Max zog Anfang August in eines der Löcher, die der Doktor in der ganzen Stadt angemietet hatte. Zwei winzige Zimmer in Altona. Dunkel. Doch er war dort allein. Ohne den Kettenhund, auf dessen Kellerliege er gelebt hatte. Ohne Kringel, der noch immer in der Schanze hauste und dort allmählich verkam. Max fühlte sich fast frei.

Einer seiner großen Irrtümer an diesem Tag war, das eigene Loch für einen Vertrauensbeweis des Doktors zu halten.

Er ahnte nicht, dass diese zwei Zimmer seine letzte Chance waren. Die ihm kaum vergönnt gewesen wäre, hätte er weniger gewusst. Doch der Doktor hatte noch keine Lösung für ihn gefunden.

Ein dummer Zufall, dass Max das eine und andere wusste. Den Namen des Doktors. Den Namen des Mannes, für den auch der Doktor nur ein Vollstrecker war. Max hielt das für Herrschaftswissen, das ihm helfen könnte. Armer, verblendeter Max.

»Du bringst es nicht«, hatte der Doktor zu ihm gesagt. »Es wird höchste Zeit, dass du deine Umsätze steigerst.«

Dabei hatte er sie doch schon gesteigert. Den Türsteher eines Kiezlokals als Kunden aufgetan. Der nahm ihm auch mal größere Mengen ab. Das waren Dreißigjährige in schwarzen Klamotten, die der versorgte. Kreative. Viel Kohle. Alt genug, um zu wissen, was sie tun.

Viel besser, als den Kids das Zeug aufzuquatschen.

Max packte die Nylontasche aus, die er günstig geschossen hatte.

Ein paar T-Shirts. Eine zweite Jeans. Boxershorts. Er ging in die versiffte Küche und fand ein Glas im Hängeschrank. Er stellte die Zahnbürste hinein und trug das Glas in das Klo mit Dusche.

Vielleicht sollte er doch mal ein paar Putzmittel anschaffen.

Die Klamotten, die er in der Seilerstraße zurückgelassen hatte, waren wohl abgesoffen. Er hatte von Kringels Missgeschick gehört.

Max stellte die Tasche neben die Matratze, die einigermaßen sauber aussah. Er war nicht verwöhnt, doch seine Behausungen der letzten Wochen waren zum Kotzen.

Leni durfte er hier nicht empfangen. Die würde sich gleich zu kratzen anfangen. Dreck war nicht die Art Abenteuer, die Leni suchte.

Gestern hatte er vergeblich versucht, sie zu erreichen, um ihr von seinem Umzug zu erzählen. Zu hören, wie sie mit den weißen Tabletten klarkam. Ob Leni was Neues wollte.

»Bewusstseinserweiterung«, hatte der Doktor gesagt, »das ist das, was du deinen Kunden lieferst. Du bist ein Heilsbringer.«

Ganz so bescheuert war Max nicht, das zu glauben.

Eine große Verlegenheit, die Theo spürte, als er in seinem Zimmer erwachte. Sein erstes Mal. Hatte er es sich so vorgestellt? Was war, wenn Leni nicht einmal eine Erinnerung daran hatte?

Er ging in die Küche hinunter, wo Ma allein am Frühstückstisch saß.

Sein Gesicht rötete sich bei dem Gedanken, dass sie ihm ansehen könnte, was geschehen war.

»Du siehst aus, als hättest du schlecht geschlafen«, sagte Ma, »das ist auch verständlich, nach allem, was dir widerfahren ist.«

Theo brauchte eine Sekunde, um zu kapieren, dass sie nicht von den Ereignissen in Lenis Garten sprach.

»Ich habe Annika ja nicht gekannt«, sagte er. Darum hält sich meine Traurigkeit in Grenzen, hätte er gern hinzugefügt. Doch das würde bei Ma kaum gut ankommen. Er nahm das Glas Milch, das auf seinem Platz stand. »Nur eure Geheimniskrämerei geht mir auf den Geist.«

»Mir tut das alles so leid«, sagte Ma. »Du bist in einem traurigen Elternhaus aufgewachsen.«

Theo verkrampfte sich. Er wollte dieses Gespräch jetzt nicht. Er wollte über den gestrigen Abend nachdenken. Über Leni und sich. Sollte er einfach aufstehen? Er stellte das Glas hin.

»Kann doch nun alles besser werden«, sagte er.

»Das sag deinem Vater. Dass die Qual endlich ein Ende haben muss.«

Seine Ma stand auf, löste den Knoten ihres Morgenmantels und zog den Gürtel enger. Lila Blumen auf dem Morgenrock. Lila war die Farbe seiner Mutter. Theo fiel es zum ersten Mal auf, wie dünn sie geworden war. »Pa ist in seine Verwaltung abmarschiert«, sagte sie.

»Ist das ernst mit diesem Hardy?«, fragte Theo.

»Nein.«

»Ihr trennt euch also nicht, Pa und du?«

»Das tun wir dir nicht an«, sagte seine Ma in leidendem Ton.

Länger hielt Theo diesen Frohsinn zum Frühstück nicht aus. Er stand auf, ohne Milch und Müsli anzurühren.

»Ich hab was zu erledigen, Ma«, sagte er.

Vielleicht hätte er den Entschluss nicht gefasst, wenn er normal mit seiner Mutter hätte reden können. Darüber, dass er kein kleines Kind mehr war, das man dauernd zu behüten und zu bewahren hatte und zu bevormunden.

So sammelte er seinen Mut, um zu Leni zu fahren und zu reden.

»Du hast weder gegessen noch getrunken.«

»Dafür dusche ich länger«, sagte Theo.

Er duschte ganze vier Minuten. Dann zog er seine Jeans und ein hellblaues Leinenhemd an, dessen Ärmel er aufkrempelte. Er blickte in den Spiegel, der in seinem Zimmer hing, und war tatsächlich zufrieden.

Beinah wäre er barfuß losgelaufen. Beinah die Ray Ban liegen lassen.

Beinah hätte er vergessen, tschüs zu sagen.

»Tschüs, Ma«, sagte er. Seine Mutter stand an der Terrassentür und sah in den Garten. Er hoffte, dass sie keinen Teich zu sehen glaubte.

Der Chorleiter war kein Kantor. Er hatte auch in der vorigen Kirche nur Chöre geleitet und gelegentlich den Kantor an der Orgel vertreten. Er tat das gut und wäre weiterhin ein angesehener Mann in seiner Gemeinde gewesen, der im kleinen Saal Konzerte geben durfte, hätte er sich nicht mit einer Sängerin in der Sakristei erwischen lassen.

Es war nicht an die große Glocke gehängt worden.

Zwei Menschen über achtzehn hatten einander begehrt. Wenn auch am falschen Ort.

Hier am Stadtrand wusste das keiner. Auch nicht der Herr Pastor, dessen war sich Dankwart Trüber sicher. Darum hatte er sein kleines Hobby auch bald wieder aufgenommen. Der Raum hinter der Orgel, in dem ein Klavier, ein Sofa und einige Notenständer standen, war viel diskreter als eine Sakristei. Nur Befugte stiegen die Treppe hinauf, einen Kantor gab es in dieser Vorstadtkirche nicht, und die Kirchentür durfte außerhalb der Gottesdienste geschlossen bleiben.

Tanja war die Einzige, die der Chorleiter an einem Nachmittag während der Woche empfing, die anderen kamen am frühen Sonntagabend, wenn die Gottesdienste vorbei waren und die Arbeit getan.

Es waren durchaus Talente dabei, die sich für Chöre eigneten oder für kleine Soloauftritte bei einem Konzert.

Tanja gehörte nicht dazu. Ihre Gaben waren andere. Sie hatte den Körper einer Primadonna von ganz großem Format und die Brust für vier Oktaven.

Dankwart Trüber glaubte, keine Besitzansprüche zu kennen, doch als er Tanja an diesem heißen Vormittag sah, kam Empörung in ihm hoch.

Tanja bildete eine Brezel mit einem ihm Unbekannten. Beider Körper waren ineinander verschlungen. Kaum zu glauben, dass sie sich auf den Beinen hielten, ohne zu stolpern. Schamlos, dies am helllichten Tag auf der Straße zu machen und mitten im Ort.

Der Chorleiter war sicher, dass Tanja genau wusste, dass er ihnen dabei zusah. Er hatte ihr einen Solopart verweigert. Sie wollte ihn provozieren.

Dankwart Trüber schnaufte, als es ihm endlich gelang, sich von dem Anblick zu lösen, und er zur Kirche abbog. Das sollte für das kleine Luder nicht ohne Folgen bleiben.

Vieles wuchs ihm da über den Kopf.

»Ich hätte dich mit irgendwas anstecken können.«

Leni lachte. »Du doch nicht«, sagte sie.

»Nimmst du die Pille?«

»Klar«, sagte sie, »glaubst du, ich will schwanger werden?«

Sie hatte ihn nicht weggeschickt, als er vor der Tür stand.

Im Garten war die Haushälterin und schnitt den kahlen Rosen die Köpfe ab. Auf dem Rasen lagen noch die weißen Blätter.

»Komm«, sagte Leni, »wir gehen in mein Zimmer.«

Theo schüttelte den Kopf. Er fühlte sich nicht wohl in diesem Haus. »Lass uns spazieren gehen«, sagte er.

»Dann in den Wald«, sagte Leni, »ich will den Tümpel sehen, in dem sie lag. Vielleicht ist es der, in dem dein Gummistiefel liegt.«

»Vielleicht«, sagte Theo. »Das ist der tiefste, den ich kenne.«

Hatte Pa nicht davon gesprochen, dass der Wald heute freigegeben wurde? Sie konnten ja einen Versuch wagen.

»Im Wald ist es kühl«, sagte Leni und fächelte sich in wilden Gesten Luft zu. Sie hatte wohl noch immer was von diesem Zeug im Blut.

»Erzähl mir, wie du gestern reingekommen bist. Ich habe Gedächtnislücken.«

»Ich bin über euer Eisentor geklettert.«

»Und ich hab schlafend auf dem Rasen gelegen.«

»Du warst gleich wach und hast von einem Prinzen gesprochen.«

»Das weiß ich noch«, sagte sie. »Wenn mich mein Prinz erst küsst. Das ist aus Schneewittchen. Dem Film von Walt Disney.«

»Kam mir mehr wie Dornröschen vor«, sagte Theo.

Leni betrachtete die Kratzer auf ihren nackten Armen.

»Ich zieh mir was anderes an«, sagte sie, »und dann gehen wir.«

Sie gingen an dem Haus seiner Eltern vorbei, und Theo war erleichtert, dass Ma nicht am Fenster stand.

Die Ligusterhecke von Ellerbek streckte ihre Zweige aus und hielt schon die ersten Äste der kleinen Hainbuchen umschlungen. Theo sah es mit schlechtem Gewissen. Er hatte die Heckenschere seit der Beerdigung nicht in der Hand gehabt. Vielleicht heute Nachmittag. Je nachdem, ob sich dieser Tag weiter hoffnungsvoll entwickelte.

»Ein Geisterhaus«, sagte Leni, »hast du den Alten gut gekannt?«

»Ja«, sagte Theo und überlegte, ob er ihr vom Teich erzählen sollte und von seiner Schwester. Und davon, dass sein Vater einen Schlüssel zu Ellerbeks Haus besaß. Später, dachte er, im Wald. Er hoffte, mit ihr im Moos zu liegen. Dort wo sie mit Lucky gelegen hatte. Dass sie alles noch einmal taten und Leni es bei vollem Bewusstsein tat.

Er führte sie zur Stelle, an der das gefleckte Knabenkraut wuchs. Sollte er es für Leni pflücken?

Oder für Ma? Die mochte lila Blumen ganz bestimmt.

»Da ist der Tümpel«, sagte er.

Vor dem Tümpel lag noch ein Stück vom Absperrband.

Leni zog ihre Schuhe aus. Der Lack auf ihren Zehennägeln war auch lila.

»Du willst jetzt nicht in den Tümpel gehen«, sagte Theo.

»Mal gucken, wie tief er ist.«

»Da hat eine Tote dringelegen«, sagte Theo.

»Ist das Wasser dann giftig?« Leni steckte die lila Zehen in das braune Wasser und zog sie gleich wieder zurück. »Wir wissen doch gar nicht, ob es dieser Tümpel ist.«

»Hast du immer noch vor, nach Frankreich zu fahren?«

Leni ließ sich in das Moos fallen. »Ja«, sagte sie, »am sechzehnten.«

»Dann sind die Ferien fast vorbei.«

Leni sagte nicht, dass genau das ihre Absicht war.

»Hattest du nicht überlegt, noch mal mit der Schule anzufangen?«

Leni hatte niemandem von Paps' Plänen erzählt, sie in ein Internat zu stecken. Auch er hatte nichts mehr dazu gesagt. Ihr Vater war dauernd unterwegs. Ein großer Geschäftsabschluss stand bevor.

»Ich habe mich dagegen entschieden«, sagte Leni.

»Und was willst du tun? Eine Ausbildung? Du musst doch irgendwelche Ideen haben, was du mit deinem Leben vorhast.«

Theo wusste im nächsten Moment, dass er es knicken konnte. Leni. Das Liegen im Moos. Verdammte Vernunftsarie. Kam er auf seinen Vater?

»Ich fliege nicht so auf Klugscheißer.«

»Tut mir leid«, sagte Theo, »leg dich hin. Ich erzähl dir was.«

Doch Leni stand auf und zog ihre Schuhe an.

»Lass uns wenigstens gemeinsam nach Hause gehen«, sagte Theo, »könnte doch sein, dass hier ein Mörder herumläuft.«

Hatte er zu Ma nicht gesagt, dass der wohl kaum im Wald wohne?

Doch auf einmal war ihm unheimlich.

Leni ließ zu, dass er neben ihr lief, doch sie sagte kein Wort.

Als sie an der Ligusterhecke ankamen, wandte sie sich ab.

»Ich finde allein nach Hause«, sagte sie.

»Wir denken doch alle über unser Leben nach«, sagte Theo in einem Anfall von Verzweiflung. Sollte es das jetzt gewesen sein?

»Und irgendwann kannst du dir ein Giebelhäuschen kaufen.« Lenis Stimme triefte vor Verachtung.

Theo guckte ihr eine Weile nach, wie sie allein die Straße entlangging.

Vielleicht kam sie zurück. Kichernd.

Als er sie schließlich aus dem Blick verlor, ging er in die Garage und holte Ellerbeks Heckenschere hervor.

Max staunte, dass es Leni war, die er da im Handy hörte. Schon ihre Stimme, die in diesem Moment leicht herrisch klang, gehörte zu einer anderen Art Leben und ließ dieses Loch noch elender erscheinen.

»Ich habe vor, zu verreisen«, sagte Leni.

Keine gute Nachricht, dachte Max. Er trat ans Fenster und guckte auf den kleinen Hinterhof, der eine trübe Aussicht bot. Selbst mitten im schönsten Sommer. Zwei tote Pflanzen. Ein kaputter Wäschespanner.

»Ich brauche Reiseproviant«, sagte Leni.

Max lächelte. »An was dachtest du?«, fragte er.

»An die weißen. Hast du auch noch was anderes?«

»Zutaten für einen Cocktail. Musst du dir selber mischen. Du hast dann aber auch einen größeren Einfluss auf die Wirkung.«

»Pack alles ein, was du für geeignet hältst«, sagte Leni, »ich bin sechs Wochen unterwegs, wenn nicht länger.«

»Wohin fährst du?«

»Nach Südfrankreich. In die Nähe von Saint Tropez.«

Da gab es sicher eine reichhaltige Auswahl an Drogen, dachte Max. Afrika war nicht weit und in Saint Tropez tummelten sich die Reichen und die Schönen.

»Meine Mutter hat da ein Haus«, sagte Leni.

Er seufzte und betrachtete den Wäschespanner.

»Ist was nicht in Ordnung?«, fragte Leni.

»Dann lass das Zeug nicht im Haus deiner Mutter herumliegen.«

»Maman ist die coolste von allen.«

Max bezweifelte, dass sie cool blieb, wenn es um Drogen ging, die ihr verwöhntes Töchterchen schluckte.

»Ist sie Französin?«, fragte er.

»Ja. Sie heißt Helène. Wie ich.«

»Siehst du meinen kleinen Bruder noch?«

»Selten«, sagte Leni.

Max hatte auf einmal einen Kloß im Hals. Am liebsten hätte er Leni gebeten, Lucky zu grüßen und seine Mutter.

»Treffen wir uns in der Schanze?«, fragte Leni.

»Nein. Lass mich nachdenken.« Er musste unbedingt mal was anderes von Hamburg sehen als die Schanze. Oder Ottensen. Lieber in eine Gegend gehen, in der der Doktor keine Löcher hatte. Max trug eine tiefe Sehnsucht nach Luxus in sich.

»Kennst du das Alex?«, fragte er.

»Klar«, sagte Leni, »am Jungfernstieg. Im Alsterpavillon.«

Da war auch der Anleger für die Schiffe, die über die kleine und die große Alster fuhren und in die Kanäle und Fleete hinein. Vielleicht konnten Leni und er eine Schiffstour machen. An den Villen von Harvestehude und Uhlenhorst vorbei.

»Heute noch?«, fragte Leni.

»Nein. Ich habe die Zutaten für den Cocktail noch nicht.«

»Was hast du denn sonst noch auf der Speise- und Getränkekarte?«

Max zögerte. »Heroin biete ich dir nicht an«, sagte er.

»Nein«, sagte Leni, »das nehme ich auch nicht. Ich will Spaß.«

Max fiel Kringel dazu ein, der sicher keinen Spaß mehr hatte.

»Am sechzehnten fahre ich.«

»Bis dahin hast du es längst. Was machen die weißen?«

»Hab ich noch zwölf von.«

»Du hast die zwölf anderen schon intus oder wirfst du damit um dich?«

»Es wirkt alles nicht wirklich doll bei mir«, sagte Leni.

Max schüttelte den Kopf. Leni war ein Monster.

»Kostet aber einen Haufen Kohle.« Vielleicht konnte er dem Doktor bald beweisen, dass er doch ein Bringer war. Von ihm aus ein Heilsbringer.

»Mach dir darum mal keine Sorgen«, sagte Leni.

Sie beendete das Gespräch und ging auf das Haus zu. Hoffentlich war die Hansen mit der Bügelei fertig und haute ab. Ihre Beziehung zu der Haushälterin wurde immer schwieriger. Die Hansen hatte sogar die Blätter der Rosen vom Rasen geklaubt, als ob Paps daran Anstoß nehmen könnte. Doch auf die geköpften Rosen würde er wohl zu sprechen kommen, wenn er von seiner Reise zurückkam. Vielleicht konnte sie ihm erzählen, Raupen hätten die Köpfe gefressen.

Jetzt erst einmal Maman anrufen und klären, dass sie das Ticket am Schalter hinterlegen ließ. Die Reisevorbereitungen sollten so unauffällig wie nur eben möglich sein. Paps gar nicht erst zu großen Gesten provozieren. Ticket zerreißen oder so was.

Leni drehte sich noch einmal dem Garten zu. Da hatten sie gelegen, Theo und sie. Der jungfräuliche Theo. Eigentlich war er ziemlich süß.

Wenn er nur nicht so ein Klugscheißer wäre.

»Was war das für ein Gemetzel?«, fragte Ma.

Theo saß verschwitzt im Garten und wünschte, es gäbe einen Teich, in dem er die Füße kühlen könnte. Oder besser noch einen Pool. Dass Lenis Vater keinen hatte, wunderte ihn.

»Ich komme nicht gut klar mit der Heckenschere«, sagte er.

»Du hast den Liguster beim ersten Mal doch auch nicht niedergemacht. Da steckt was anderes dahinter.« Seine Mutter sah ihn besorgt an. »Hat es was mit dem Mädchen zu tun?«

»Welches Mädchen?«, fragte Theo. Er betrachtete seine Beine, deren Haut glatt war. Lucky hatte viele blonde Haare auf den Schienbeinen.

»Das Mädchen, mit dem du heute aus dem Wald gekommen bist.«

Sie hatte ihn also gesehen. Lange genug war er ja in ihrem Blickfeld gewesen, als er dort gestanden hatte, um Leni nachzuweinen. Ma musste nur in die Küche gehen, um die Straße kontrollieren zu können und gleich auch noch Ellerbeks Ligusterhecke im Auge zu haben.

»Sie ist schön«, sagte Ma, »und ihr Haar ist so hell wie das von den Mädchen im Wald.« Sie schüttelte den Kopf. »Ein dummer Gedanke«, sagte sie, »entschuldige. Woher kennst du sie?«

»Sie ist eine Freundin von Lucky«, sagte Theo. Er stand auf.

»Du musst nicht davonlaufen. Heute Morgen hast du auch schon die Flucht ergriffen. Ich weiß kaum noch was von dir.«

»Ich bin der Junge, der nach fast achtzehn Jahren erstmals von eurem Familiengeheimnis erfahren hat.« Theo wusste selbst nicht, warum er seine Mutter provozierte.

»Warum gehst du nicht ins Freibad?«, sagte seine Mutter. »Mit Lucky. Der hat doch bald Feierabend.«

»Entschuldige, Ma.«

»Für mich ist das auch alles nicht leicht.«

»Hast du gestern keine Chorprobe gehabt?«

»Sommerpause«, sagte Ma. »Bis Ende des Monats.«

»Dann siehst du Hardy gar nicht.«

Seine Mutter schwieg.

»Das mit dem Freibad ist keine schlechte Idee«, sagte Theo. Er griff nach seinem Handy. Vielleicht tat ihm ein Geständnis gut.

Eine Runde Kraulen und dann Lucky gestehen, dass er mit Leni geschlafen habe. Willkommen im Club.

Oder läutete er damit das Ende ihrer Freundschaft ein? Theo hatte keine Ahnung, wie ernst es Lucky mit Leni war.

Tanja stand vor der Kirchentür, als Theo vorbeiradelte.

»Keine Chorproben«, rief er ihr zu, »Sommerpause.«

Sie wollte antworten, dass das nicht für sie gelte, doch ihr fiel gerade noch ein, den Mund zu halten. Mittwoch, siebzehn Uhr. Die verabredete Zeit. Verspätungen kündigte Dankwart auf dem Handy an und selbst dann schloss er vorher die Tür für sie auf.

Sie trat zurück und lauschte. Kein einziges Fenster offen. Trotz der Hitze. Vielleicht sollte sie ins Tre Castagne gehen und die Tür im Auge behalten, statt hier so auffällig herumzustehen.

Tanja drückte die Tasten ihres Telefons, während sie ins Tre Castagne ging. Dankwarts Mailbox sprang an. Tanja verzichtete darauf, eine Nachricht zu hinterlassen. Sie setzte sich an einen Tisch im Schatten und bestellte Caffè Latte bei der Serviererin.

»Sigi nicht da?«, fragte sie.

»Noch krank«, sagte die Serviererin.

»Hoffentlich nichts Ernstes«, sprach Tanja in das Klingeln ihres Handys hinein. Die junge Frau zuckte mit den Achseln. Beiden schien Sigis Befinden eher egal zu sein.

»Na du heißer Feger«, sagte Tanja, als sie die Stimme am anderen Ende der Leitung erkannte, »ich habe nun doch Zeit.«

Ihr kam kein Gedanke, dass Dankwart am Vormittag gesehen haben könnte, wie groß ihre Freude über das Treffen mit dem heißen Feger gewesen war.

Ein alter Schulfreund. Der Superstar der Abschlussklasse. Der ihr leider viel zu schnell aus den Augen gekommen war.

Außer ihm hatte nur Max Oldelev den Titel »sexiest boy« verliehen bekommen.

Vielleicht war es doch ein Wink des Schicksals, dass der alte Sack sie versetzt hatte. Den Solopart konnte sie ihm noch immer aus den Rippen leiern. Ihre Karriere drohte im Chor stecken zu bleiben. Wurde höchste Zeit, allmählich die Clubs in Angriff zu nehmen. Und dann die CD.

Tanja hatte den Kaffee bezahlt und war aufgestanden, um zum Bus zu gehen, als sie Dankwart aus der Kirche kommen sah. Neben ihm eine Tussi, die aussah wie ein rothaariger Kobold.

Vielleicht hatte er vor, ein Pumuckl-Musical aufzuführen.

Tanja ging zur Haltestelle, und diesmal war ihr klar, dass Dankwart sie im Blick hatte. Sie warf die blonden Haare zurück und hätte sich beinah noch über die Hüften gestrichen. Gut, dass sie ihr engstes Sommerkleid trug. Der Titel »sexiest girl« ging an sie.

Zum Kraulen war es ihnen selbst am Abend noch zu heiß. Sie hatten getaucht und sich auf das Wasser gelegt und toter Mann gespielt. Das Freibad leerte sich allmählich. Die Kinder gingen nach Hause.

Theo und Lucky saßen auf der Wiese und rissen Gras ab. Ihre nassen Tücher trockneten in der Sonne, die allmählich ihre Kraft verlor.

»Versuch mal, drauf zu blasen«, sagte Lucky. Er hielt Theo den Halm hin.

»Hab ich noch nie gekonnt«, sagte Theo.

»Max kann das richtig gut.«

»Was Neues?«, fragte Theo.

»Meine Mutter hat sich ein Beruhigungsmittel verschreiben lassen.«

»Also nichts von Max.«

»Am sechsten September hat er seinen Gerichtstermin.«

»Das solltest du Leni erzählen, damit sie es an ihn weitergibt.«

»Glaubst du, sie schläft auch mit Max?«, fragte Lucky.

Theo hob die Schultern. »Tut mir leid, dass ich es getan habe.«

Der Sack von Ellerbek kam ihm in den Sinn. Mit all den Tutmirleids drin.

»War mal Zeit«, sagte Lucky.

»Du bist mir nicht böse?«

»Ist doch eine Art Blutsbrüderschaft, mit derselben Frau geschlafen zu haben«, sagte Lucky.

Theo zuckte leicht. Ihm klang Lenis Stimme in den Ohren. Blutsbruder. Blutsschwester. Sie hatte ihrenFinger in seine zerrissene Jeans gesteckt und am Blut geleckt.

»Ich denke, dass Leni ganz schön auf Droge ist«, sagte er.

»Und Max ist wahrscheinlich ihr Lieferant«, sagte Lucky.

Theo spuckte den Halm aus, auf dem er herumkaute. »Was meinst du«, sagte er, »sollten wir dem Kommissar einen Tipp geben? Vielleicht wäre das die Rettung für Max.«

»Max ans Messer liefern?«

»Die Messer dieser Drogentypen können gefährlicher für Max werden als der Kommissar.«

»Ich denke drüber nach«, sagte Lucky. Er stand auf und fühlte an seinen Shorts. Fast schon trocken. Er griff zu den Jeans. »Wir könnten noch ins Lichtgrün«, sagte er.

»Ich habe nichts dagegen.« Theo schwang sich hoch.

»Wohin sollen wir den Kommissar denn schicken?«, fragte Lucky. »Die Seilerstraße kennt er. In den Keller in der Schanze? Da ist Max doch schon längst ausgeflogen.

Ganz abgesehen davon, dass der einen Mörder sucht, und das ist Max sicher nicht.«

»Das weiß ich«, sagte Theo. Er knöpfte das hellblaue Leinenhemd zu, das er heute so hoffnungsvoll angezogen hatte.

»Musst du nicht nach Hause melden, dass du später kommst?«

»Nein«, sagte Theo, »die Dinge ändern sich.«

»Wir werden auch über Leni wegkommen«, sagte Lucky.

»Sie fährt am sechzehnten nach Frankreich.«

Lucky nickte. Er zog einen Kamm aus seinem Rucksack und fuhr sich durch das rotblonde Strubbelhaar. »Weißt du, was ich fürchte?«

»Sag es mir«, sagte Theo.

»Dass du Leni wirklich liebst«, sagte Lucky.

Der Chorleiter war erleichtert gewesen, als die Rothaarige in den Bus stieg, um ihre Erwartungen in die große Stadt Hamburg zu tragen und nicht länger an seinen Lippen zu hängen.

Nein. Die Rote war nicht der nächste Superstar. Sie war eine mäßig begabte Sängerin, die leider ihr langes Haar abgeschnitten hatte. Dabei hatte er die Rote eigens kommen lassen, obwohl sie erst am Sonntagabend dran gewesen wäre. Diese Sonntagabende wurden zum Fluch.

Das Luder in die Schranken weisen. Ein Fehlschlag. Tanja war vor ihnen herstolziert, als sei sie die Wiedergeburt von Marilyn Monroe.

Und dann hatten die Damen denselben Bus genommen, während er bereits im Garten des Tre Castagne saß und sich ein Bier gönnte.

Er trank nun sein viertes und fühlte eine angenehme

Dösigkeit. Die Hitze. Der Alkohol. Vor ein paar Minuten war Nils Freygang ins Lokal gekommen und hatte ihn gegrüßt und dabei vor lauter Verlegenheit die schwarzen Knopfaugen kaum vom Boden gehoben. Gute Stimme, doch auch kein Talent zum Superstar. Trüber hob das Glas und prostete ihm zu. »Am Montag im Lichtgrün«, sagte er. »Auch im August.«

Dankwart Trüber bestellte gerade sein fünftes Bier, als die wahre Göttin eintrat. Dagegen war Tanja nur ein Abklatsch. Er sah sie gierig an.

Leni blickte sich suchend um und war enttäuscht, weder Lucky noch Theo zu sehen. Sie langweilte sich entsetzlich auf dem Geldhügel.

Wo es doch ein Wetter fürs Seechen war.

Die Pfirsiche schwitzten in ihrer Glasschale auf dem Küchentisch der Ansorges. Keiner war zu Hause an diesem Abend im August. Weder Vater noch Mutter noch Sohn.

Im Haus von Ellerbek war der Kühlschrank längst ausgeräumt und abgeschaltet. Die letzten Lebensmittel waren verschwunden.

Wer hatte das getan? Der Bestatter, der einen Schlüssel besaß? Theos Vater? Oder Ma, die das Geheimnis der Kellertür kannte?

Nur noch ein paar Einmachgläser standen im Regal der Ellerbeks. Pfirsiche. Stachelbeeren. Aus längst vergangenen Sommern.

Doch ansonsten sah das Haus aus wie immer. Bis auf den Staub, der sich auf alles legte. Die Suche nach Jan Ellerbek ging weiter.

Das Haus

Am zwölften August kippte der Sommer und wurde kühl. Es war der Tag, an dem sich Max und Leni trafen. Max änderte die Pläne. Keine Schiffchenfahrt an den Villen vorbei. Sie saßen im Alex und tranken Tee. Er hatte ihr das Zeug in eine Tüte von Hennes & Mauritz getan. Ein kaffeefarbenes Top lag darüber, das er gekauft hatte.

Das war am wenigsten verdächtig.

Danach gingen sie auf die andere Seite des Jungfernstiegs. Zum Geldautomaten der Commerzbank. Der Doktor konnte zufrieden sein.

»Ich melde mich, wenn ich zurück bin«, sagte Leni.

»Wann wird das sein?«, fragte Max.

»Nicht vor Ende September.«

Maman hatte den Flug gebucht. Paps wusste noch nichts von Lenis Plänen. Erst im letzten Moment würde er von ihrer Abreise erfahren.

Maman genoss es, Paps diese Überraschung zu bereiten. Sie hatte immer versucht, ihn zu ändern. Aufzulockern. Doch Paps erstarrte in Konventionen. Er sah Leni wohl schon in Faltenrock und Blazer ins Internat hüpfen. Wahrscheinlich war sie längst angemeldet in dieser Feudalkaserne. Er flog doch dauernd nach Genf.

Den Reiseproviant hatte sie nun. Das grauweiße Ringelkleid mit dem tiefen Ausschnitt würde sie sich noch gönnen und die Fransenstiefel aus Veloursleder. Die Konkurrenz im Süden war groß. Nicht in Gassin. Das war ein stilles Dorf. Doch wenn Maman den offenen Jeep aus der Garage holte und mit ihr ins zehn Kilometer entfernte Saint Trop fuhr, dann wimmelte es da von Mädchen, die kaum anders aussahen als sie.

»Dann amüsier dich gut.« Max hatte das Gefühl, schon Luft für sie zu sein.

»Und was hast du vor?« Leni sah ihn an. Irgendwie war Max längst nicht mehr so sexy. Kaputt sah er aus.

»Meinem Gewerbe nachgehen«, sagte Max. Das sollte spöttisch klingen, doch es klang bitter.

»Lass dich mal wieder zu Hause blicken«, sagte Leni.

»Vielleicht kannst du Lucky sagen, dass ich noch lebe. Doch versprich, dass du ihm sonst nichts sagst. Keine Silbe von dem Zeug. Und komm nicht auf die Idee, ihm die neue Handynummer zu geben.«

»Ich bin doch nicht wahnsinnig«, sagte Leni.

Sie blieb am Jungfernstieg stehen und sah Max die Treppe zur U-Bahn hinabsteigen. Von hinten sah er aus wie Lucky.

Ein kleines Abschiedsfest mit Lucky. Das ließ sich noch arrangieren. Sonst käme sie ihm ganz aus dem Sinn. Und eigentlich war Lucky doch wirklich ein Prachtexemplar.

Die Frage war, wo. Zu kühl für Seechen und Wald. Bei ihr zu Hause saß die Hansen und hatte einen direkten Krisendraht zu Paps. Ein bisschen Gestöhne mit Lucky hielt die ganz sicher für eine Krise.

Theo und sie im Garten mit Rosenblättern. Fast so gut wie Lucy in the Sky with Diamonds. Das wäre eine Show für die Haushälterin gewesen. Das Haus von diesem Alten, der gestorben war, kam ihr in der nächsten Sekunde in den Sinn. Der war doch ein Freund von Theo gewesen. Leni kicherte. Lucky und sie im Geisterhaus und Theo am Fenster gegenüber. Wenn das nicht eine geile Location war.

Theo war das erste Mal in Ellerbeks Haus, seit sie Pa dort vorgefunden hatten. Im Sessel sitzend und mit dem Album auf dem Schoß.

Das Album lag nun in der Kommode im Schlafzimmer seiner Eltern. Weder Ma noch Pa hatten ihm angeboten, die Bilder mit ihm anzusehen. Er hatte das Album aus der Schublade geholt, als er allein im Haus war, und die Fotografien betrachtet.

Ein Kind, das ihm kaum ähnlich sah. Es war blond wie Papa und nicht dunkelhaarig wie er und Ma. Die Härchen waren zu einem Schwänzchen gedreht, das ihm mitten auf dem Kopf stand. Kulleraugen.

Ob ihre Augen auch empfindlich gewesen waren wie seine?

Ma hielt sie im Arm. Einmal auch Pa, der meistens der Fotograf war.

Tante Ebba hatte Annika hoch in die Luft gehoben und beide hatten gejauchzt. Alle sahen sie glücklicher aus, als Theo sie kannte.

Auf seinen Kinderfotos sahen sie traurig aus.

Von ihm gab es nur lose Bilder in einem Karton. Seinen Eltern war die Lust an Alben wohl vergangen.

Bei Ellerbek standen auch keine im Bücherbord. Ein paar zerlesene Schmöker und fünf Bände vom Brockhaus. Pa hatte die gleichen Lexika, allerdings einen jüngeren Jahrgang. Ansonsten nur Porzellanfiguren. »Meine Schäferinnen«, hatte der Alte sie genannt.

Theo setzte sich in den Sessel, in dem Pa gesessen hatte und der Ellerbeks Lieblingsplatz gewesen war, und ließ den Blick durch das Wohnzimmer wandern. Hier hatte der Alte Tag für Tag gesessen und darauf gehofft, dass Jan zur Tür hereinkam. Er hatte seinen Sohn geliebt. Trotz des Geschehens im Wald. Wie lang war das her? Länger als vierzig Jahre.

Er sah zum Fenster, an dem vergilbte Gardinen hingen. Dabei hatte Ellerbek gar nicht geraucht. Draußen trüber Himmel. Das war es wohl gewesen mit dem guten Ferienwetter.

Theo hatte das komische Gefühl, dass etwas fehlte. Ellerbek, dachte Theo. Klar, der fehlte. Er vermisste den alten Mann.

An der Wand hing ein Bild, das vorher nicht da gewesen war. Eine großformatige Zeichnung. Billig gerahmt. Theo stand auf.

Eine Skizze von der Kirche, in der Theo getauft und konfirmiert worden war. Ein langweiliges Bauwerk aus den Fünfzigerjahren. Keines, wovon man sich eine Zeichnung an die Wand tat. Schon gar keine schlechte.

In dem Augenblick wusste Theo, was da fehlte.

Er nahm das Bild von der Wand und sah die Umrisse der kleinen alten Pendeluhr, die dort gehangen hatte. Ein heller Fleck auf der Tapete.

An Ellerbeks Todestag war sie noch da gewesen. Ma hatte tagelang davon gesprochen, dass die Uhr stehen geblieben war.

»Eine Botin des Todes«, hatte sie gesagt. Typisch Ma.

Theo beschloss, einmal durch das ganze Haus zu gehen. Auch in das obere Stockwerk, das er nie betreten hatte. Er tat so, als sähe er sich alles genau an, aber eigentlich suchte er nur nach der Uhr. Doch wer sollte sie auf das Ehebett gelegt haben, dessen linke Seite nur eine nackte Matratze war? Sie in das Zimmer unterm Dach getragen haben?

Ein Glück, dass Ellerbek an jedem Fenster Gardinen hatte. Vielleicht hätte ihn Ma sonst gesehen, wie er da oben am Giebelfenster stand und zu seinem eigenen Zimmer hinüberblickte, das auf gleicher Höhe lag.

Das Zimmer war leer. Bis auf einen großen Koffer, der sich nicht öffnen ließ. Theo hob ihn an. Ein schwerer Koffer. Vielleicht gehörte er Jan Ellerbek. Jans Besitztümer an Land.

Aber das ganze Haus gehörte ihm. Der Garten. Die Ligusterhecke.

Theo stieg die Holztreppe hinunter. Bei ihnen lag ein Kokosläufer auf dem gewachsten Holz. Hier war die Treppe in einem hellen Blau lackiert, das in der Mitte viel begangen und abgestoßen war.

Ein ähnliches Haus wie ihres. Nur das Grundstück wirkte größer. Dort wo Ellerbeks Hecke war, stand bei ihnen die Garage.

Es wirkte viel älter, dieses Haus. Weil ein alter Mensch hier gelebt hatte?

Vielleicht zog Jan Ellerbek bald mit Frau und Kindern ein.

Theo ging in den Keller hinunter, um leise davonzuschleichen. Er hätte Pa gerne davon erzählt, dass die Pendeluhr fehlte. Doch dann hätte er ihm das Geheimnis der Kellertür preisgeben müssen.

»Du spinnst«, sagte Lucky. »Soll ich die Tür aufbrechen?«

»Hab dich nicht so«, sagte Leni, »du bist doch Handwerker.«

Lucky dachte nicht im Traum daran, ihr von der Kellertür zu erzählen. Das tat er Theo nicht an. Weder das eine noch das andere.

Er hatte Bauklötze gestaunt, als Leni in die Werkstatt gekommen war. Der Lexus von Lenis Vater stand auf der Hebebühne. Zur Inspektion bereit. »Paps fragt, wie weit du bist«, hatte sie gesagt.

Paps war mal wieder verreist. Das wusste Lucky vom Werkstattmeister.

»Keine Eile«, hatte der gesagt, »der Kunde kommt erst Montag.«

»Ich habe gedacht, du hättest mich nicht mehr auf dem Zettel«, sagte Lucky.

»Ich hatte viel zu tun«, sagte Leni.

Theo entjungfern. Max nachsteigen.

»Hast du Kontakt zu Max?«, fragte Lucky. »Er hat Anfang September einen Gerichtstermin.«

»Dann bin ich in Frankreich. Darum will ich ja mit dir Abschied feiern.«

»Aber doch nicht im Haus vom alten Ellerbek.«

»Das merkt doch keiner«, sagte Leni.

»Theo wohnt gegenüber.«

Leni lächelte. Lucky hatte fast den Eindruck, dass diese Tatsache zu ihrem ausgekochten Plan gehörte.

»Geht es Max einigermaßen?«

»Er lebt. Das soll ich dir sagen.«

»Leni, sag mir, wo ich ihn finde.«

»Das weiß ich nicht. Wir treffen uns an total neutralen Plätzen.«

»Dann ruf ihn an und sag, dass er einen verdammten Gerichtstermin hat. Sein altes Handy ist wohl nicht mehr in Betrieb.«

»Er ist es, der anruft, und das tut er nicht mehr vor meiner Abreise.«

Weil ich genügend Drogen im Koffer habe, dachte sie.

Irgendwie lebten Lucky und Theo doch ein kleines Leben. Was hatte Max gesagt? Bewusstseinserweiterung? Geistig höhere Ebene?

»Lass uns ins Lichtgrün gehen und da deinen Abschied feiern.«

»Ich kann die Wirtin nicht leiden«, sagte Leni.

»Seit wann denn das?«, fragte er. Die Wirtin hatte ihm eigentlich gefallen. Sie hatte sich gleich gemerkt, dass er Astra trank. »Du warst doch Stammgast bei ihr.«

»Theo kann von mir aus mit uns feiern«, sagte Leni.

Lucky hätte beinah eine Schraube fallen lassen. Was hatte sie vor? Einen flotten Dreier?

»Du weißt, dass ich mit ihm geschlafen habe?«

»Ja«, sagte Lucky. Warum das noch verschweigen.

Leni nickte. »Das hab ich mir gedacht«, sagte sie, »ihr kennt wohl keine Geheimnisse voreinander.«

»Okay«, sagte Lucky. »Ellerbeks Haus. Wir trinken ein paar Büchsen Bier oder von mir aus auch Wein. Dann gucken wir auf den Wald und in den Sternenhimmel und singen ›Time to say goodbye‹.«

»Genau«, sagte Leni, »und du machst das Theo klar.«

Theo sah die feuerrote Wirtin aus dem Lichtgrün vor den Haarfarben stehen und kniff die Augen zusammen. Er hätte ihr fast die Einkaufskarre in die Hacken geschoben. »Entschuldigung«, sagte er.

»Ist was mit deinen Augen? Oder mit mir? Du kneifst die Augen immer zu, wenn du mich siehst.«

»Ich kann grelle Farben nicht vertragen«, sagte Theo verlegen. Er holte die Ray Ban aus der Jeanstasche.

Die Feuerrote lachte. »Dann mach ich dich jetzt zum

Farbberater.« Sie streckte ihre Hand aus. »Gila«, sagte sie, »Gila Lichtgrün.«

»Sie heißen Lichtgrün mit Nachnamen?«

»Wussten Sie das nicht?«

»Sie können mich ruhig duzen. Das tun die Lehrer auch. Ich heiße Theo. Theo Ansorge.«

»Du wohnst gegenüber von Ellerbeks, nicht wahr?«

Theo nickte. Er war überrascht.

»Weißt du, ob Jan Ellerbek gefunden worden ist? Ich habe gehört, dass er gesucht wird, um sein Erbe anzutreten.«

»Sie kennen ihn?«

»Mein erster Freund«, sagte Gila. »Jan war damals achtzehn und ich sechzehn. Meine Familie war gerade hergezogen.«

Hatte Ellerbek nicht erzählt, dass Jan auf einem Schiff angeheuert hatte, kaum dass er volljährig gewesen war?

»Kurz und intensiv«, sagte Gila, als ob sie Theos Gedanken gelesen hätte. »Er wollte ja unbedingt aus Hamburg weg.«

»Haben Sie noch mal von ihm gehört?«

Sie schüttelte den Kopf. »Das ist mir nur hochgekommen, als ich vom Tod des Vaters hörte«, sagte sie. »Die Ellerbeks haben mich nicht leiden können. Ihr kostbarer Jan. Dass er und ich miteinander gingen, durfte keiner wissen. Eigentlich haben sie ihn von allen Leuten fern gehalten. Darum ist er wohl auch auf und davon.«

Sie wusste nicht, dass Jan beinah einen kleinen Jungen getötet hatte. Dessen war sich Theo sicher geworden, während er ihr zuhörte.

Dieses Gespräch im Drogeriemarkt machte ihn verlegen. Wie war sie darauf gekommen, dass er gegenüber von Ellerbeks Haus wohnte?

»Ich habe Tanja nach dir gefragt. Die ist oft bei mir.«

Doch. Sie konnte Gedanken lesen. Gila Lichtgrün war ihm unheimlich.

»Nun musst du mal deine Sonnenbrille abnehmen«, sagte Gila. Ihr Lachen klang heiser. »Nun guck nicht so erschrocken. Die Farbe. Kastanie? Herbstgold? Das ist doch ganz in deinem Sinne, wenn das Haar nicht länger grell ist.«

Hatte er gedacht, dass sie ihn hypnotisieren wollte? Theo sah auf die Farbpackungen. »Kastanie.« Das war die mattere Farbe. Purer Egoismus, seine Entscheidung.

»Klingt auch schöner«, sagte Gila und legte die Packung in ihren Korb.

»Freut mich, wenn ich Ihnen helfen konnte«, sagte er und suchte nach Mas Zettel.

»Komm doch mal wieder vorbei«, sagte Gila Lichtgrün, »ist nicht nur im Garten nett bei mir. Und bring deine blonde Freundin mit. Leni. Ich bin schon von einzelnen Herrn gefragt worden, wer sie sei.«

»Haben Sie es beantwortet?«, fragte Theo.

»Nein. Ich bin keine Kupplerin.«

Theo sah ihr nach, als sie zur Kasse ging.

Irgendwas irritierte ihn an Gila Lichtgrün.

Theos Mutter hatte die Tüte mit den grünen Bohnen auf dem Tresen ausgeleert und war dabei, die Schoten an den Enden abzuschneiden, als sie glaubte, eine Bewegung hinter Ellerbeks Fenster zu sehen.

Die Gardine im Wohnzimmer bewegte sich.

Wer hatte noch einen Schlüssel außer Gerd? Der Bestatter. Sie erinnerte sich, dass er den an Ellerbeks Todestag an sich genommen hatte. Doch was sollte er dort drüben in aller Heimlichkeit? Er wäre doch sicher mit seinem Wagen vorgefahren.

War Theo durch die Kellertür ins Haus geschlichen?

Gesa Ansorge hätte sich fast mit dem kleinen scharfen Küchenmesser geschnitten. Jan Ellerbek war ihr eingefallen. Konnte er es sein?

»Spinnt ihr?«, fragte Theo.

»Lenis Idee«, sagte Lucky.

»Rede ihr das aus. Warum will sie mich dabeihaben?«

»Weil Leni mal wieder überhaupt nicht ahnt, dass sie dich verletzt hat. Kommst du denn mit, wenn wir uns nicht in Ellerbeks Haus treffen?«

»Ins Tre Castagne«, sagte Theo, »nicht ins Lichtgrün.«

»Kannst du die Wirtin jetzt auch nicht mehr leiden?«

»Hast du gewusst, dass Lichtgrün ihr Name ist?«

»Nein«, sagte Lucky, »ist das schlimm? Was habt ihr auf einmal alle? Leni zickt auch ihretwegen rum.«

»Ich habe die Wirtin bei Budni getroffen und ihr dabei geholfen, eine neue Haarfarbe auszuwählen. Sie fragte mich, ob Jan Ellerbek aufgekreuzt wäre. Sie war mal seine Freundin.«

»Ich dachte, er sei schwer gestört gewesen und habe kleine Jungs im Wald vergraben.«

»Mit vierzehn. Mit achtzehn ist er mit Gila Lichtgrün gegangen.«

»Gila Lichtgrün.« Lucky grinste. Theo hörte es durchs Telefon. »Ich kann sie ganz gut leiden. Was hast du ihr denn empfohlen? Schlammfarben? Das schont die Augen.«

»Kastanie«, sagte Theo.

»Bei Sigi hängen sie schon an den Bäumen. Dabei ist

erst August. Bin eben dran vorbeigekommen«, sagte Lucky. »Kannst du dich erinnern, dass da eine Kastanie im Wald lag? An dem Tag, als die erste Tote entdeckt wurde? Dabei gibt es gar keine Kastanienbäume im Wald.«

»War ja auch nur eine«, sagte Theo, »die kann jemandem aus der Tasche gefallen sein.«

»Vielleicht dem Mörder«, mutmaßte Lucky.

»Mein Vater hebt jedes Jahr eine auf und steckt sie in seine Tasche. Bis zum nächsten September. Das schützt angeblich vor Rheuma.«

»Dein Vater wird wohl kaum der Mörder sein«, sagte Lucky. »Was ist denn nun mit Lenis Abschiedsfete? Montag fährt sie schon.«

»Dann bleibt ja nur morgen. Den Sonntag will sie doch sicher mit ihrem Paps verbringen.«

»Du bist also dabei.«

»Nicht in Ellerbeks Haus.«

»Ich muss Schluss machen«, sagte Lucky. »Meine Mutter ist nach Hause gekommen und will aufgebaut werden.«

Sie legten auf und Theo ging zu Ma in die Küche hinunter.

Birnen, Bohnen und Speck. Pas Lieblingsessen. Vielleicht eine Versöhnungsgeste von Ma. Doch er war noch nicht da, obwohl er an Freitagen eigentlich schon am späten Nachmittag aus dem Amt kam.

Ma saß am Küchentisch und hatte ein Glas Wein vor sich stehen.

»Warst du noch mal in Ellerbeks Haus?«, fragte sie.

»Wie kommst du darauf?« Erst einmal Zeit gewinnen, um darüber nachzudenken, was er zugeben wollte.

»Wo dein Vater nur bleibt. Er wird doch nicht wieder drüben sitzen.«

»Hast du eine Ahnung, wo er den Schlüssel aufbewahrt?«, fragte Theo.

»Ich weiß, dass er ein Holzkästchen im Nachttisch hat. Da ist eine Locke von deiner Schwester drin und Kalenderblätter vom Tag eurer Geburt.«

»Darf ich gucken, ob der Schlüssel dort ist?«, fragte Theo.

Theos Mutter zögerte. »Ich gucke nach«, sagte sie.

Eine Minute später war sie schon wieder unten. Der Schlüssel lag im Kästchen.

»Als ich vorhin aus dem Küchenfenster gesehen habe«, sagte sie, »da hat sich bei Ellerbek die Gardine bewegt.«

»Ich war es nicht«, sagte Theo. »Ich hab die ganze Zeit in meinem Zimmer gesessen und mit Lucky telefoniert.« Vielleicht sollte er Ma anvertrauen, dass die kleine alte Pendeluhr fehlte. Doch dann käme sie wieder auf die Botin des Todes.

»Ich war einmal drüben«, sagte Theo. »Die Pendeluhr ist nicht mehr da. An der Stelle hängt jetzt eine Zeichnung von der Kirche.«

»Die Botin des Todes«, sagte Ma.

»Ellerbek hatte einfach vergessen, die Uhr aufzuziehen«, sagte Theo.

»Wer kann sie genommen haben?« Ma setzte sich an den Tisch und griff zu dem Glas, das in ihrer Hand zitterte. Warum war sie so nervös? Das Geheimnis war gelüftet. Das mit Hardy schien auch friedlich beendet zu sein, und Pa kriegte Birnen, Bohnen und Speck zu essen.

»Weißt du, was ich glaube?«, sagte Ma. »Dass Jan Ellerbek zurückgekommen ist.«

»Und warum geht er dann nicht zum Amtsgericht, um sein Erbe anzutreten? Oder meldet sich bei Dr. Bunsen?

Er hat doch gar keinen Grund, heimlich im Haus herumzuschleichen.«

»Er muss ein merkwürdiger Mensch sein. Als wir anfangs hier wohnten, wurde gemunkelt über ihn«, sagte Ma.

»Was wurde gemunkelt?«, fragte Theo. Was wusste Ma?

»Er hat seinen Eltern wohl viel Kummer gemacht.«

»Du kennst die Geschichte mit dem Kind im Wald?«

Er sah seiner Mutter an, dass sie die Geschichte nicht kannte. Theo scheute sich, sie zu erzählen. Ma war kaum der Mensch, dem er eine Geschichte vom Beinahtod eines Kindes zumuten wollte.

»Fang du nicht auch an, dich in Geheimnisse zu graben«, sagte Ma.

»Mit Graben bist du nahe dran«, sagte Theo. Und er erzählte ihr von dem Loch im Wald, das Jan Ellerbek gegraben hatte. Von dem kleinen Jungen, der im Loch umgekommen wäre, hätte man ihn nicht doch noch gefunden mitten im tiefsten Winter.

Seine Mutter war ganz weiß geworden.

»Ich hätte es dir nicht erzählen sollen. Du denkst an Annika dabei.«

»Was ist aus dem kleinen Jungen geworden?«

»Die Familie ist weggezogen. Das hat Ellerbek gesagt.«

»Er hatte großes Vertrauen zu dir«, sagte Ma. Sie horchte auf. Auch Theo hatte Pas Wagen gehört. »Da ist er endlich«, sagte Ma, »erzähl es ihm nicht. Ihn quält das noch viel mehr als mich.«

Das bezweifelte Theo. Doch er hatte nicht das geringste Bedürfnis, seinem Vater diese Geschichte aufzutischen. Dann konnte Ma das Essen gleich in den Müll kippen.

Leni bekam einen Tobsuchtsanfall, als sie hörte, dass sie nicht im Haus des alten Mannes feiern würden. Sie weigerte sich, Theo zu treffen, der das verhindert hatte. »Es war eben eine Schnapsidee«, sagte Lucky.

Die Abschiedsfeierei ging total in die Hose.

Lucky und Leni fuhren in Luckys Ford herum und guckten, wie das Seechen bei trübem Himmel aussah. Der alte Holzkahn war weg. Das Wasser grau. Der Sand nass. Sie blieben im Auto sitzen und tranken den Sekt. »In Saint Tropez sind es sechsunddreißig Grad«, sagte Leni.

Das wäre Lucky zu heiß gewesen.

Leni hatte ihrem Vater noch immer nicht gesagt, dass sie am Montag nach Nizza fliegen würde, wo Maman sie mit dem Jeep abholen würde.

Paps war am Samstagvormittag aus Mailand gekommen. Am Montag waren den ganzen Tag Konferenzen angesagt. Er hatte gar keine Gelegenheit, sie zu vermissen.

Leni spielte mit dem Gedanken, einfach abzureisen, ohne ihn vorher zu informieren, und erst dann anzurufen, wenn sie schon bei Maman am Pool lag. Das würde ihr das ganze Gezeter wegen des Internats ersparen. Nur die Koffer müsste sie dann heimlich packen.

»Wir könnten ins Tre Castagne fahren«, sagte Lucky.

»Drinnen ist es da öde«, sagte Leni.

»Ins Lichtgrün?«

Leni schüttelte den Kopf. Sie nahm ihm die Sektflasche aus der Hand und trank einen tiefen Schluck.

»Wir könnten noch auf den Kiez gehen«, sagte sie.

»Nur wenn du mich zu Max führst.«

Sie fuhren schließlich zum Ponyhof. »Weißt du, in welchem Schuppen die Leiche gelegen hat?«, fragte Leni.

Lucky sah sie an. »Irgendwie gierst du nach Leichen«, sagte er.

»Vielleicht der dahinten«, sagte Leni, »der ist am abgelegensten.«

Sie landeten schließlich in einem türkischen Imbiss.

Gegen Mitternacht setzte Lucky sie am Geldhügel ab.

»Lebe wohl«, sagte Leni und klang auf einmal pathetisch. »Richte Theo aus, dass er ein Spießer ist, der uns den Abend verdorben hat.«

Leni packte die Koffer am Sonntagabend. Heimlich. Paps hing seit Stunden am Telefon. Er telefonierte mit Mailand und mit London. Irgendwas schien schiefzugehen bei seinem neuen großen Deal.

Ein Glück, dass Paps ihr die beiden Trolleys geschenkt hatte, denn die standen im großen Einbauschrank ihres Zimmers.

Titankoffer. Edle Teile. Eigentlich nicht nett, die heimlich zu packen. Ein Anflug von schlechtem Gewissen, der schnell verging, als sie in die Diele kam und französische Gesprächsfetzen auffing.

Paps schien mit der Internatsleiterin zu telefonieren.

Lenis Französischkenntnisse waren nicht gerade großartig. Maman hatte es zu wenig mit ihr gesprochen. Doch sie reichten aus, um zu verstehen, dass sie am sechsundzwanzigsten August in einem Nest namens Villars sur Ollon sein sollte. Wie gut, dass sie zehn Tage vorher die Flucht ergriff.

Leni setzte sich an ihren Schreibtisch. Paps eine Nachricht schreiben. Auf die kleine Empire Kommode legen. Die Nachricht würde er erst finden, wenn sie schon bei Maman in Gassin war. Ihr Flug nach Nizza ging am Mittag. Da saß Paps in den Konferenzen. Das Taxi konnte sie mit seiner Kreditkarte bezahlen. Hoffentlich störte die Hansen nicht zu sehr bei dieser Abreise.

»Weißt du, was ich fürchte?«, hatte Lucky gesagt. »Dass du Leni wirklich liebst.« Theo saß in seinem Fenster und betrachtete die zwei Sterne, die am Hamburger Nachthimmel standen. Venus und Mars.

Die Wolken hatten sich verzogen. Doch es blieb kühl.

Sonntagabend. Ma und Pa saßen noch vor dem Fernseher und sahen sich einen französischen Spielfilm an. Ungewöhnlich für seinen Vater. Vielleicht war das sein Dank für Birnen, Bohnen und Speck.

Er liebte Leni wirklich. Jedenfalls dachte er dauernd an sie. Wenigstens hatte Lucky keine großen Gefühle an Leni verschenkt. War doch gut, wenn einer von ihnen einen klaren Kopf behielt.

Bewegte Gardinen bei Ellerbek hatte Ma gesehen. Theo blickte zum Haus hinüber. Alles war dunkel. Wie hatte Leni es genannt? Geisterhaus. Fünfzig Jahre hatte Ellerbek in diesem Haus gelebt. Eine Familie gehabt. Freude und Sorgen. Das hatte er nicht verdient, dass sein Haus nun ein Geisterhaus wurde.

Warum liebte er Leni? Ihrer Schönheit wegen? Sie war so anders als er. Gab vor, keine Ziele zu haben, und lachte Gefühle weg. Wahrscheinlich hatte sie von Shakespeares Sonetten noch nie gehört.

So long as men can breathe or eyes can see. So long lives this and this gives life to thee. Theo liebte diese Sammlung von Gedichten.

War es sonst nicht umgekehrt und die Mädchen liebten Gedichte?

Vielleicht hatte er die Seele seiner toten Schwester in sich.

Von irgendwo schlug es zwölf Uhr. Ellerbeks alte kleine Pendeluhr konnte es nicht sein und auch die Kirchenglocke schlug nicht so spät.

Theo sah ein Taxi halten. Tanja stieg aus. Ihre hellblonden Haare wurden von der Straßenlaterne angeleuchtet, unter der sie stand, bevor sie in das Nachbarhaus hineinging.

Nein. Tanja hatte nur sehr entfernt Ähnlichkeit mit Leni.

Unterwegs

Lenis Vater hatte die Tür zu Lenis Zimmer leise geöffnet und sie tief schlafend in ihrem Bett liegen sehen. Einen Augenblick lang sorgte er sich, dass sie keinen natürlichen Schlaf schlief. Doch Leni lag ruhig atmend da. Ihr Gesicht war rosig. Sie lächelte im Schlaf.

Lenchen, dachte er, ich hab dich doch so lieb.

Er legte einen Zettel auf die Empire Kommode, dass er am Abend spät käme, sich aber darauf freue, morgen mit Leni zu frühstücken.

Dann endlich konnte er mit ihr über das Internat sprechen.

Zeit haben für Leni, dachte er, als er um halb acht das Haus verließ und in den Jaguar stieg. Als er unten im Ort ankam, fiel ihm ein, dass er auch der Haushälterin einen Zettel hatte hinlegen wollen, um sie zu bitten, geduldiger mit Leni zu sein. Anfangs war es ganz gut gegangen zwischen Leni und ihr. Auch noch eine Baustelle, an der er zu arbeiten hatte. Erst mal heute diesen Vertragsabschluss retten.

Dieses ungute Gefühl, das ihn seit Juni begleitete. Dass Leni in Gefahr war. Sie hatte gelacht, als er fragte, ob sie Drogen nähme.

»Das glaubst du doch nicht wirklich, Paps. Dafür lege ich viel zu viel Wert auf mein Aussehen. Ich will doch kein Junkie werden.«

War das eine zufriedenstellende Antwort gewesen? Er

hatte sich damit zufriedengegeben. Weil das Telefon klingelte. Weil die Geschäfte riefen. Er war kein besessener Geschäftsmann, auch wenn das auf den ersten Blick so schien. Doch als er Helène begegnete, Lenis Mutter, da war er in den Strudel geraten, dieses wohlhabende Leben finanzieren zu müssen, und nun drohte er, im Strudel des Erfolges zu ertrinken.

Er kam in den ersten Montagsstau und dachte daran, Leni anzurufen. Doch es war noch keine acht. Zu früh für Leni. Höchste Zeit, dass sie sich wieder einen anderen Rhythmus angewöhnte.

Um halb neun wurde er in der Hafencity erwartet. Die Haushälterin kam um neun. Leni schlief oft bis elf. Irgendwann würde es eine Kaffeepause geben in dieser Konferenz.

Ein neues Leben anfangen, dachte er, als er am Sandtorkai ankam.

Du und ich, Lenchen. Das schaffen wir schon.

»Das Verlangen, Macht auszuüben«, sagte der Profiler, »das treibt ihn an.« Er nickte Kommissar Lüttich zu, der neben Imke Karle und sechs anderen Kollegen der Soko saß, die sich am frühen Montagmorgen im Konferenzraum versammelt hatten.

»Keines von den beiden Mädchen ist vergewaltigt worden«, sagte Imke.

»Doch er hat ihre Angst erlebt«, sagte der Mann, der versuchte, ihnen ein Bild von Sarahs und Hortensias Mörder zu vermitteln. »Das hat ihm ein Gefühl von Macht gegeben.«

»Warum diese beiden?«, fragte Lüttich. »Was haben sie gemeinsam?«

»Ihre Haarfarbe«, sagte ein Kollege.

»Die eine spielte Gitarre und die andere traf keinen Ton«, sagte Lüttich.

»Kann es sein, dass sie nur zur falschen Zeit am falschen Ort gewesen sind?«, fragte Imke Karle.

»Das denke ich nicht«, sagte der Profiler. »Es sind mit großer Sicherheit keine Zufallsopfer.«

»Dann doch die hellblonden Haare«, sagte der Kollege.

»Rache?«, ein anderer.

»Sie meinen, dass die Mädchen dem Täter etwas angetan haben?« Der Profiler zögerte. »Vielleicht eine Möglichkeit«, sagte er.

»Im Leben von Sarah und Hortensia gibt es keinen Anhaltspunkt dafür«, sagte Lüttich. »Sie können uns glauben, dass wir danach zuerst gesucht haben. Die einzige Übereinstimmung sind tatsächlich die Haare und ihr Alter.«

»Was können Sie uns sonst über den Täter sagen?«, fragte Imke Karle.

»Er tötet, um seiner Ohnmacht Ausdruck zu geben. Er hat kein Selbstwertgefühl. Vielleicht ist er impotent.«

»Wie alt schätzen Sie ihn?«

»Da ist nichts Altersspezifisches erkennbar. Er kann jedes Alter haben.«

»Und warum der Wald?«, fragte der Kommissar. »Das eine Opfer kam aus Harburg, das andere aus Blankenese. Weiter weg von diesem Wald geht es kaum. Harburg im Süden. Blankenese im Westen. Der Wald ist im Norden und gerade noch diesseits der Stadtgrenze.«

Der Profiler stand auf und ging zum Fenster. Guckte eine Weile hinaus.

Dann drehte er sich um. »Ich denke, dass Harburg und Blankenese die Zufälle sind«, sagte er. »Gemeint ist dieser Wald.«

Lenis kleiner Wecker war schon lange nicht mehr gestellt worden, doch heute hatte er kurz vor acht geklingelt. Leni hatte lange geduscht und dann bedauert, das neue Kleid in den Koffer getan zu haben.

Sie war in der richtigen Stimmung für Ringelstreifen und einen tiefen Ausschnitt. Maman wären die Augen aus dem Kopf gefallen, wenn sie ihre Tochter so durch die Sperre hätte kommen sehen.

Leni trug Jeans und ein T-Shirt, auf dem »Don't feed the models« stand, als die Haushälterin zur Tür hereinkam und ihr den ersten ärgerlichen Blick schenkte. »Bist du aus dem Bett gefallen?«, fragte sie.

Leni guckte hoheitsvoll und schwieg. Sie aß stehend geschätzte zehn Cornflakes aus einer kleinen Schüssel und dachte darüber nach, wie sie die Koffer aus dem Haus kriegte, ohne dass die Hansen an ihr zerrte.

Doch sie hatte Glück. Die Hansen verschwand in der Waschküche.

Leni lief in den Flur und nahm das Telefon. 211 211. Hansa Taxi. Da konnte sie mit Kreditkarte bezahlen. Sie legte das Telefon zurück auf die Empire Kommode und sah Paps' Zettel dort liegen. Einen ganz kleinen Stich gab es ihr. Armer Paps. Doch er hatte es sich selbst eingebrockt mit dieser blöden Internatsidee.

Leni holte die gepackten Koffer aus dem Schrank in ihrem Zimmer und legte ihren Zettel auf den Zettel von Paps. Leise öffnete sie die Haustür. Das Telefon klingelte. Sollte die Hansen abnehmen. Im Souterrain gab es auch ein Telefon.

Leni trug die Koffer ein Stück weit vom Haus und stellte sich an den Straßenrand. Sie hätte gerne laut losgelacht, als sie in das Taxi stieg und »Zum Flughafen« sagte. Und das, ohne auch nur eine einzige Tablette eingeworfen zu haben. Saint Trop, dachte sie, ich komme.

Lenis Vater hatte ein kurzes Gespräch mit der Haushälterin geführt und zu seinem Staunen gehört, dass Leni schon wach war und angezogen.

Vielleicht wendete sich alles zum Guten.

»Dann geben Sie mir bitte mal meine Tochter.«

Frau Hansen lief mit dem Telefon durch das ganze Haus.

»Ich finde Ihre Tochter nicht«, sagte die Hansen. »Ich bin doch gekränkt, dass Leni glaubt, sie könne ohne einen Gruß aus dem Haus gehen.«

»Seien Sie nicht so streng mit ihr«, sagte Lenis Vater.

Ein Kollege sprach ihn an. Die Kaffeepause war zu Ende. Er musste in die Konferenz zurück. »Darüber sprechen wir noch, Frau Hansen«, sagte Lenis Vater, »morgen Vormittag habe ich Zeit.«

Er war zuversichtlich, als er in den Saal zurückging.

»Soll ich dein neues Handy auch noch in die Elbe werfen?«, fragte der Doktor. »Du scheinst vor allem damit beschäftigt zu sein, Spuren zu hinterlassen. Was denkst du dir dabei, mich anzurufen?«

Max saß auf der Matratze in seinem Loch in Altona und rollte die Augen. Irgendwie wurde der Doktor paranoid. Als ob die Bullen dieses Handy anzapften, um dann direkt zum Doktor durchzumarschieren.

»Wo du schon dran bist«, sagte der Doktor, »deine Umsätze stinken wieder ab. Was ist aus deinem Goldeselchen geworden?«

»Sie hat doch vor einigen Tagen gut eingekauft«, sagte Max.

»Das genügt nicht, Max. Was soll ich mit dir machen?«

Der Ton des Doktors war alles andere als fürsorglich.

Max' rotblonde Nackenhaare stellten sich auf.

»Du könntest dich bewähren.«

»Mach ich«, sagte Max. Was war es nun wieder? Die Schulferien waren noch nicht zu Ende. Das mit den Ferienlagern war ein Flop gewesen. Und um die Türsteher rissen sich die kleinen Dealer, wie er einer war. Sein Türsteher schien Urlaub genommen zu haben. Er stand schon seit Tagen nicht mehr vor dem Laden in der Großen Freiheit.

»Fahr in die Schanze«, sagte der Doktor, »und suche Kringel auf.«

Max war überrascht. Was sollte er mit dem vollgedröhnten Kringel?

»Kringel ist ein Sicherheitsrisiko. Er geht auf die Straße und labert die Leute an und erzählt ihnen die Hucke voll.«

»Kringel kennt nicht mal Ihren Namen«, sagte Max. Ein Fehler, das zu sagen, dachte er, kaum dass es ausgesprochen war. Denn er kannte den Namen.

Der Doktor kicherte. Er klang fast wie Leni. »Du kennst meinen Namen, Max. Das habe ich im Kopf.«

»Und was soll ich bei Kringel?«

»Du gibst ihm den goldenen Schuss. Das Zeug dafür lasse ich dir noch heute überbringen.«

Lucky fuhr allein ins Lichtgrün. Theo zickte fast schon wie Leni. Was war denn bloß passiert zwischen ihm und der Wirtin? Hatte Gila den armen Theo angebaggert, als sie sich über die Haarfarben beugten?

Die Wolken waren aufgerissen, sogar die Sonne schien ein bisschen, doch es war kalt. Egal. Er musste einfach mal raus. Die Chefin hatte eine Laune gehabt. Da wollte er noch ein bisschen warten, bis er sich dem Jammer seiner Mutter aussetzte.

Der Schriftzug »Lichtgrün« leuchtete. Aus dem Garten kam Gesang. Mist. Lucky hatte vergessen, dass der Montag dem Männerchor gehörte. Den schreckten wohl auch die Temperaturen nicht. Wahrscheinlich hatten sie alle Strickjacken mit Zopfmuster an, wie sein Opa sie trug.

Er überlegte, ob er gar nicht erst aussteigen sollte. Vielleicht zu Theo fahren und mit ihm Trübsal blasen. Sie könnten ein Leni-Gedenkbier trinken, denn die war jetzt wohl im heißen Saint Tropez. Lucky stieg aus. Der Durst auf ein Astra war zu groß.

Acht Sänger saßen um den langen Tisch im Garten und Gila saß mittendrin. Immer noch feuerrot. Hatte wohl keine Zeit gehabt fürs Färben.

Sie tätschelte an diesem Hardy herum und kriegte gar nicht mit, dass Lucky hereinkam. Doch der Chorleiter hob natürlich sofort wieder sein Glas. »Können wir Sie doch noch bekehren?«, rief er.

Die Wirtin sah auf. »Dann hol ich mal das Herz mit Anker«, sagte sie.

Hardy schüttelte sich leicht, als sie ins Lokal ging. War wohl nicht so wild auf die Tätscheleien. Theo hatte diesen Hardy seit dem Abend im Wald nicht mehr erwähnt. Er spielte wohl keine Rolle mehr im Leben seiner Mutter.

Der Gärtner von Adolphs war auch wieder da. Die anderen kannte Lucky vom Sehen. Nur den kleinen Trauerkloß nicht, der am Rande saß.

»Ich ging im Walde so für mich hin«, stimmte der Chorleiter an, »und nichts zu suchen und nichts zu suchen, das war mein Sinn.«

Der kleine Trauerkloß war zusammengezuckt.

»Nicht dieses Lied, Dankwart«, sagte einer der Männer, »denk an Nils.«

»Er hat die Leiche von der Russin gefunden«, sagte der Gärtner von Adolphs zu Lucky.

»Georgierin«, sagte ein anderer, »ist längst ein eigener Staat.«

»Seid doch rücksichtsvoller«, sagte Hardy und lächelte angestrengt.

Die Wirtin stellte die Flasche Astra und ein Glas vor Lucky hin.

»Aus grauer Städte Mauern«, sang der Chorleiter vor. Die anderen fielen ein, »ziehn wir durch Wald und Feld«. Der Kleine schwieg.

Der Wald wird doch viel besungen, dachte Lucky.

»Die Loreley«, sagte der Gärtner, »singst du das mit, Nils?«

»Dann von mir aus die Loreley«, sagte der Chorleiter.

Lucky trank sein Bier schnell und gab der Wirtin ein Zeichen, dass er bezahlen wollte. »Was ist mit euch allen los heute?«, sagte diese.

Nils sang mit. Doch wahre Stimmung kam nicht auf.

»Die schönste Jungfrau sitzet dort oben wunderbar«, hörte Lucky, als er durch das Lokal nach draußen ging. »Ihr goldnes Geschmeide blitzet, sie kämmt ihr goldenes Haar.«

Lucky schloss das Auto auf und setzte sich hinein. Doch er fuhr noch nicht los. Er wollte hören, wie es mit dem goldenen Haar weiterging.

»Sie kämmt es mit goldenem Kamme und singt ein Lied dabei, das hat eine wundersame gewaltige Melodei.«

Wenn das kein Text für Theo war. Lucky grinste. Er sollte es ihm vorsingen. Doch er hatte den Text längst vergessen, als er bei Theo vorfuhr, um das Leni-Gedenkbier mit ihm zu trinken.

Leni klang nicht glücklich, als sie mit Paps telefonierte.

Er saß allein am Frühstückstisch und tat ihr leid.

Doch Leni tat sich auch leid.

Maman hatte in Nizza am Flughafen gestanden und total angestrengt gewirkt. Die Wiedersehensfreude hätte größer sein können. Das Haus in Gassin war nett. Der Pool groß. Doch die ganze Zeit hing ein arroganter Kerl herum, der mindestens zwanzig Jahre jünger war als Paps. Gegen ihn sah auch Maman alt aus.

Und das Schreckliche war, dass Maman sie wohl als Konkurrenz betrachtete. Ständig an ihr mäkelte. Sie auf Schritt und Tritt verfolgte, damit Leni nicht eine Sekunde lang allein mit dem Kerl dastand.

Leni klagte Paps die Ohren voll. Ganze zehn Minuten über den Kerl.

Paps musste glauben, dass es im Haus ihrer Mutter zuging wie im Haus von Penelope, als Odysseus von seiner Odyssee nach Hause kam.

Lauter Freier, die herumhingen. Doch es war nur einer. Der reichte für zwölf.

»Ich komme nächste Woche zurück«, sagte Leni zu Paps, »wenn du schwörst, dass ich nicht ins Internat muss.«

Paps schwieg. Er sah das Internat als letzte Chance. Er war Leni längst nicht mehr gewachsen. Leni gab den Hörer an Maman weiter.

Sie schrien sich eine Weile an. Maman und Paps.

Leni entschied, in Frankreich zu bleiben. Sie ging in

das Gästezimmer und holte eine der silbernen Schablonen aus dem Koffer.

»Mir geht der kleine Junge nicht aus dem Kopf«, sagte Theos Mutter, »wie er im Wald vergraben wurde.«

»Er ist inzwischen mindestens so alt wie du«, sagte Theo.

»Was wohl aus ihm geworden ist?«

Theos Vater hatte ein paar Tage Urlaub genommen und war zu Tante Ebba gefahren und dann weiter zur Insel Hiddensee. Einfach ein paar Tage ausspannen. Allein. »Tut uns beiden gut«, sagte Ma.

Theo kaufte Hefte ein und Stifte. Die Ferien gingen zu Ende. Im Februar schrieb er sein Abitur. »Dann fängt der Ernst des Lebens an«, hatte Pa gesagt. Theo fand, er stecke mittendrin.

Max hatte die Spritze auf die Fensterbank gelegt. Das Fenster zum Hinterhof. Der kaputte Wäschespanner war nicht mehr da, nur noch die toten Pflanzen. Die Spritze lag in einem Plexiglaskästchen, wie es sie auch für Fieberthermometer gab.

»Feinstes Heroin«, hatte der Überbringer der Spritze gesagt, »der Doktor sagt, du solltest gut damit umgehen.«

Max sah die Spritze an und war nahe dran, ihre Nadel in die eigene Vene zu stechen. Er wollte kein Mörder sein.

Dirk Kringel war doch auch nur ein armes Schwein.

Einmal fuhr er in die Schanze und stieg die kleine Treppe zu Kringels Loch hinunter. Keiner öffnete. Max ging erleichtert davon.

Der Doktor wurde ungeduldig. Er schrie nur noch am Telefon. Ende August schrie er, dass er es selber machen würde.

»Ich will, dass du dabei bist«, sagte der Doktor. Nun mit ruhiger Stimme.

»Dann kannst du was lernen. Zweiter September um zwölf.«

Max stand von seiner Matratze auf und hatte das Gefühl, dass sein Körper aus Blei gegossen war. Zweiter September. Um zwölf sollte er in der Schanze sein und dem Sterben von Kringel zusehen.

Ein Donnerstag. Max hatte Sehnsucht danach, ein ganz normales Leben zu führen. Wie es sein kleiner Bruder tat. An Autos herumschrauben. Sich auf das Wochenende freuen. Mädchen ausführen.

Wie es wohl Leni erging in ihrer Villa am Meer?

Er hatte Sehnsucht danach, sich an den Küchentisch seiner Mutter zu setzen. Eingelegte Gurken zu essen. Mias Genöle anzuhören.

Das ganz normale Leben wurde wirklich unterschätzt.

Max stieg in die S-Bahn und fuhr zur Sternschanze. Zwölf Uhr mittags. Was war das für eine idiotische Inszenierung vom Doktor.

Die Spritze trug Max in der Innentasche seiner Jacke. Eine Jacke, wie sie Seeleute trugen. Dunkelblau. Doppelt geknöpft. Viel zu warm.

Der Doktor schien schon drin zu sein in diesem Keller, in dem Kringel seit Wochen hauste. Max stieg die paar Stufen hinunter und klopfte an.

Dirk Kringel öffnete ihm. Er sah grotesk aus mit seinen spitzen Zähnen im weißen Gesicht, das eingefallen war. Ein Totenkopf.

Der Doktor saß im zementierten Gärtchen. Grinste.

»Hast du das Geschenk dabei?«, fragte er.

Er saß im offenen Hemd. Die Ärmel aufgerollt. Beinah wieder Sommer. An seinem Hals tanzte eine dicke Ader. Vielleicht die Vorfreude.

Max griff in die Innentasche seiner Jacke und holte die Spritze hervor.

Kringel hatte drei schmierige Gläser hingestellt.

»Unser Gastgeber lädt uns noch zu einem Wein ein«, sagte der Doktor.

Er lachte laut. Hatte alles im Griff. Kringel. Max.

»Bereite sie mal vor«, sagte er. Kringel schien nichts zu begreifen.

Max nahm die Spritze und zog sie auf.

Und stach ihre Nadel in die dicke Ader am Hals des Doktors.

Kringel sah sehr überrascht aus. Der Doktor auch.

Max atmete tief aus. Der Name des Doktors. Er hatte sich gequält damit, ihn nicht zu verraten. Sollten nun andere herausfinden, wer dieser Mann gewesen war.

Später Nachmittag war es, als der Kommissar von Max Oldelevs Festnahme hörte. Er rief den Kollegen vor Ort an und ließ sich von ihm schildern, was geschehen war in einer Kellerwohnung im Schanzenviertel. Max selbst hatte die Polizei von seinem Handy aus gerufen.

Lüttich fuhr zum Untersuchungsgefängnis im Holstenglacis und hörte, was Max zu sagen hatte.

»Ich tue für Sie, was ich kann«, sagte er nach dem Gespräch.

Max Oldelev hatte erleichtert gewirkt. Doch er schwieg zur Identität des Toten. Gab nur den Titel »Doktor« preis.

Kringel war ins Mariahilf nach Harburg gebracht worden. Geschlossener Drogenentzug. Eine Chance im allerletzten Moment.

Die Werkstatt war schon geschlossen, als Lüttich ankam. Er fuhr gleich zur Wohnung der Oldelevs weiter.

Max Oldelevs Mutter hatte vor Schreck geweitete Augen, als sie den Kommissar vor der Tür stehen sah. Lucky und seine Schwester Mia saßen am Küchentisch und aßen belegte Brote.

Beinah hätte Lüttich gesagt, dass er eine gute Nachricht habe.

Doch er erzählte nur von Max' Tat am Mittag.

Frau Oldelev brach in Tränen aus. Lucky wirkte noch viel erleichterter, als es sein großer Bruder getan hatte.

»Gott sei Dank«, sagte er. Mutter und Schwester sahen ihn fassungslos an. »Ich will nicht, dass Max ein Mörder ist«, sagte Mia.

»Ich glaube, Ihr Sohn Lukas weiß, in welch großer Lebensgefahr Max gewesen ist«, sagte der Kommissar. »Ich hatte befürchtet, ihn irgendwann tot aufzufinden.«

»Wer ist der Mann, den er getötet hat?«, fragte Lucky.

Doch Lüttich wusste noch nicht, wer der Doktor gewesen war.

Nur dass er mit Drogen gehandelt hatte.

Theo erreichte die Nachricht anderthalb Stunden später. Lucky kam zu ihm, nachdem er Mia und seine Mutter getröstet und Mama davon abgehalten hatte, gleich ins

Gefängnis zu fahren, um Max Wäsche zu bringen und was Warmes für die kälter werdenden Tage.

»Gott sei Dank«, sagte Theo.

»Meine Worte«, sagte Lucky. »Mia hat Angst, dass in der Schule mit Fingern auf sie gezeigt wird. Doch Mama hat kapiert, dass sie ihren Sohn sonst nur tot wiedergekriegt hätte. Der Kommissar war wirklich ziemlich einfühlsam. Hat gesagt, er hält es für eine Art Notwehr, was Max da gemacht hat.«

»Und wer ist der Typ?«

»Er hat sich ›Doktor‹ nennen lassen. Hatte wohl einen ganzen Haufen Idioten herumlaufen, die Drogen für ihn gedealt haben.«

»Wie ist Max da nur reingeraten?«

»Max ist ziemlich durchgedreht, als sich unser Herr Vater verdrückt hat«, sagte Lucky. »Ich kann mir vorstellen, dass er am Anfang provozieren wollte, um ihn zurückzuholen. Väterliches Pflichtgefühl und so. Doch dann ist er leider diesem Doktor über den Weg gelaufen und von da an ging es bergab mit ihm.«

»Und jetzt hat er einen Menschen getötet«, sagte Theo.

»Tja«, sagte Lucky, »das darf man nicht vergessen. Auch wenn dieser Doktor ein Scheißkerl gewesen ist. Habt ihr ein Bier da?«

Sie gingen in die Küche hinunter. Theo stellte zwei Büchsen Holsten auf den Tisch. Ma kaufte immer Holsten. Nie Astra.

»Bist du allein zu Haus?«

»Pa ist noch auf Hiddensee und Ma?« Theo hob die Schultern.

»Chorprobe?«

»Die findet dienstags statt.«

»Ich hab diesen Hardy im Lichtgrün gesehen. Hab ich das schon erzählt? Die Wirtin hat an ihm herumgetätschelt. Schien ihm nicht zu gefallen. Trifft er sich noch mit deiner Mutter?«

»Keine Ahnung. Willst du auch ein Glas?«

Lucky schüttelte den Kopf und setzte die Büchse an die Lippen. Er guckte aus dem Küchenfenster zu Ellerbeks Haus hinüber.

»Irgendwelche Irrwische oder bewegte Gardinen?«, fragte Theo.

»Wieso bewegte Gardinen?«

»Die glaubt meine Mutter gesehen zu haben.«

»Vielleicht ist Jan Ellerbek längst zurück und will nur mit keinem von uns zu tun haben. Wäre doch denkbar nach der Geschichte damals.«

»Und tappt jeden Abend im Dunkeln herum?«

»Er muss ja nicht ganze Tage da verbringen«, sagte Lucky.

»Wir könnten einfach mal nachgucken«, sagte Theo.

Lucky tat, als überfiele ihn ein Schauder. »Nicht heute«, sagte er, »für heute habe ich genug Aufregung gehabt.«

»Dann morgen«, sagte Theo. Die Idee fing an, ihm zu gefallen.

Morgen war Freitag. Da kam er früh aus der Schule, und wenn sie Glück hatten, dann wurde die Werkstatt schon um vier Uhr geschlossen.

»Und nicht im Dunkeln«, sagte Lucky.

»Wann kommst du morgen aus der Werkstatt?«

»Spätestens halb fünf, denke ich. Kann aber sein, dass meine Mutter mit mir zu Max fahren will. Weiß nicht, wie das so abläuft.«

»Einfach hingehen könnt ihr nicht. Frag doch den Kommissar.«

Lucky nickte. Er trank den letzten Schluck aus der Büchse.

»Ich werde auf dem Schulhof ein Auge drauf haben, dass keiner Mia anmacht«, sagte Theo. »Aber ich halte das fast für ein Happyend.«

Ma kam erst kurz vor Mitternacht. Theo hörte ein Auto, das nicht vor dem Haus gehalten hatte. Er saß am Küchentisch und las Schillers »Räuber«. Der »Abschied von der Vaterwelt« war angesagt in diesem Schuljahr im Leistungskursus Deutsch.

»Darf ich mich zu dir setzen?«, fragte Ma. Sie schenkte sich Wein ein.

Theo nickte und betrachtete seine Mutter. Er hatte mal gelesen, es wäre einer Frau anzusehen, wenn sie Sex gehabt hätte. Er sah Ma nichts an.

»Du fragst mich in solchen Momenten, wo ich gewesen bin«, sagte er.

»Ich bin ja auch deine Mutter.«

»Krieg ich trotzdem eine Antwort?«

»Ich war essen. In einem französischen Restaurant in der Stadt. Es heißt Café de Paris. In der Nähe vom Rathaus.«

Nebensächliche Informationen, mit denen sie ihn da fütterte. Theo hatte das Gefühl, dass sie etwas anderes zu verbergen versuchte.

Theo legte das Reclamheft zur Seite. »Mit wem warst du da?«, fragte er.

»Mit ein paar Leuten aus dem Chor.«

»Oder mit einem einzelnen Chormitglied«, sagte Theo.

»Das geht dich nichts an.« Ma nahm einen hastigen Schluck.

»Doch. Das geht mich was an. Luckys Vater hat seine Familie einer anderen Frau wegen verlassen und Max ist darum kriminell geworden. Heute hat er einen Mann getötet.«

Seine Mutter verschluckte sich. »Was ist das denn für eine Geschichte?«, fragte sie hustend. Sie stand auf und riss ein Stück Krepp von der Küchenrolle. »Deine Schlussfolgerung ist auf jeden Fall falsch.«

»Ich erzähle sie dir, wenn du sagst, ob du mit diesem Hardy unterwegs warst.« Theo stand auf, um sich auch Wein einzugießen.

»Sei nicht unverschämt«, sagte Ma. »Müsstest du nicht längst im Bett sein? Morgen ist Schule.« Doch sie setzte sich wieder. »Hardy wollte mir die französische Küche vorführen. Er hat lange in Frankreich gelebt«, sagte sie. »Was ist mit Max?«

»Alle leben in Frankreich«, sagte Theo. Er dachte an Leni. »Wohnt er eigentlich immer schon hier? Er ist mir nie aufgefallen.«

»Er ist letzten Winter hergezogen. Vorher war er in Paris.«

»Und dann zieht er freiwillig an den Hamburger Stadtrand?«

»Er wollte in der Nähe seiner alten Eltern sein«, sagte Ma. »Da ist nichts Bedrohliches in meinem Verhältnis zu Hardy. Gönne mir die kleine Abwechslung. Ich schlafe nicht mit ihm.«

Theo wurde nun doch verlegen. Vielleicht war er zu weit gegangen.

»Ich will nicht von Hardy reden. Erzähl mir endlich von Max.«

Als Theo fertig war mit dem Erzählen, schwieg seine Mutter.

»Lass uns ins Bett gehen«, sagte sie dann. »Es ist nach eins.«

Sie standen auf und Ma löschte das Licht in der Küche.

Schwarze Nacht draußen vor der Tür.

Eine der Straßenlampen schien kaputt zu sein.

Ma ging vor ihm die Treppe hoch und sagte Gute Nacht. Theo stieg weiter zum Giebelzimmer hinauf. Er stellte sich im Dunkeln an das geschlossene Fenster und dachte an Frankreich und an Leni.

Er war wirklich ein Mann der Schmerzen. Auch die Liebe tat ihm weh. Lucky ging leichter mit dem Leben um. Bei allem, was ihm widerfuhr.

Wie es Max wohl ging? Lag er einsam in einer Zelle und wälzte sich auf einer harten Matratze hin und her? Oder fühlte er Erleichterung, dass die Qual vorüber war?

Theo fing an, sich auszuziehen. Er zog das Sweatshirt über den Kopf und blinzelte. Irgendwas irritierte ihn. Theo sah hinaus.

Durch Ellerbeks Haus tanzte das Licht einer Taschenlampe.

Irrwische

Hatte jemand darauf gewartet, dass bei ihnen die Lichter ausgingen?

Das Schlafzimmer lag nach hinten hinaus. Selbst wenn Ma noch lesen sollte, war der Schein ihrer Lampe nicht von der Straße aus zu sehen. Theo blieb still stehen und hielt den Atem an. Der Flecken Licht war in dem Zimmer unterm Dach angekommen. Genau ihm gegenüber.

Wenn die Taschenlampe jetzt zu seinem Giebelfenster leuchtete, dann war er entdeckt. Doch das Licht verschwand schnell.

Theo dachte an den großen alten Koffer, der dort stand. Verschlossen. Jan Ellerbek hatte sicher einen Schlüssel dazu. Vielleicht hatte er sich gebückt, um den Koffer zu öffnen. *Wenn* es Jan war da drüben.

Wenn er es wirklich war, weshalb schaltete er dann nicht das Licht ein? Oder war der Strom inzwischen abgestellt? Wurden Ellerbeks Rechnungen noch bezahlt?

Vielleicht doch ein stinknormaler Einbrecher, dachte Theo. Einer, der gehört hatte, dass das Haus leer stand. Sollte er die Polizei anrufen? Aber er glaubte an keinen Einbrecher. Glaubte er an Jan Ellerbek?

Er blieb gefühlte zwei Stunden am Fenster stehen und sah hinüber.

Es war nicht mal eine Stunde, doch seine Beine waren ganz taub vom Stillstehen. Einmal noch hatte er das

Licht der Taschenlampe unten im Windfang hinter der Haustür aufleuchten gesehen und darauf gewartet, dass sich die Tür öffnete. Doch es tat sich nichts.

Entweder war der Unbekannte noch immer im Haus oder er hatte sich durch die Kellertür hinter die Ligusterhecke geschlichen und von da aus in den Wald.

»Ich hab eine geile Zeit«, schrieb Leni in ihre Nachricht an Lucky. Diese frohen Zeilen gelangen ihr nur, weil sie am Strand war und nicht im Haus von Maman, wo Julien sie anfassen wollte, sobald Maman im dunklen Schlafzimmer lag und ihre Migräne hatte.

Am Strand gockelten die Männer ebenfalls um sie herum. Doch das war anders. Viel lustiger. Sie hatten Speed in allen Farben in den Taschen und luden sie mittags in eines der Strandlokale ein, um Scampis zu essen und viel von dem Wein zu trinken, der rosa war wie dieses Fitzelchen von Bikini, das sie sich gekauft hatte. Leni störte es da nicht, dass sie ihre kühlen Hände, mit denen sie kalte Weinflaschen angefasst hatten, auf Lenis sonnenglühende Haut legten

Paps hatte sie auch geschrieben. Ende September käme sie zurück, schrieb sie, und dann würde sie mit ihm über ihre Pläne sprechen, die definitiv nicht den Besuch eines Internates vorsahen. Hinter »definitiv nicht« machte Leni drei Ausrufezeichen.

Theo schrieb sie nicht. Dabei dachte sie ab und zu mit einer gewissen Sehnsucht an ihn. Er war so anders. Ein Denker. Vielleicht würde sie ihn noch mal in Betracht ziehen, wenn sie wieder zu Hause war.

Lucky und Theo im Paket wären eigentlich ganz wunderbar.

Nur die Klugscheißerei musste Theo sich abgewöhnen.

Tanja hörte den Schlägen der Uhr zu. Ihre Mutter hatte sie in einem Versandhaus bestellt. Sie sah antik aus. Doch das Holz war dünn wie Pappe. Immerhin klang sie ganz nett. Fünf Uhr. Freitagnachmittag. Sie hatte noch immer nichts vor fürs Wochenende.

Tanja sah den alten roten Ford von Lucky vorfahren, dem kleinen Bruder von Max. Er hielt vor Theos Haus. Es hatte sich herumgesprochen, dass Max einen Mord begangen hatte. »Notwehr«, hatte die Chefin von der Werkstatt gesagt, als Tanja sie beim Einkaufen traf, »und der Tote war ein ganz übler Drogenboss.«

Der heiße Feger hatte sich noch nicht gemeldet. Hoffentlich hatte er Zeit. Von Dankwart hatte sie seit Tagen keine Silbe gehört. Und nicht mal eine Ahnung, warum der herumzickte.

Wer hatte denn den rothaarigen Kobold hinter der Orgel empfangen?

Pumuckl war mit ihr in den 276er gestiegen. Doch Tanja hatte sie beim Umsteigen in Poppenbüttel aus den Augen verloren. War die Aufregung nicht wert. Keine Brüste, Dankwart konnte einem leidtun.

Lucky war zu Theo ins Haus gegangen. Vielleicht hatten die beiden ja Lust, mit ihr ins Lichtgrün zu gehen.

Das Wetter war wieder stabil. Wenn auch zu kühl für Anfang September.

Theo und Lucky kamen aus dem Haus und gingen zu Ellerbek hinüber.

Zu Ellerbeks Geisterhaus, dachte Tanja. Was wollten die da?

»Hast du was von Leni gehört?«, fragte Theo.

»Eine SMS. Dass sie eine geile Zeit habe«, sagte Lucky.

Theo nickte. Er glaubte, Blicke im Rücken zu spüren, und drehte sich um. Keine Ma am Küchenfenster. Vielleicht fing er doch allmählich an zu phantasieren und das Licht der Taschenlampe heute Nacht hatte es auch nicht gegeben.

»Was gibt es von Max?«, fragte er, als sie durch Ellerbeks Garten geduckt zur Kellertür gingen. »Dürft ihr zu ihm?«

»Morgen«, sagte Lucky, »ich fahre mit meiner Mutter hin.«

An der Kellertür sah alles aus wie immer. Keine Kratzer. Oder kannte auch ein anderer das Geheimnis dieser Tür?

Theo schob das Schloss hin und her und drückte die Klinke nach oben.

Die Tür öffnete sich. Der Moder des Kellers kam ihnen entgegen. Durch zwei kleine Fensterluken fiel ein dämmriges Licht.

»Vergangene Nacht habe ich eine Taschenlampe durchs Haus spazieren sehen«, sagte er. »Vom Erdgeschoss bis unters Dach. Vielleicht war es Jan Ellerbek. Oder aber ein Einbrecher.«

»Das sagst du erst jetzt? Ich hab nicht mal eine Waffe.«

Theo nahm zwei Holzscheite vom Stapel im vorderen Keller. Auch ein paar Kohlen lagen noch da. Der Brennstoffvorrat von Ellerbek. Wie sehr hatte der alte Mann ein ehrliches Feuer geliebt.

»Hier hast du eins«, sagte er und gab Lucky das eine Scheit.

»Ich habe immer gedacht, dass ich der größere Held von uns beiden bin«, sagte Lucky, »und nun hast du das Kostüm von Superman an.«

Theo blieb stehen. Er lauschte. Nein, da war nichts. Nur ein Knacken, wie es in einem Haus vorkam, das über fünfzig Jahre alt war.

Sie stiegen die schmale Kellertreppe hoch und traten in den Flur. Gegenüber vom Windfang. Dort hatte er das Licht der Taschenlampe in der Nacht zum letzten Mal gesehen.

Ihm fiel jetzt erst auf, dass der schwere dunkelgraue Mantel von Ellerbek noch an der Garderobe hing. Hatte der den ganzen heißen Sommer dort gehangen? Hirschhornknöpfe. Einer baumelte lose.

»Und was tun wir jetzt?«, fragte Lucky.

»Nach was Ungewöhnlichem suchen«, sagte Theo. »Und uns das Zimmer unterm Dach vornehmen. Da steht ein verschlossener Koffer.«

»Und was glaubst du, was drin ist? Goldtaler?«

»Vielleicht irgendwas, das uns hilft, Jan Ellerbek zu finden.«

»Suchen wir den denn?«, fragte Lucky.

»Das Amtsgericht scheint ziemlich lahmarschig zu sein.«

»Ich fürchte, die kriminelle Energie in meiner Familie ist von Max verbraucht worden«, sagte Lucky. »Ich bin nicht auf Abenteuer aus.«

»Lass uns einfach gemeinsam durchs Haus gehen«, sagte Theo, »mehr musst du nicht machen.«

Er ging voran. Im Wohnzimmer nahm er die gerahmte Zeichnung von der Wand und zeigte Lucky den hellen Fleck, den die kleine Pendeluhr hinterlassen hatte. »Das war der Bestatter«, sagte Lucky, »mein Opa hat nach Omas Beerdigung gesagt, der sei ein Schlitzohr.«

»Dein Opa hält doch alle für Schlitzohren.«

Lucky kommentierte das nicht. Er stand etwas ratlos in Ellerbeks Wohnzimmer herum. Theo setzte sich in den Sessel.

»Wollen wir es uns gemütlich machen?«, fragte Lucky. »Wäre gar nicht schlecht, ein Ausweichquartier zu haben, wenn sie einem alle mal wieder auf den Geist gehen.«

»Eben hattest du noch Schiss, das Haus überhaupt zu betreten.«

»Dann heb mal deinen Hintern und lass uns gucken, ob die Luft auch wirklich rein ist«, sagte Lucky. Er nahm das Scheit wieder an sich.

Theo ließ seines neben dem Sessel liegen.

Sie stiegen die hellblaue Treppe hoch in den ersten Stock.

Ellerbeks Schlafzimmer blieb wenig ergiebig. Die eine Hälfte des Bettes war mit weißer Wäsche bezogen. Knitterfalten auf dem Kissen, dort wo Ellerbeks Kopf gelegen hatte. Dass diese Spuren einen Menschen so lange überlebten! Auch der Geruch im Haus erinnerte Theo an Ellerbek. Ein altmodisches Duftwasser. Herb. Würzig. Wie der Geruch von Lagerfeuer im Wald.

»Hast du mal in den Schrank geguckt?«, fragte Lucky.

Theo schüttelte den Kopf. Lucky öffnete die ersten zwei Türen des viertürigen Schrankes. Eine nackte Kleiderstange, leere Fächer. Nach dem Tod seiner Frau hatte Ellerbek ihren Teil wohl ebenso ausgeräumt, wie er auch die Bettwäsche abgezogen hatte. Auf dem Boden des Schrankes lagen in einer Klarsichttasche Kissen und Federbett.

Im Schrank des alten Mannes herrschte Unordnung. Unterwäsche und Hemden waren nachlässig gefaltet. Ein paar Pullover, Krawatten, Socken. Nur die Anzüge hingen akkurat an der Stange. Ein schwarzer, zwei graue. Ein beige kariertes Jackett.

In einer weißen Porzellanschale lagen Manschettenknöpfe. Auf dem Nachttisch stand die gerahmte Fotografie von Ellerbeks Frau. In der einzigen Schublade waren Medikamente.

Kein Bild von Jan Ellerbek.

Wirklich nicht übermöbliert, der erste Stock. Anders als unten.

Theo und Lucky stiegen die Treppe zum Dachzimmer hinauf. Theo stieß die Tür auf, die halb geöffnet war. Er hatte sie geschlossen gehabt.

»Dann lass mal den Koffer sehen«, sagte Lucky.

Der Koffer war nicht mehr da. Nur noch der Abdruck, den er hinterlassen hatte, war auf dem weichen Linoleum zu erkennen.

»Bestimmt hat ihn der Typ heute Nacht mitgenommen«, sagte Theo.

Lucky ging durch das Zimmer, hockte sich hin und hob etwas auf.

»Bist du sicher, dass dein Vater noch auf Hiddensee ist?«, fragte er.

»Er kommt am Sonntag wieder«, sagte Theo. »Warum?«

Lucky öffnete langsam die geschlossene Faust. Eine Kastanie lag darin.

»Es heben noch andere Leute Kastanien auf, nicht nur mein Vater«, sagte Theo. Warum klang sein Ton abwehrend?

»Ist ja jetzt auch die Saison dafür.« Lucky steckte die Kastanie ein und trat ans Fenster. »Deine Ma ist drüben in deinem Zimmer. Kann sie mich durch die Gardinen sehen?«

»Glaub ich nicht«, sagte Theo. »Aber was tut sie in meinem Zimmer?«

»Aufräumen. Sauber machen. Das sind die Argumente

meiner Mutter. Gestern hat sie noch stundenlang das Eichenbuffet poliert und jedes einzelne Foto von Max angeguckt.«

»Der alte Ellerbek hat immer gehofft, dass sein Sohn wiederkommt. Doch hier gibt es kein einziges Foto von ihm. Ist das nicht seltsam?«

»Das würde meine Mutter nicht aushalten«, sagte Lucky, »die rahmt alles, wo ihre Kinderchen drauf sind. War das hier Jans Zimmer? Die Tapete sieht eher nach alten Leuten aus.«

Theo hob die Schultern. »Vielleicht glaube ich das nur, weil ich das Zimmer unterm Dach habe.«

»Wir haben Wohnzimmer und Küche nicht durchsucht«, sagte Lucky, »da könnten doch noch Fotos von Jan Ellerbek sein. Dann erkennen wir ihn wenigstens, wenn er uns auf der Straße begegnet.«

»Der Taschenlampentyp muss mit dem steinschweren Koffer durch den Wald getürmt sein, und das in stockfinsterer Nacht«, sagte Theo. »Ich hatte stundenlang die Tür im Auge.«

»Mein Mitleid hält sich in Grenzen«, sagte Lucky, »und was jetzt? Willst du noch mal ins Wohnzimmer?«

Doch Theos Gedanken waren bei dem Koffer. Der musste etwas Besonderes enthalten, sonst wäre er kaum verschwunden. »Jedenfalls muss der Typ stark genug gewesen sein, um ihn wegzuschleppen. Fragt sich, wer das war.«

»Der alte Henze wird es kaum gewesen sein«, sagte Lucky. »Vielleicht ein Seemann. Die sind doch stark. Läuft alles auf Jan Ellerbek zu.«

»Der nur die Haustür aufschließen müsste, um hineinzuspazieren, statt Koffer, die ihm gehören, nachts durch den Wald zu schleppen.«

Sie stiegen in den Keller hinunter. Lucky hielt das

Scheit noch in der Hand, als Theo die Kellertür hinter sich schloss.

Lucky legte das Stück Holz hinter die Ligusterhecke.

Kein wogender Weizen mehr. Die Felder waren abgeerntet. Die letzten kurzen Halme stachen ihn an den nackten Füßen, die in Leinenschuhen steckten. Er blieb stehen und blickte über das weite Feld.

Ganz hinten am Horizont ein Gehöft. Kein Leben weit und breit.

Das Mädchen mit den goldenen Haaren. Er hatte es lange nicht mehr gesehen. Vielleicht war das Schicksal ihr gnädig und sie blieb fern.

Konnte ihm die andere genügen?

Pa kam am Sonntagnachmittag und brachte Feuersteine mit, die er am Strand von Hiddensee gesammelt hatte, einen Sanddornlikör für Ma und Stremellachs, den sie am frühen Abend aßen.

Theos Vater war gebräunt und besser gelaunt. Er lächelte Ma an und fragte Theo, wie sich die Schule nach den Ferien gestaltete.

Ma erzählte ihm von Max. Pa machte ein Gesicht, als denke er darüber nach, ob Lucky noch der richtige Umgang für einen Abiturienten sei.

»Ich bin froh, dass Theo einen so guten Freund in Lucky hat«, sagte Ma.

Theo sah sie dankbar an. Ma hatte es also auch gemerkt.

»Lucky ist schon in Ordnung«, sagte sein Vater, »man darf ihn nicht für seinen Bruder verantwortlich machen, und der Erzeuger dieser Kinder ist wohl auch mitschuldig durch seinen Verrat an der Familie.«

Zuckte Ma leicht zusammen?

»Der Lachs ist lecker«, sagte Theo. Die Ablenkung gelang. Pa begann, einen Vortrag über das Warmräuchern von Fischen zu halten.

Nach dem Essen brach Theo auf, um sich mit Lucky auf ein Bier im Tre Castagne zu treffen. Von ihm hören, wie es gestern bei Max gewesen war. Die letzten Abende im Freien genießen. Lange konnte man wohl nicht mehr draußen sitzen.

Ein Zufall, dass er das Handy in der Brusttasche seines Hemdes hatte und das Vibrieren spürte. Er hatte es längst auf lautlos gestellt, seit er sich keine Hoffnungen mehr auf Nachrichten von Leni machte.

Die SMS las er erst, als er am letzten freien Tisch bei Sigi saß. Lucky war noch nicht da. Dafür saßen einige Chormitglieder gleich nebenan. Der Gärtner. Der Kleine mit dem spitzen Gesicht. Ein Hagerer mit grauen Haaren. Leider auch Hardy.

Die lauten Stimmen der Männer störten ihn bei dem, was er da las.

»Wir werden es gut haben. Lucky, du und ich. Deine Leni.«

Seine Leni. Theo wurde es warm. Was war passiert?

Lucky ließ sich neben ihm auf den Stuhl fallen. »Was glaubst du, was mir Leni gerade geschrieben hat«, sagte er.

»Leiser.« Theo sah zu dem Tisch mit den Sängern.

»Wir werden es gut haben. Theo, du und ich. Deine Leni.«

Theo zog sein Handy aus dem Hemd und zeigte Lucky die Nachricht, die er am liebsten in ein Holzkästchen gelegt hätte.

»Nun ist sie völlig durchgeknallt«, sagte Lucky. »Was wird wohl erst passieren, wenn sie das mit Max hört.«

»Sie hat Heimweh«, sagte Theo.

»Glaubst du? Ist doch so geil da. Geile Zeit.« Lucky guckte zum Nachbartisch. »Ist das Lichtgrün am Sonntag geschlossen?«

Sigi kam und servierte noch größere Krüge Wein, als sie im Lichtgrün auf den Tisch kamen. Er war blass. Was fehlte ihm eigentlich?

»Vielleicht haben die Herren eine Sauferei vor und wollen dann lieber zu Fuß nach Hause gehen«, sagte Theo. Er hatte selbst das Gefühl, schon zu viel getrunken zu haben. So einen Rausch gab ihm diese SMS.

»Für dich auch ein Hefeweizen?«

Theo nickte. »Wie war es bei Max?«

»Anders, als ich es mir vorgestellt habe. Kein langer Tisch, an dem die Gefangenen saßen, und ihnen gegenüber die Frauen mit den Kuchen, in die sie 'ne Feile eingebacken haben.«

»Panzerglas dazwischen?«, fragte Theo.

Lucky schüttelte den Kopf. »Meine Mutter und ich wurden in einen kleinen Raum gebracht und da haben sie ihn hineingeführt. Tränen. Tränen. Tränen. Auf allen Seiten. Kein dicker Maxe mehr. Ein sanftes Lamm. Max hat wohl echt gelitten in letzter Zeit.«

»Habt ihr was von deinem Vater gehört?« Theo dachte daran, was Pa über Luckys »Erzeuger« gesagt hatte. Woher kam Pas Selbstgerechtigkeit?

»Er bemüht sich um einen Besuchstermin.«

»Kann doch alles noch gut werden«, sagte Theo.

»Ins Gefängnis muss er auf jeden Fall. Sagt dieser Anwalt.«

»Guck an«, hörten sie den Gärtner laut in die Runde sagen.

Was gab es anzugucken? Doch sicher nicht die Weißbiere, die Sigi gerade brachte. Sein Haar glänzte schwarz und betonte die Blässe.

Drüben hatte sich die Kirchentür geöffnet. Der Chorleiter kam heraus.

Eine junge Frau mit roten Haaren an seiner Seite. Kein Pumucklrot. Ein sanftes Rot. Keines, das Theo die Augen zukneifen ließ.

»Dankwart steht neuerdings auf Rothaarige«, sagte der Gärtner. »Ist die Dritte, mit der ich ihn sehe. Die blonde Phase scheint vorbei zu sein.«

»Was macht er denn jetzt in der Kirche?«, fragte der vierte Mann.

Der Gärtner lachte dröhnend. »Was macht er jetzt in der Kirche«, wiederholte er. »Wer sagt es ihm?«

Hardy und der Kleine schwiegen. Ihnen schien das peinlich zu sein.

»Was macht er denn um diese Zeit in der Kirche?«, fragte Lucky leise.

»Tanja hängt auch bei ihm herum«, sagte Theo.

»Talente fördern«, dröhnte der Gärtner nebenan.

Er verstummte, als er sah, dass der Chorleiter auf das Tre Castagne zukam. Die Rothaarige ging zu einem rostfarbenen Twingo und stieg ein.

»Kein Wort zu Dankwart«, sagte der Gärtner.

»Freunde«, sagte der Chorleiter, als er zu ihnen an den Tisch kam, »ich weiß gar nicht, ob wir hier singen dürfen.«

Leni kauerte auf dem Bett im Gästezimmer. Sie hatte auf eine Antwort gehofft von Lucky und Theo. Draußen am Pool krakeelte ihre Mutter.

Sie hatte zu viel getrunken. Maman trank.

Wenn Paps Maman sehen könnte. Julien tat ihr nicht gut.

Leni nahm ihr iPhone und scrollte bis zu Paps' Nummer. Doch sie legte das Handy weg. Was wollte sie schreiben? »Ich will nach Hause?«

Paps ließ sie sicher sofort nach Hause kommen. Ein Triumph über Maman. Doch er würde sie in dieses Villars schicken. Gnadenlos.

Leni griff nach dem Döschen, das ihr einer der lustigen Jungs vom Strand gegeben hatte. »C'est extraordinaire«, hatte er gesagt.

Der Lärm draußen wurde lauter. Maman und Julien stritten sich.

Sonntagabend, und Leni konnte nur noch heulen. Sie öffnete das Döschen und nahm zwei der Pillen heraus.

»Wir werden es gut haben«, schrieb Theo, »Leni, komm bald.«

Ma und Pa schliefen schon. Drüben bei Ellerbek war alles dunkel.

Die Welt schien friedlich zu sein. Theo saß im offenen Fenster und drehte den Feuerstein, den Pa von Hiddensee mitgebracht hatte, in seiner Hand. Dunkle und helle Flecken auf dem Stein. Sie bildeten ein Muster. Es sah irgendwie hoffnungsvoll aus.

»Dein Theo«, hatte er geschrieben.

Doch Lenis iPhone lag unter dem Kissen. Sie hörte es nicht.

»Kennst du das Märchen von Allerleirauh?«, fragte Imke Karle.

»Kommen Wölfe darin vor?«, fragte der Kommissar.

»Nein. Keine Wölfe. Aber viele Fellchen.«

»Fellchen«, sagte Lüttich.

»Kleine Felle. Und das Mädchen in der Geschichte hat goldene Haare.«

Glaubte Lüttichs Kollegin, dass der Mörder von Sarah und Hortensia ein Märchen nachspielte? Montagmorgen. Vor einer Woche war der Profiler da gewesen und hatte sie nicht wirklich weitergebracht.

»Gemeint ist dieser Wald«, hatte er gesagt.

»Eigentlich geht es darum, dass ein König seine Tochter begehrt, weil sie als Einzige so schön ist wie seine verstorbene Frau.«

»Ach du lieber Gott.« Lüttich stand vom Schreibtisch auf und goss sich einen Kaffee ein. »Inzest. Darum geht es bestimmt nicht bei unseren Morden.« Der Kaffee schmeckte schon abgestanden, obwohl es noch früh am Tage war.

»Die Tochter wünscht sich einen Mantel von tausenderlei Pelzchen. Rauhwerk eben. Darum Allerleirauh. Sie versteckt sich vor ihrem Vater in einem hohlen Baum, der natürlich im Wald steht.«

»Frau Kollegin«, sagte Lüttich, »worauf wollen Sie hinaus?«

»Dieser Fellkragen, der um Hortensias Hals hing, gehörte ihr nicht. Ein Requisit, das wahrscheinlich der Mörder hinzugefügt hat. Sarahs Mutter weiß nicht, woher die Fellstiefel stammen, die an den nackten Füßen ihrer Tochter waren. Fellchen. Kleine Felle.«

»Und was will uns der Mörder mit dem Fell sagen?«, fragte Lüttich.

Imke Karle setzte sich auf den Stuhl vor Lüttichs

Schreibtisch. »Ich weiß es nicht. Es war nur so eine Idee. Hab mir Grimms Märchen am Wochenende vorgenommen.«

»Was die schon alles angerichtet haben«, sagte der Kommissar. »Kann mir nicht vorstellen, dass unser Mörder einen Fundus von Fellchen hat. Was glaubst du denn? Dass er ein Kürschner ist? Oder ein militanter Gegner von Pelzmänteln?«

»Ich kam nur darauf, weil die Königstochter Fellchen und goldene Haare hat«, sagte Imke Karle entschuldigend.

»Gibt es was Neues von diesem Doktor?«

»Die DNA ist nicht registriert.«

»Kann ich schon nicht mehr hören, den Satz«, sagte Lüttich. Er nahm sich vor, noch mal zu Max zu fahren. Der Junge war sonst so geständig, sollte er doch endlich den Namen herausrücken.

»Wie lange ist der Mord an Hortensia her?«, fragte er.

»Elf Wochen«, sagte seine Kollegin.

»Vielleicht ist es vorbei«, sagte der Kommissar.

Kleine Fluchten

Tanja hatte ein ödes Wochenende hinter sich. Der heiße Feger war dabei, sich abzusetzen. Ans Handy ging er nicht. Die Nachrichten, die sie ihm hinterließ und mit HDGDL unterzeichnete, blieben ohne Antwort. Vielleicht führte er ein Doppelleben.

Theo und Lucky hatten ihr auch einen Korb gegeben am Freitagabend. Spionierten lieber im Geisterhaus herum. Das könnte sie morgen mal im Chor Theos Mutter stecken, was der liebe Sohn so trieb.

Der Chor war ein weiteres ihrer ungelösten Probleme. Dankwart dachte genauso wenig daran, ihre Nachrichten zu beantworten. Tanja trödelte durch den Ort und hoffte, ihm zu begegnen. Seit einer halben Stunde versuchte sie, diesen Zufall herbeizuführen. Hing in der Nähe seines Hauses herum und sah irritiert, dass eine Frau dort Heidekraut in die Balkonkästen pflanzte. Wer war das? Die Putzfrau?

Wie lange konnte sie sich noch herumtreiben, ohne dumm aufzufallen? Tanja hielt die Pennytüte wie einen Schild vor sich. Zwei Flaschen Cola darin. »Du, ich war gerade einkaufen«, hatte sie zu Dankwart sagen wollen, »nett, dich zu treffen.«

Sie schlich noch einmal um die Kirche herum.

»Kann ich Ihnen helfen?«

»Ich suche den Chorleiter«, sagte Tanja tapfer.

»Chorprobe ist Dienstagabend.«

Hatte der Pastor tatsächlich noch nicht mitbekommen, dass sie seit Juni im Chor sang? War wohl nicht weit her mit ihrer Bühnenpräsenz.

»Ich weiß. Ich singe im Chor«, sagte sie.

»Tut mir leid. Das hätte ich wissen sollen. Doch Konfirmandin waren Sie nicht bei mir. Oder?« Der Pastor lächelte verlegen.

»Damals hatte ich noch nicht viel mit Kirche am Hut«, sagte Tanja.

»Gut, dass der Chorleiter das geändert hat. Er tut viel für die jungen Talente. Ein großer Gewinn für unsere Gemeinde.«

Tanja nickte. Um Worte wäre sie verlegen gewesen.

»Dann noch einen gesegneten Tag«, sagte der Pastor und schloss die Kirchentür auf. Dankwart würde wohl kaum oben sein. Was hatte er ihr einmal gesagt? »Wenn der Pastor kommt, bist du still und bleibst hinten und ich eile an die Orgel.«

Sie lauschte. Keine Orgel. Sie ging am Tre Castagne vorbei und sah Sigi in der Türe zum Lokal stehen. Tanja steuerte einen der Tische an.

Das Tre Castagne war schon einmal ein guter Ausguck gewesen.

»Geht's dir wieder gut?«, fragte sie, als Sigi an den Tisch kam.

»Was soll es denn sein?«, fragte Sigi anstelle einer Antwort.

Dann eben nicht. Früher war er freundlicher gewesen. Hatte einen kleinen Schnack gehalten. Mal was spendiert.

Tanja bestellte einen Latte. Extra viel Schaum.

Der Ort hatte sich verändert seit diesen Morden. Viel Misstrauen.

Sie seufzte und sah zur Kirche. Der Tag konnte kaum mieser werden.

Max hatte sich ziemlich lange geziert. Doch schließlich gab er den Namen des Doktors preis. Gab nichts mehr zu verlieren. Der Kommissar saß vor seinem Computer und wusste wieder, was da in seinem Kopf geklingelt hatte, als er bei Max im Holstenglacis saß.

Helenenlund. Klang idyllisch. Eine Klinik im Holsteinischen, die vor vier Jahren geschlossen worden war. Zu viele ungeklärte Todesfälle.

Der Verdacht, dass Medikamente heimlich an Patienten getestet wurden. Menschenversuche waren das gewesen. Der Narkosearzt war damals untergetaucht, bevor sie ihn verhörten, erkennungsdienstlich also ein unbeschriebenes Blatt. Vermutlich lag er nun in der Rechtsmedizin, der Doktor.

Doch wer war der Mann hinter ihm?

Max schwieg dazu. Vielleicht wusste er es tatsächlich nicht. Wen sollte der Junge noch decken wollen? War es gefährlich für Max, wenn es noch jemanden zu decken gab, der Angst vor einer Entlarvung hatte?

Lüttich schaltete den Computer aus und stand auf. Er wollte noch mal nach Blankenese fahren. Hortensias Gasteltern aufsuchen.

Es musste doch noch etwas geben, was die beiden Mädchen verband. Nicht nur die hellen Haare und der Hamburger Westen.

Eine kurze Ehe, die Hardy Diderot in Frankreich geführt

hatte. Den Namen seiner früheren Frau trug er noch. Zum Kummer seiner alten Eltern, denen es nicht gefallen hatte, als er den eigenen Familiennamen ablegte. Dabei war das durchaus üblich heutzutage.

»Deine Mutter und ich passen nicht mehr in die heutige Zeit«, hatte sein Vater dazu gesagt und bitter geklungen.

Hardy stieg aus seinem anthrazitfarbenen Passat und sah zu den Fenstern seiner Eltern hoch. Die Vorhänge geschlossen. Wie immer. Obwohl es heller Tag war. Vor den Vorhängen die Alpenveilchen, die seine Mutter seit Jahren zu Tode pflegte. Er öffnete den Kofferraum und holte zwei große Einkaufstaschen hervor, die nur knapp Platz darin gefunden hatten. Einen halben Hausstand fuhr er durch die Gegend.

Er trug die Taschen in den ersten Stock und klingelte kurz, bevor er den Schlüssel ins Schloss steckte. Hinter der Tür war es still.

Hardy kannte das Spiel. Kam er leise ins Wohnzimmer, saßen sie in ihren Sesseln und guckten ihn triumphierend an. Vater und Mutter wurden immer kindischer. Er konnte sich kaum noch vorstellen, dass er einmal zu ihnen aufgesehen und Halt bei ihnen gesucht hatte.

»Hallo ihr zwei«, sagte er laut, »ich trage die Einkäufe in die Küche.«

Auf dem Küchentisch standen Teller, auf denen Essensreste klebten. Sie taten kaum noch etwas selbst, obwohl sie dazu durchaus in der Lage waren. Fremde Hilfe oder Pflege lehnten sie ab. Sie hatten einen Sohn, für den sie Opfer gebracht hatten.

»Generationenvertrag«, nannte der Vater das.

Hardy ließ die Spüle volllaufen und legte die Teller in die Lauge.

Als sie hörten, dass er auspackte, kamen sie herbei.

»Was bringst du denn da?«, fragte seine Mutter, während er die Einkäufe einräumte. »Brauchen wir das alles?«

Sie aßen noch nicht wie die Vögelchen, auch wenn sie das von sich behaupteten. Er kaufte zweimal in der Woche groß ein. Montags und am Donnerstag. Es blieb selten was übrig.

Er fing bei den Betten an und putzte dann das Bad und die Böden. Klebrige Spuren darauf. Besser nicht fragen, was es war. Gleich würde sein Vater hinter ihn treten und sich erkundigen, wie es in der Firma ginge. Dass ihm gekündigt worden war, hatte er ihnen verschwiegen.

»Gut, Vater«, sagte er. Es half ihm zu wissen, dass er Geheimnisse vor ihnen hatte. Eine verheiratete Frau ausführte. Obwohl die Geschichte mit Gesa Ansorge eine hoffnungslose Geschichte war.

Es half ihm auch, dass sie nicht in seinem Stadtteil lebten.

»Kommst du Donnerstag?«, fragte seine Mutter, als er fertig war.

»Natürlich kommt er Donnerstag«, sagte sein Vater.

Sie saßen wieder in den Sesseln. Der Fernseher lief ohne Ton.

Seine Telefonnummer hatte er in großen Zahlen auf einen Zettel geschrieben. Sie riefen selten an.

»Dann macht es gut«, sagte er. Sie nickten.

Hardy guckte noch mal zum Fenster hoch, als er wieder auf der Straße stand. Noch nicht lange her, da war seine Mutter ans Fenster gekommen und hatte gewinkt. Doch vor einigen Monaten hatten sie angefangen, immer gleichgültiger zu werden. Fast autistisch.

Er fühlte Hoffnungslosigkeit, als er ins Auto stieg. Wie

oft am Montag fuhr er von der Wohnung seiner Eltern ins Lichtgrün.

Kasper war das jüngste der drei Kinder, doch aufgekratzter als seine Schwestern. »Hast du Tensis Mörder gefunden?«, fragte er.

Der Kommissar war auf die verglaste Veranda geführt worden. Davor ein großer Garten. Die Elbe glitt glitzernd vorbei.

»Nein«, sagte Lüttich, »leider noch nicht. Vielleicht kannst du helfen.«

Kasper kletterte in einen hohen Korbstuhl. Seinem Vater war anzusehen, dass er ihn gerne weggeschickt hätte.

»Hortensia ist in ihre Heimat überführt worden«, sagte er. »Wir haben die Familie dabei finanziell unterstützt.«

»Sie hat einen weißen Sarg«, sagte Kasper.

»Auf Wunsch der Familie in Tiflis«, sagte sein Vater. »Der weiße Sarg. Wir haben in einem Trauerraum Abschied genommen. Auch die Kinder.«

»Hat jemand dabei musiziert?«, fragte der Kommissar.

»Wie bitte?«

»Das wäre doch denkbar. Sie sind eine sehr musikalische Familie.«

»Tensi traf die Töne nicht«, sagte Kasper.

Lüttich nickte. Das wusste er schon.

»Wissen Sie, was für Träume Tensi gehabt hat?« Er hätte das gerne Kaspers Mutter gefragt. Diesen Anwalt und Notar hielt er nicht für traumkundig. Er versuchte es trotzdem.

»Nachts? Wie soll ich das wissen? Sie hat mir ihre Träume nicht erzählt.«

»Nicht in der Nacht«, sagte der Kommissar. »Ich meine ihre Tagträume. Von was träumte Hortensia, wenn sie sich ihre Zukunft vorstellte?«

Der Anwalt und Notar stand auf. Verärgert. »Sie überfordern mich«, sagte er, »vielleicht kommen Sie besser wieder, wenn meine Frau von ihrer Reise zurückgekehrt ist.«

»Tensi traf die Töne nicht«, wiederholte Kasper.

»Das wissen wir schon«, sagte sein Vater und wandte sich der Tür zu.

»Dabei wollte sie gerne singen«, sagte Kasper. »Auf einer ganz großen Bühne.« Der Fünfjährige krabbelte aus dem Korbsessel und fing an, Hortensias Lieblingslied vorzusingen.

Leni zählte die Tage in Saint Tropez. Doch ihre Mutter zeigte sich nicht bereit, Lenis Abflugtermin zu ändern, und Paps' Kreditkarte funktionierte auf einmal nicht mehr. Vielleicht hatte er sie sperren lassen.

Leni fühlte sich von Verrätern umgeben. Seit sie diese kleinen bunten Pillen kaum mehr kaufen konnte, war es längst nicht mehr lustig am Strand. Ein paar langweilige Jungs hingen ihr noch auf der Pelle. Doch sie kehrten nicht in die Strandlokale mit ihr ein, um teure Meerestiere zu essen, und ließen keine silbernen Kühler mit rosa Wein auffahren. Sie gingen auf das Collège Technique und hatten kein Geld und fragten Leni, wie sie sich ihre Zukunft vorstellte.

Maman war genauso genervt von ihrer Tochter wie Leni von ihr. Doch sie gönnte ihrem Mann nicht den Triumph. Leni musste bleiben, bis der Tag erreicht war, der in ihrem Ticket stand. 24. September. Ein Freitag.

Dann konnte Paps am Flughafen stehen und sie abholen und am Wochenende Zeit finden, mit Leni über ihre Pläne zu sprechen.

Die Lage entspannte sich leicht, als Julien eine Arbeit aufnahm. Keiner wusste, was es war. Er schien auf einmal das Geld zu haben, um die Ansprüche ihrer Mutter zu erfüllen. Er lud Helène in teure Lokale ein und nahm Leni nur zu bestimmten Bedingungen mit.

Leni war nicht bereit, diese Bedingungen zu erfüllen.

Doch Maman fühlte sich wieder begehrt und beargwöhnte Leni nicht dauernd und zeterte weniger hinter ihr her.

Abends allein am Pool zu sitzen, wurden Lenis beste Augenblicke im Haus ihrer Mutter. Hinten am Horizont lag der Himmel in rotes Licht getaucht und Gassin war ganz still. Leni hatte gerade die letzte der silbernen Schablonen von Max in der Hand, als ihr iPhone »I'll be there for you« zu spielen begann. Eine SMS war angekommen.

»Lass uns nicht allzu weit von unseren Träumen entfernt leben.«

Leni lächelte. Theo war wirklich ein Spinner.

»Finden da am Stadtrand vielleicht Castingshows statt?«, fragte Imke.

Sie hatte Klavierlehrer abgeklappert. Lehrer für Gitarre, Geige, Trompete und Querflöte. Ein Kammermusikquartett. Einen Shantychor.

»Gib es ein«, sagte Lüttich und schaute ihr über die Schulter.

Keine Castingshows am Stadtrand.

Nur ein Talentwettbewerb für das Blasorchester.

»Eine alte Dame sagte, ich hätte Klavierhände, und sie wollte gleich anfangen, mir Unterricht zu geben«, sagte Imke und ließ ihre Finger über die Tastatur des Computers tanzen.

»Vielleicht hat Kasper etwas falsch verstanden«, sagte Lüttich.

»Ich kann mir gut vorstellen, dass sie sich beide aufgemacht haben. Sarah mit ihrer Gitarre. Hortensia mit dem Lied der Grizabella im Kopf. Um sich einen Traum zu erfüllen.«

»Memory«, sagte Lüttich, »ein Schmachtfetzen. Genau das Richtige für eine sehnsüchtige Seele, wie es Tensi wohl gewesen ist.«

»Das ist alles so gemein«, sagte Imke. »Diese erloschenen Träume.«

»Im Falle von Hortensia wären sie wohl kaum verwirklicht worden.«

»Das ist doch egal«, sagte seine Kollegin, »sei du nicht auch gemein.«

»Ich bin nur Realist«, sagte der Kommissar.

»Ihr habt schon bald wieder Herbstferien«, sagte Lucky.

»Nur kein Neid. Ich hätte dich gerne durchs Abitur getragen.«

»Zu gütig«, wehrte Lucky ab. »Wann kommt Leni zurück?«

»Am 24. September. Das ist ein Wochenende.«

»Max' Prozess ist im Januar«, sagte Lucky.

»Denkst du, dass es uns gelingt, ein nettes kleines Trio zu bilden?«

»Ich kann das«, sagte Lucky. »Du bist es, der sie liebt.«

»Tja.« Theo war nicht glücklich bei dem Gedanken.

Leni kam an und Paps stand am Flughafen und nahm sie in die Arme. Doch irgendwie waren sie sich fremd in diesem Moment.

Als wollten sie eine glückliche Tochter sein und ein glücklicher Vater.

Nur dass es ihnen nicht gelang. Ein Fake.

Leni sah schlecht aus. Das fiel Paps sofort auf. Hohläugig. Dünn. Unter der Bräune war sie blass. Nur ihre Haare leuchteten noch.

»Ich bin jedenfalls froh, dass du zu Hause bist«, sagte Paps. »Ich habe dich vermisst, Lenchen.«

»Ich gehe nicht ins Internat«, sagte Leni.

»Komm erst mal an. Morgen sprechen wir über alles.«

Die Haushälterin hatte ein kleines Essen vorbereitet. Paps und Leni saßen am zu großen antiken Tisch aus Mahagoni und blickten über den Garten. Der Lavendel war längst abgeblüht. Doch der Oleander und die Rosen würden sich weit in den Oktober hinein halten.

Leni stocherte im Salat und schnitt lustlos am Fleisch herum.

»Vielleicht werde ich Vegetarierin«, sagte sie.

»Ich hoffe, das sind nicht deine einzigen Pläne«, sagte Paps. Ein Scherz, den er machen wollte. Doch Leni schob den Teller weg und stand auf.

Wie sollte es weitergehen mit ihnen?

Ein starker Windstoß ließ die Kastanien in Dutzenden von den drei Bäumen fallen. Sie lagen auf dem Boden und auf den Tischen und glänzten eine kurze Weile lang wie der polierte Mahagonitisch, an dem Leni am Vortage lustlos gegessen hatte.

Die drei spürten sie unter den Schuhen, als sie zu einem der Tische gingen. Sigi kam und fegte die Kastanien mit der Hand vom Tisch. Da hatten Theo und Lucky schon jeder eine eingesteckt.

Leni und Sigi sahen aus, als ob sie an derselben Krankheit litten.

Doch Sigi hatte nicht zu viele Drogen genommen. Er war aus ganz anderen Gründen in Gefahr zu sterben.

Theo war noch erschrockener als Lenis Vater. Leni sah aus wie ihr eigener Schatten. Er hatte zu Lucky gesehen und gleich die Augen gesenkt. Leni beäugte sie mit misstrauischen Blicken.

»Wir werden es gut haben. Wir drei.« Wenn das doch gelänge.

Schwanengesang

Dankwart Trüber hatte die Noten der Lieder kopiert, um sie im Chor zu verteilen. Das letzte Werk des einunddreißigjährigen Franz Schubert. Kurz vor seinem Tod vollendet.

Der Schwanengesang. Das erste Mal, dass der Chor einen ganzen Zyklus von Liedern singen sollte. Trüber hatte Zweifel, ob die Sänger daran ernsthaft arbeiten würden. Nils tat es sicher. Er schien sich zu fangen nach dem Schock, eine Leiche im Wald gefunden zu haben.

Der Tod und das Mädchen. Auch von Schubert vertont. Doch kaum geeignet. Viele Nerven lagen blank. Seine nun auch.

Hardy schwächelte, dabei war er vor Monaten sein bester Sänger gewesen. Diese alten Eltern kosteten ihn Kraft. Das Techtelmechtel mit Gesa Ansorge tat beiden nicht mehr gut.

Tanja kam ihm in den Sinn. Keine gute Sängerin. Bei den letzten Proben hatte sie ihn so breit angegrinst, dass es ihn erstaunte, Tanja dabei noch singen zu hören. Eigentlich hätte sie nur quaken können.

Doch er hatte noch immer Lust, ihre Brüste zu berühren.

Obwohl es mit all dem bald vorbei sein konnte. Schwanengesang. Kein Zufall, dass er nach dieser Liedersammlung gegriffen hatte.

Der Anruf eines alten Kollegen gestern Abend. Ein

Klavierlehrer. Aus der Gemeinde, die er hatte verlassen müssen.

»Empfängst du wieder junge Talente in der Sakristei?«

Nicht in der Sakristei, hätte Trüber beinah geantwortet. Oben hinter der Orgel. Doch er hatte geschwiegen und dann nur »Warum?« gesagt.

»Die Kripo hat die Instrumentallehrer in eurer Gegend aufgesucht. Ein Geiger hat mir das erzählt. Guter Bekannter von mir. Sie waren auch bei ihm. Es geht um die toten Mädchen im Wald.«

Dankwart Trüber hatte seufzend aufgelegt. Zu lange hatte er gezögert. Doch die Angst, in das Fadenkreuz der Kriminalisten zu kommen, war zu groß gewesen. Hätten die nicht die falschen Schlüsse gezogen?

Ein Chorleiter, der junge Frauen hinter der Orgel empfing und das schon früher in einer Sakristei getan hatte. Diese Polizisten hätten doch kaum den leidenschaftlichen Talentsucher in ihm erkannt. Nur einen lüsternen Mann. Er wäre doch im Nu zum Lustmörder gemacht worden.

Dann hätte Tanja als Erste davon gesprochen, dass er ihr die allzu bereiten Brüste tätschelte. Und ein paar andere hätten genickt. Nur diese unglückselige Georgierin konnte dazu nichts mehr sagen.

Dabei hatte er die gar nicht angefasst. Auch das begabte Mädchen mit der Gitarre nicht. Zu jung. Beide.

Doch beide waren von ihm aus in den Tod gegangen. An einem Sonntagabend. Die eine Anfang Juni. Die andere gegen Ende des Junis.

Und waren im nahen Wald gefunden worden.

Dankwart Trüber nahm das Telefon, das neben den Notenblättern lag.

Er hatte nun nicht länger vor, diese Informationen zurückzuhalten.

Erst einmal den Zettel vom Schwarzen Brett der Blankeneser Musikschule nehmen lassen. Dann die Kriminalpolizei anrufen.

Leni war in die Schanze gefahren, doch ohne Max sah alles viel harmloser aus. Im Kellerladen hing keine alte Decke mehr und keine Spinnenhand fasste an den Rahmen. Die Tür stand weit auf. Zwei junge Männer saßen auf Leitern und strichen Wände und Decke weiß. Drogen waren wohl kaum bei ihnen zu kriegen.

Leni fing an, fahrig zu werden. Die Tabletten gingen ihr aus. Die kleinen rosa Pillen aus Saint Tropez hatte sie längst verbraucht. Max' Cocktail auch schon zubereitet. Nur noch zwei silberne Schablonen waren da, die Leni sich nun einteilen musste. Am liebsten hätte sie Max im Gefängnis besucht und nach neuen Quellen gefragt.

Diesen Doktor getötet hatte er. Leni staunte. Ganz schön mutig.

Paps hatte sie in den letzten zwei Tagen gelöchert. Nach ihren Plänen gefragt. »Schauspielerin«, hatte sie schließlich gesagt, um Ruhe zu haben. »Du gehst doch gar nicht ins Theater«, hatte Paps gesagt.

Doch er hatte seine Sekretärin angerufen und gebeten, die besten Schauspielschulen herauszusuchen. Am Sonntag.

Paps war wohl einer dieser Chefs, der dauernd Leistung erwartete. Wie er es auch bei ihr tat. Leni wollte keine Schauspielerin werden. Höchstens fürs Fernsehen.

Leni fing ihr Spiegelbild in einer blanken Scheibe auf und lächelte.

Dünn. Doch ihre Haare leuchteten. Model, dachte sie, das vielleicht.

Theo war wirklich sehr süß geworden.

Lass uns nicht allzu weit von unseren Träumen entfernt leben.

Leni dachte, dass sie keine Träume mehr habe.

Eine Panne. Anders war das nicht zu nennen. Warum waren sie nicht auf die Kirchen gekommen? Die Kantoreien?

Dieser Dankwart Trüber war kein Kantor, doch der Mann für Orgel und Gesang in der Kirche, die einen Steinwurf vom Wald entfernt lag. Der den Ruf hatte, sich junge Talente wohlgefällig anzuschauen.

Der Kommissar hatte ihm nachgesehen, als Trüber den Flur entlangging zum Ausgang des Polizeipräsidiums. Ein eitler Mensch, der gerade seine Selbstgefälligkeit zurückgewann. Doch Lüttich sah es Trübers Gang an, wie sehr erleichtert dieser Chorleiter war.

Als der Kollege mit dem Stäbchen für die DNA-Probe kam, hatte er gezögert. »Ich habe beiden Mädchen die Hand gegeben.«

Lüttich verschwieg, dass sie gar keine brauchbare DNA gefunden hatten. Er hatte sich die Hände dieses Mannes angesehen. Lange schmale Finger. Klavierhände, wie sie seiner Kollegin nachgesagt wurden. Lüttich nahm nicht an, dass er mit ihnen gewürgt hatte.

Trübers Geschichte schien ihm glaubhaft zu sein.

Was war geschehen, nachdem Sarah und Hortensia an den Sonntagabenden die Kirche verlassen hatten? Die eine im Hochgefühl, eine begabte Gitarrenspielerin und Sängerin zu sein. Die andere in großer Traurigkeit, einen Traum verloren zu haben?

Der Gitarristin habe er einen Kollegen empfohlen, hatte Trüber gesagt, einen rumänischen Virtuosen. Dem alten Lehrer in Nienstedten sei sie entwachsen gewesen. Er kenne den Mann. Der Georgierin habe er abgeraten, künstlerische Pläne zu hegen.

Sarah und Hortensia hatten keine Fahrräder gehabt und kein Auto.

Sie mussten den Bus und die S-Bahn nehmen. Die eine Haltestelle lag mitten im Ort. Von Sigi Gerhards Lokal konnte man sie sehen.

Lüttich hatte keine Ahnung, ob es noch eine zweite Haltestelle gab.

Doch das würde er in Erfahrung bringen.

Tanja lief ihm über den Weg, kaum dass er von seiner Beichte beim Kommissar gekommen war. Vielleicht war es die große Erleichterung, die Trüber bewog, Tanja anzulächeln. »Du kannst kommen«, sagte er, »oder interessiert dich deine Solokarriere nicht länger?«

Tanja zog die Brauen hoch, bereit, die Blasierte zu geben. Doch es bedeutete ihr zu viel. »Mittwoch um fünf?«, fragte sie.

»Du kannst auch gern am Sonntagabend kommen. Das sagt mir mehr zu. Oder ist dir das noch immer ungelegen?«

Nein. Tanja hatte gerade kein Date laufen. Kein Kerl, der die kostbare Zeit am Wochenende in Anspruch nahm. Sie konnte höchstens mit ihrer Mutter den Tatort gucken. Sie nickte. Sonntagabend um sechs.

»Soll ich dich nachher mit ins Lichtgrün nehmen?«, fragte er.

»Ist doch der Männerchortag«, sagte Tanja.

»Ich dachte, gegen Männer hast du nichts.« Trüber sah den Kommissar aus dem Auto steigen. Ausgerechnet jetzt, wo er mit einer jungen Blonden auf der Straße stand. Wurde er überwacht?

Tanja blickte auch zu Lüttich hinüber. »Der schon wieder.« Beide sahen sie zu, wie der Kommissar ins Tre Castagne ging.

»Ich komme mit ins Lichtgrün«, sagte Tanja.

Lüttich trank das alkoholfreie Holsten und sah zur Haltestelle hinüber.

Dieser Trüber hatte sich getrollt und mit ihm die Blonde, deren Haar hell leuchtete, wie es Tensis getan hatte und das von Sarah. Es gab endlos viele Mädchen mit hellen Haaren in dieser Stadt. Ginge es nur darum, müsste der Täter längst zum Massenmörder geworden sein.

Sigi Gerhard kam zu ihm und fragte, ob er sich setzen dürfe. Er sah schlecht aus. »Erzählen Sie«, sagte Lüttich.

»Ich bin von einer Krankheit überrollt worden. Das Ende ist offen.«

»Das ist es bei uns allen«, sagte der Kommissar.

»Sie haben einen konkreten Verdacht? Dass Sie hier sitzen?«

»Die Haltestelle«, sagte Lüttich, »haben Sie die im Auge?«

»Selten. Ich trage Getränke und Speisen hin und her. Bereite sie zu. Ich nehme an, meine Gäste könnten Ihnen mehr erzählen.«

»Wer sitzt denn hier oft?«

»Tanja. Die eben mit dem Chorleiter zusammen gestanden hat. Kennen Sie die beiden? Tanja sieht aus wie ein potenzielles Opfer. Blond und jung. Wenn auch nicht so schön wie Leni.«

»Leni kenne ich nicht«, sagte der Kommissar.

»Sie kennen Lucky, den Bruder von Max Oldelev. Und

Theo. Mit ihm haben Sie mal bei mir im Lokal gesprochen. Leni ist die Dritte im Bunde.«

Lüttich erinnerte sich. An das Mädchen, das er hier bei Sigi gesehen hatte. Das er hätte ansprechen sollen.

»Was halten Sie von dem neuen Kirchenmusiker?«

»Sie meinen den Chorleiter«, sagte Sigi. »Ein aufgeblasener Mensch. Doch sicher kein Mörder.«

»Gibt es einen, den Sie für den Mörder halten?«, fragte Lüttich.

Sigi Gerhard war überrascht von dieser offenen Frage des Kommissars. »Nein. Vielleicht kommt er ganz woanders her.«

Die zweite Haltestelle lag am Ponyhof. Kurz hinter dem Ortsschild, das den Namen des Stadtteils ankündigte. Weiße Schrift auf rotem Grund.

Lüttich fuhr langsam vorbei. Keine Seele stand an der Haltestelle.

Wie war das an einem Sonntagabend, wenn die Busse nur in großen Abständen fuhren? Ging ein junges Mädchen mit Gitarrentasche dann lieber ein Stück vor zur nächsten Haltestelle, statt herumzustehen?

Der Wirtschaftsweg lag gegenüber der Haltestelle. Der direkte Weg in den Wald. Auch zum abgelegenen Schuppen des Ponyhofes hatte man nur ein paar Schritte. Hier war es einsam. Säcke mit Leichen ließen sich wohl ungesehen über die Schulter werfen.

Die meisten Menschen nahmen den Weg über die Hauptstraße. Kaum einer fuhr noch die alte Landstraße entlang.

Lüttich hielt an und blickte in den Wirtschaftsweg hinein. Auf der anderen Seite waren die Weiden des Ponyhofes. Er sah einen Hund über die Weiden laufen und wusste nicht, dass es Troll war.

Troll, der die Leiche von Sarah gefunden hatte. Seitdem mied Trolls Mensch den Wald. Stöckchen, die Troll auffing. Löcher, die er grub. Auf den Weiden. Er war nach wie vor ein glücklicher Hund.

Trolls Mensch guckte hinüber zur Haltestelle, die »Am Wald« hieß.

Er sah den Wagen des Kommissars und deutete das falsch.

Hardy war spät gekommen, sie hatten schon drei Lieder gesungen. Der Chorleiter sah mit Sorge, dass er erschöpft aussah. Das ging nicht mehr so weiter mit Hardys Eltern. Eine professionelle Versorgung wurde nötig, dachte der Chorleiter. Er fühlte den Menschenfreund in sich. Kam alles von der Erleichterung, endlich zur Polizei gegangen zu sein und bei diesem Kommissar Glauben gefunden zu haben.

»Setz dich, Hardy«, sagte er und schob ihm ein unbenutztes Glas zu.

Sie waren fast vollzählig an diesem frühen Abend. Elf Männer. Dazu kamen im Kirchenchor sieben weibliche Stimmen. In anderen Chören hatte er immer einen Frauenüberschuss gehabt.

»Ich habe vor, Schuberts Schwanengesang mit euch zu singen«, sagte er laut in die schwatzende Runde hinein.

»Was ist mit Trinkliedern, Dankwart?«, fragte einer der Sänger.

»Ich spreche hier vom Kirchenchor«, sagte Trüber. Doch es interessierte sich keiner für Schubert.

»Eine neue Haarfarbe«, sagte Hardy, als die Wirtin einen weiteren Krug Wein hinstellte. »Steht dir gut, dieser Ton.«

Tanja hatte sich neben Nils gesetzt, der ein wenig aufzutauen schien.

»Was gibt es zu essen, Gila?«, fragte der Chorleiter. Alle Säfte flossen in ihm neu. Er hatte großen Appetit.

»Mit vollem Mund singt sich schlecht«, sagte einer.

»Ich kann euch Bratkartoffeln mit Sauerfleisch anbieten. Aber nicht für ein Dutzend Leute. So große Pfannen habe ich nicht.«

»Unsere Sauerfleischspezialistin«, sagte der Gärtner von Adolphs.

Doch nur der Chorleiter und noch drei andere wollten zu Abend essen. Die meisten von ihnen wurden später zu Hause erwartet.

»Dann ein Trinklied«, sagte Dankwart, »im Kanon.« Er setzte an. »Keinen Tropfen im Becher mehr und der Beutel schlaff und leer.«

»Kennen wir nicht«, sagte einer.

»Lechzen Herz und Zunge«, sang Dankwart. »Hört zu, wie ich es euch einmal vorsinge. Ein Trinklied aus dem neunzehnten Jahrhundert.«

Doch ihm fiel die nächste Zeile nicht ein.

»Hoch die Tassen«, sagte der Gärtner.

Es wurde nicht mehr gesungen an diesem Abend. Dabei war es die letzte Gelegenheit in der Saison gewesen, das im Freien zu tun.

»Ein silberfarbener Audi ist am Wald gesehen worden. Der Zeuge fand ihn verdächtig. Der Wagen hat vor der Einfahrt zum Wirtschaftsweg angehalten«, sagte Lüttichs

Kollegin. »Es ist der Zeuge, der die tote Sarah gefunden hat.«

»Der Mann mit dem Hund«, sagte Lüttich, »der hat sich gemeldet?« Er hatte gerade sagen wollen, dass sie dieser Sache nachgehen sollten, als es ihm einfiel. »Wann hat er den Audi gesehen?«

»Gestern Nachmittag. Kurz nach vier.«

»Das war ich.« Er erinnerte sich an den Hund mit dem rötlichen Fell, dem Stöckchen geworfen worden waren.

»Da haben wir mal einen Zeugen und wieder ist es nichts.« Imke klang enttäuscht.

»Gestern hatten wir den Herrn Chorleiter hier. Sei nicht undankbar. Gibt es was Neues von diesem Doktor?«

»Das liegt auf deinem Schreibtisch«, sagte Imke Karle.

Der Kommissar grub nach dem grauen Kuvert des Labors. Viel zu viel unerledigter Kram. Er hatte seit Tagen keinen Bericht geschrieben. Das konnte nur Ärger geben.

»Ich kann es dir sagen. Ehe du dich weiter archäologisch betätigst. Der Doktor ist der Narkosearzt aus Helenenlund.«

»Haben wir was über die Hinterleute dieses Drogenhandels erfahren?«

»Oldelev schweigt nach wie vor dazu.«

»Ich glaube, der Junge weiß es nicht«, sagte Lüttich.

»Und was hat dein silberfarbener Audi gestern am Wald gemacht?«

Lüttich erzählte es ihr.

Der zweite Tag der Herbstferien. Theo hatte nur ein Rezept für Ma abholen wollen, doch der alte Arzt bat ihn in sein Sprechzimmer und forderte Theo auf, sich in einen der beiden Ledersessel zu setzen.

»Du hast deiner Mutter von dem kleinen Rickie erzählt.«

»Ich kenne gar keinen kleinen Rickie«, sagte Theo.

»Das Kind, das von Jan Ellerbek im Wald vergraben wurde. Deine Mutter war sehr aufgewühlt von dieser Geschichte. Wahrscheinlich dachte sie dabei an den Tod ihres Töchterchens.«

»Ich wusste nicht, dass das Kind Rickie geheißen hat.«

»Rickie Cassen«, sagte der Arzt, »die Familie hat in dem Haus gelebt, in dem heute Tanja und ihre Mutter wohnen.«

»Ellerbeks Haus. Unseres. Das nebenan. In allen drei Häusern sind die Familien ins Unglück gestürzt worden«, sagte Theo.

»Ich hoffe nicht, dass ihr immer noch unglücklich seid«, sagte Bunsen.

»Zwischen Ma und Pa läuft es nicht gut. Und meine Mutter hat sich in jemanden aus dem Chor verguckt.«

»Vielleicht versucht sie, Leichtigkeit nachzuholen. Seit zwanzig Jahren lebt sie mit dieser Last, an Annikas Tod schuld zu sein.«

Theo nickte. Es erleichterte ihn, sich dem alten Arzt anzuvertrauen Sonst konnte er nur mit Lucky darüber sprechen und der hielt ein intaktes Familienleben schon lange für ein Märchen.

Bunsen stand auf, als das Telefon klingelte. Theo hörte ihn ein paar beruhigende Worte sprechen. »Ich muss zu Henzes«, sagte der Arzt. »Der alte Mann ist von seiner Demenz erlöst.«

Er griff zu seinem Arztkoffer, der aussah, als habe ihn schon Professor Sauerbruch benutzt. Gemeinsam gingen Theo und er aus dem Haus. Der Arzt gab ihm die Hand.

»Ich danke dir für dein Vertrauen, Theo«, sagte er, »und ich bitte dich, ein Auge auf deine Mutter zu haben.«

Er hatte sie vor der Haltestelle am Ponyhof aufgepflückt. »Herr Trüber bat mich, Sie nach Hause zu bringen. Die Busse fahren so selten am Sonntag. Er bedauert, das nicht gleich vorgeschlagen zu haben.«

»Sie kennen Herrn Trüber?«, hatte Sarah gefragt.

»Ein guter Freund von mir. Er hat schon viele Talente entdeckt.«

»Ich wohne aber in Harburg. Das ist weit.«

»Das macht nichts«, hatte er gesagt.

Die Gitarre hatte sie auf den Rücksitz gelegt.

Er hatte die Stiefel vom Beifahrersitz genommen, um Sarah Platz zu machen. Der Tüllrock war ihr hochgerutscht beim Einsteigen.

»Würden Ihnen solche Fellstiefel gefallen? Ich will sie meiner Freundin schenken und bin mir doch sehr unsicher, ob eine junge Frau die mag.«

»Doch«, hatte Sarah gesagt. »Die sehen auch im Sommer an nackten braunen Beinen richtig stark aus.«

»Da habe ich also einen guten Griff getan.«

»Warum halten Sie wieder an?«, hatte Sarah gefragt.

»Damit Sie die Stiefel anprobieren können. Ich will nur wissen, wie sie aussehen an nackten braunen Beinen.«

Sarah hatte gezögert und dann dem guten Freund von Herrn Trüber doch den Gefallen getan. Was war es, das ihr auf einmal so verdächtig vorkam, dass sie aus dem Wagen gesprungen und losgerannt war? Sogar ihre Gitarre hatte sie zurückgelassen.

Er hatte Sarah auf der hinteren Weide eingeholt.

Mit Hortensia war es einfacher gewesen. Tränenschwer

und nicht zum Denken bereit. Ihr schien alles egal zu sein.

Wenn sie sich auch gewundert hatte, dass ihr noch Aufmerksamkeit geschenkt wurde und Herr Trüber über ihr Nachhausekommen sann.

Nur der Wald war ihm an diesem Tag nicht einsam genug erschienen.

Doch das würde er nun wieder sein. So spät im Jahr.

»Du musst mehr essen«, sagte die Haushälterin, »du siehst verhungert aus.« Sie knallte das Tablett auf Lenis Schreibtisch.

Leni sah sie mit schmalen Augen an. »Ich bin nicht magersüchtig«, schrie sie der Hansen hinterher.

Sie war es tatsächlich nicht. Gestern Mittag hatte sie sich mit Paps am Hafen getroffen und er hatte sie ins Lutter und Wegner ausgeführt.

Das Wiener Schnitzel, das Leni gegessen hatte, hätte zwei Personen satt gemacht. Einer ihrer besseren Momente miteinander. Draußen fuhren die großen Schiffe vorbei. Das Internat erwähnte Paps nicht mehr. Auch Lenis Pläne nicht, Vegetarierin zu werden. Er schien sehr zufrieden damit zu sein, dass sie das Schnitzel verdrückte.

Leni griff in die Tüte mit Kartoffelchips, die sie in der halb offenen Schublade ihres Schreibtisches hatte, und ignorierte Spinat und Rührei. Was war das denn für eine Krankenkost.

Irgendwie verbrannte ihr Körper wohl gerade sehr viel. Von Schnitzel und Chips hätte sie früher ein Kilo mehr auf der Waage gehabt. Doch sie blieb dünn. Eigentlich gute Voraussetzungen für eine Karriere als Model.

Obwohl auch diese Idee sie kaum vom Hocker riss.

Leni stellte das Tablett auf den Fußboden und fasste den Fragebogen für diese Casting Agentur mit fettigen Fingern an.

Theo mit seinen Träumen. Philosophie studieren und dann den Leuten die Ohren vollschwafeln. Ein paar Semester lang nach Paris gehen. Am liebsten wohl mit ihr. Leni grinste.

Ihre Hand griff in die Schublade hinein und verfehlte die Chipstüte. Eine silberne Schablone, die sie da in den Fingern hatte. Lila Tabletten. Die Veilchenpastillen. Die hatte sie in die Schublade gelegt, als die geilen weißen kamen. Leni drückte gleich vier aus der Schablone.

Vielleicht sollte sie Max mal besuchen. Einfach aus Nettigkeit. Wenn das ging. Doch die ließen wahrscheinlich nur die engste Familie zu ihm.

Leni guckte auf den Fragebogen und sah die fetten Flecken. Kein gutes Omen. Sie kicherte und zerknüllte ihn. Lustig sah dieser Fragebogen in dem Spinat der Hansen aus. Schien schon loszugehen, der Trip.

Noch ein paar Stunden, bis sie Theo und Lucky traf. Bis dahin war sie sicher wieder runtergekommen.

Tanja kam bei der zweiten Strophe der »Liebesbotschaft« ins Lachen und hörte nicht mehr auf. Vielleicht waren es die Zeilen des Gedichtes, das Schubert vertont hatte, und das den verklemmten Nils Freygang dazu brachte, ihr in die offene Bluse zu gucken.

»Die sie so lieblich am Busen trägt«, sang der Chor, und Tanja lachte.

Der Chorleiter hatte kein Stöckchen, mit dem er laut und hart hätte aufklopfen können. Doch seine Miene wurde eisig.

»Mäßige dich, Tanja«, sagte er. »Du hältst uns alle auf.«

Doch Tanjas Lachen ging in ein Quieken über. Sie fing an, die drei oberen Knöpfe ihrer Bluse zu schließen.

»Du kannst dein erstes Solo haben«, sagte der Chorleiter. »Also los. Setz ein bei ›All ihre Blumen im Garten gepflegt‹.«

Tanja atmete tief ein und kam ohne Lachen durch die ersten zwei Zeilen. Da passierte es. Einer der Knöpfe platzte ab. Ein mittlerer, der viel freigab. Tanja trug keinen BH. Tanja lachte. Einige grinsten.

Dumme Gans, dachte Theos Mutter.

Nils Freygang war knallrot angelaufen und hatte zu zittern begonnen.

Er sieht aus wie eine gekochte Ratte, dachte der Chorleiter, der sich mit diesem Gedanken kurz von Tanja ablenkte.

»Geh nach Hause, Tanja«, sagte er. »Zieh dir etwas anderes an. Für dich ist die Probe zu Ende.«

Tanja ließ sich Zeit, bevor sie die Kirche verließ. Doch sie störte nicht mehr. Kein Lachen. Keine abplatzenden Knöpfe.

»Neigt sich die Sonne mit rötlichem Schein, wiege das Liebchen in Schlummer ein«, hörte Tanja, als sie die Kirchentür schloss.

Sie war fast schon zu Hause angekommen war, da kam ihr der Bestatter entgegen. Er trug einen Mantel mit Hirschhornknöpfen über dem Arm.

Theo hatte die helle Taschenlampe dabei. Doch solange er nicht in das Licht guckte, sondern nur den hellen Flecken sah, den die Lampe auf den Kellerboden warf, taten ihm die Augen kaum weh.

Er führte Leni und Lucky in Ellerbeks Haus hinein.

Sie hatten sich bei ihm getroffen. Dienstagabend. Ma war im Chor. Pa hatte seinen langen Tag in der Verwaltung. Leni saß auf der Fensterbank des Giebelzimmers und blickte zum dunklen Haus hinüber.

»Ich will ins Geisterhaus«, sagte sie.

Theo hatte gezögert. Doch die Vorstellung, dass Ma gleich hier hineinplatzen könnte, oder schlimmer noch sein Vater, ließ ihn darauf eingehen. Seine Eltern mussten nur Lenis Augen sehen, um zu wissen, dass sie auf Droge war. Theo wollte keine Diskussionen über Leni führen.

Der Himmel hatte noch eine letzte Spur von Rot am Horizont gehabt, als sie zum Haus hinübergegangen waren. Nun war es dunkel.

Theo sah sofort, dass der schwere Mantel mit den Hirschhornknöpfen fehlte. Er bückte sich und hob den einzelnen Knopf auf, der im Flur lag.

Vermutlich der, der lose an einem Faden gehangen hatte.

Theo steckte ihn ein. Das Holzscheit lag noch neben dem Sessel, wo er es bei seinem letzten Besuch hingelegt hatte. An der Wand hing die Zeichnung von der Kirche, dort wo die kleine Pendeluhr gewesen war.

»Geil«, sagte Leni. Keiner wusste, was sie meinte. Sie ließ sich in den Sessel fallen und holte eine silberne Schablone hervor.

»Lass stecken«, sagte Lucky. Acht lila Tabletten in der Schablone.

»Ihr könnt eine haben«, sagte Leni.

Theo und Lucky lehnten beide ab. »Hör bitte auf damit«, sagte Theo.

»Es gibt einfach ein geiles Gefühl.« Leni fing an zu weinen.

»Na, wenn das kein gelungener Abend ist«, sagte Lucky.

Sie guckten Leni an, die in Ellerbeks Sessel saß. Ein Häuflein Elend.

Nur noch ihr Haar glänzte wie ein Heiligenschein.

Erstaunlich, so ausgemergelt, wie Leni war.

Lucky nahm sich vor, Lenis Vater anzusprechen, sobald der das nächste Mal in der Werkstatt aufkreuzte. Es musste etwas geschehen.

Kringel war doch auch auf Entzug in Mariahilf.

Nils Freygang hätte sterben können vor Scham. Er hatte noch nie gesehen, wie sich eine Frau derart entblößte. Dass ausgerechnet Tanja es getan hatte, die er gerade zu verehren angefangen hatte, verletzte ihn.

Er war nach der Probe in die Dachwohnung hinaufgestiegen, die er seit einem Jahr bewohnte. Mit Blick auf den Parkplatz von Penny. Wenn er sich weit aus dem Küchenfenster beugte, erhaschte sein Blick auch den Turm der Kirche. Doch er beugte sich selten hinaus.

Freygang stand in der Küche und briet sich ein Spiegelei. Einen grünen Salat dazu, zwei Scheiben Brot. Er aß keine Tiere.

Er hatte noch nie eine Freundin gehabt. Seine Hässlichkeit konnte er keiner zumuten. Doch Tanja hatte ihn angelacht im Lichtgrün.

Nils Freygang setzte sich an den kleinen Holztisch von Ikea und nahm seine einsame Mahlzeit ein. Er hatte große Sorge, nicht mehr singen zu dürfen im Chor. Er war auffällig geworden heute Abend.

Er guckte auf das schwarzweiße Poster, das an der Wand gegenüber hing. Die Silhouette von Manhattan. Auch das von Ikea.

Er wusste nicht, wie sein Leben weitergehen sollte.

Eine kleine Wohnung. Ein kleines Auto. Ein kleines Selbstvertrauen.

Die Welt war zu groß für ihn.

Pas langer Dienstag hatte noch nie so lange gedauert. Theo stieg hinunter in die Küche und fand Ma am Tisch sitzen.

»Kannst du mir sagen, wo er bleibt?«, fragte sie. »Er ist so seltsam in letzter Zeit. Früher war er immer nur hier.«

Theo hätte Ma gerne von Leni erzählt. Von seiner Sorge um sie.

Lucky hatte Leni eben nach Hause verfrachtet. Sie war schrecklich müde geworden, nachdem die Droge nicht mehr wirkte.

»Ich liebe ein Mädchen, das rauschgiftsüchtig ist.«

Nein. Das konnte er nicht sagen. Schon gar nicht seiner Mutter.

»Vielleicht kann Pa es nicht aushalten, dass Annikas Tod kein Geheimnis mehr ist«, sagte Theo. »Das Schweigen hat Pa wohl geholfen, ihren Tod zu verdrängen.« Er hatte das Gefühl, älter zu sein als seine Eltern.

»Bin ich denn ein Leben lang schuldig?«, fragte seine Mutter.

»Nein, Ma.« Theo fühlte sich müde wie Leni.

Das Gerücht fand an einem Freitag ins Lichtgrün. Die Wirtin hörte es von einem Gast, der an ihrem Tresen saß. Der lange Tisch im Garten stand zusammengeklappt an die Hauswand gelehnt.

»Der Sohn vom alten Ellerbek soll gesehen worden sein.«

»Geht es etwas genauer?«, hatte Gila gefragt.

»Ein graublonder Kerl mit einem Segeltuchbeutel über der Schulter. So einen haben doch die Seeleute«, sagte der Gast.

»Seemannslieder hat er nicht gesungen?« Gila klang genervt.

»Ich war selbst nicht dabei.« Der Gast musterte Gila aufmerksam. »Das hellrote Haar hat mir an Ihnen besser gefallen.«

Das Gerücht hielt sich. Doch Gila Lichtgrün fand keinen, der Jan Ellerbek mit eigenen Augen gesehen hatte. Sie sprach Lucky bei der ersten Gelegenheit darauf an. »Weiß dein Freund was davon?«

Theo wusste von nichts. Ma stand in der Küche und putzte Pilze. Pfifferlinge, Maronen, Rotkappen. Ein paar Steinpilze. Sie hatte den besten Blick auf Ellerbeks Haus. Doch drüben war alles still.

Die Pilze hatte Pa im Wald gesammelt. Im holsteinischen Teil. Im kleinen Wald gab es hier und da einen Gallertpilz, der an Baumstümpfen wuchs und dabei war, das Holz zu zersetzen.

Pa hatte sich krankschreiben lassen. Ma erinnerte sich nicht, dass das schon mal vorgekommen war. Störung des vegetativen Nervensystems.

Theos Vater klagte über Kopfschmerzen. Doch sein Arzt war nicht der alte Bunsen. Dem traute Pa nicht.

»Das sind die letzten Pilze«, sagte Pa, als sie die Steinpilze mit Nudeln aßen. »Es ist zu kalt geworden.«

»Würdet ihr Jan Ellerbek erkennen?«, fragte Theo.

Pa und Ma guckten von ihren Tellern auf.

»Er soll gesehen worden sein«, sagte Theo.

»Dass du mich mal besuchst.« Lucky wischte sich die ölverschmierten Hände ab.

»Ich dachte, am letzten Tag der Ferien sehe ich dir mal bei der Arbeit zu.« Theo fing den Blick des Werkstattmeisters auf.

»Quatschen könnt ihr in Luckys Pause«, sagte der.

Lucky sah zu der großen Uhr. »Die ist in einer Viertelstunde«, sagte er, »geh schon mal ins Tre Castagne rüber.«

Sigi saß an einem der kleinen Tische im hinteren Teil des Lokals und las die Zeitung. Er sah aus, als käme er allmählich wieder zu Kräften.

Sie bestellten beide eine große Cola. Als Lucky das Glas anfasste, sah Theo, dass er noch Schmieröl unter den Nägeln hatte. Gegen Luckys Pranken hatte er Hände wie ein Mädchen.

»Hast du von Leni gehört?«, fragte Theo.

»Die liegt mit einer Erkältung im Bett. Das hat mir ihr Vater gesagt.«

»Hast du ihn mal auf die Drogen angesprochen?«

»Hab ich. Er hat total dichtgemacht, als ich das sagte.«

»Verdrängung«, sagte Theo. »Dazu neigen Väter.«

Tanja kam zur Tür herein. Auch eine, die herumhing und nichts mit sich anfangen konnte. Wie Leni, dachte Theo. Doch Tanja war vier Jahre älter als Leni. Da wog es schwerer.

»Mach mir einen großen Latte«, rief sie Sigi zu. Tanja schien jeden zu duzen. Sogar den Chorleiter, hatte Theos Mutter gesagt.

Tanja setzte sich zu ihnen, ohne lange zu fragen. Irgendwie fing sie an, etwas Dreistes zu kriegen. »Habt ihr gehört, dass Jan Ellerbek zurückgekommen sein soll?«, fragte sie. »Hast du ihn gesehen, Theo?«

Zum ersten Mal fiel es Theo auf, dass Tanja auch einen guten Blick auf Ellerbeks Haus hatte. »Nein. Du?«, fragte er.

»Ich sehe nur dich gelegentlich zu Ellerbek schleichen«, sagte Tanja. »Und dich auch.« Sie sah Lucky an. »Wie kommt ihr eigentlich da rein?«

Theo schwieg. Wieso war er nicht darauf gekommen, dass Tanja den lieben langen Tag nichts zu tun hatte?

»Wir räumen hinterm Haus auf«, sagte Lucky. »Liegt noch Schrott rum, den ich gut für Autobasteleien gebrauchen kann.«

»Ach so«, sagte Tanja. »Ich habe gedacht, ihr geht ins Haus.«

»Siehst du«, sagte Lucky, »so kann man sich irren.«

Theo nickte. Verdammt schlau von Lucky.

Später, als er Lucky noch bis zur Werkstatt brachte, fragte Theo, ob da wirklich Schrott liegen könnte.

»Wir sollten mal ums Haus herumgehen«, sagte Lucky.

»Könntest du dir vorstellen, dass dein Vater heimlich eine Frau trifft?«

Theo sah von dem Buch über die Achtundsechziger-Bewegung auf. Von seinem Lehrer empfohlen. Auch ein Abschied von der Vaterwelt. »Warum glaubst du das?«

»Weil er sich mir entzieht«, sagte seine Mutter.

»Du hast dich doch ihm entzogen.«

»Das ist nicht wahr«, sagte Ma. »Du interpretierst zu viel da hinein.«

»Ich weiß«, sagte Theo, »du hattest keinen Sex mit diesem Hardy.«

Doch er fand auch, dass sein Vater sich verändert hatte, und in manchen Momenten machte ihm das Angst.

»Vielleicht denkt er einfach über sein Leben nach und zieht sich darum zurück«, sagte Theo, der angehende Philosoph.

Ein Gespräch mit Pa fiel ihm ein. »Glück ist kein Kriterium«, hatte sein Vater gesagt, »es geht doch nur um Funktionieren.« Mit diesen dämlichen Ansichten ließ sich eine Lebenskrise kaum vermeiden.

»Wenigstens hat es keinen weiteren Mord mehr gegeben«, sagte Ma.

»Das ist ein merkwürdiger Gedankensprung«, sagte Theo. »Als ob du für möglich hältst, dass Pa was mit den Morden zu tun hat.«

Ma sah ihn erschrocken an. »Das habe ich nicht gemeint.«

»Ich kann mir nicht vorstellen, dass er eine Frau trifft«, sagte Theo. »Hat er nicht gesagt, dass er ins Museum der Arbeit wollte?«

Leni hatte Schnupfen, doch das war nicht der Grund, warum sie im Bett blieb. Sie fühlte sich scheußlich, seit ihr nun auch die Veilchenpastillen ausgegangen waren. Schlapp und zittrig.

»Komisch, dass du gar kein Fieber hast«, sagte die Haushälterin und nahm das Thermometer, um es zu desinfizieren.

Ihr Vater legte ihr die Hand auf die Stirn und fand sie eher zu kühl als zu heiß. »Nimmst du Drogen, Lenchen?«, fragte er.

Nicht mehr, Paps, dachte Leni. Das ist das Problem.

Sie schüttelte den Kopf und spürte einen heftigen Schwindel.

Lenis Vater fragte die Hansen nach einem Arzt im Ort.

Die Haushälterin kannte nur den alten Bunsen. Der war Paps nicht gut genug. Er dachte daran, einen Spezialisten kommen zu lassen. Doch einen Spezialisten wofür? Vielleicht hatte Lucky doch recht gehabt.

Theo stand vor der Garage und pumpte die Reifen seines Fahrrades auf, als er Tanja aus ihrem Haus kommen sah. Ziemlich aufgerüscht. Zu früh am Abend für die Disko und zu dick aufgetragen fürs Tre Castagne.

Vielleicht gab es am Sonntagabend noch irgendwo einen Wettbewerb für die Schönste im Dorf? Tanja drängte doch auf die Bühne.

»Morgen wieder Schule?«, rief sie ihm zu.

Theo nickte leidenschaftslos. Fehlte nur, dass sie noch mal sagte, er sei groß geworden. Tussi, dachte er.

Er sah sie die Straße entlanggehen und zur Kirche abbiegen. Was tat sie denn da? Ihr Stündchen mit dem Chorleiter fand doch am Mittwoch statt. Theo stand auf, stellte das Rad zurück in die Garage und ließ das Tor auf. Pa war noch nicht zurück vom Museum.

Die Fenster in ihrem Haus waren dunkel. Kein Licht in der Küche. Auch nicht im Fernsehzimmer. Ma war wohl in einem der Zimmer, die nach hinten lagen. Eine gute Gelegenheit, mal um Ellerbeks Haus herumzugehen. Noch war Tageslicht. In einer halben Stunde würde es schon dunkel werden. Theo fand, dass der Herbst sich dramatisch schnell über den Sommer gestülpt hatte in diesem Jahr.

Kein Schrott hinterm Haus. Pure Phantasie von Lucky. Ein paar Kübel standen da, die Ellerbek wohl noch hatte bepflanzen wollen. Der volle Sack Erde daneben. Eine Leiter lag horizontal an der Wand.

Der letzte Sonnenstrahl des Tages fiel auf die Leiter. Theo kniff die Augen zusammen. Irgendwas hatte geblitzt. Er machte die Augen auf und sah Glasscherben an der Hauswand. Er hob den Kopf und sah zu den Fenstern hoch. Im Giebel war eine Scheibe zerbrochen. Was war denn das für ein Fenster? Da oben gab es nur ein einziges Zimmer und das ging zur Straße hinaus.

Theo holte das Handy aus der Tasche seiner Jeans. Immer greifbar, seit Leni in seinem Leben war. »Hast du Zeit?«, fragte er.

»Hab gerade mein Bier ausgetrunken«, sagte Lucky.

»Kein Schrott hinterm Haus«, sagte Theo, »aber was anderes.«

Zu aufgetakelt, dachte der Chorleiter, als Tanja zur Tür hereinkam. Eigentlich hatte er kaum noch Lust auf sie, seit ihrem Affentheater bei der Probe. Tanja spürte sofort, dass er ihr nicht gewogen war.

»Willst du meine Brüste sehen?«, fragte sie.

»Später«, sagte Dankwart. »Vorher gehen wir den Schubert durch.«

»Ich glaube nicht, dass dieser Schwanengesang mir gefällt.«

»Du wirst singen, was ich ausgesucht habe. Oder willst du aus dem Chor austreten?« Nein. Das wollte Tanja nicht. Ihre Karriere war noch in der Planung und ein bisschen Unterricht konnte kaum schaden.

»Das ist doch schwachsinnig«, sagte sie nach einer halben Stunde Singen. »Ein letztes Mal noch«, sagte der Chorleiter, der am Klavier saß.

»Ich hab von deiner weißen Hand die Tränen fortgetrunken«, sang Tanja. Heute fand sie es eher zum Weinen als zum Lachen.

»Jetzt die Brüste«, sagte Dankwart Trüber und stand vom Klavier auf.

Es war dunkel, als Lucky eintraf. Theo hatte die Taschenlampe geholt und vor der Garage gewartet, in der noch immer kein Wagen stand.

»Was hat das denn so lang gedauert?«, fragte er.

»Sigi hat sich von seiner Serviererin ablösen lassen, und bei der zu bezahlen, ist ein Geduldsspiel«, sagte Lucky.

In der Küche war Licht, doch Ma schien vor dem Fernseher zu sitzen. Schon komisch, dass sie jetzt allein davor saß. Vermutlich versuchte sie sich abzulenken. Ma machte sich echt Gedanken um Pa.

»Und was ist hier los?«, fragte Lucky.

Theo führte ihn um Ellerbeks Haus und leuchtete Leiter und Scherben an. »Sieht ganz so aus, als ob hier jemand noch einen anderen Weg ins Haus gefunden hat«, sagte er.

Lucky guckte es sich an und schüttelte den Kopf. »Und dann mit dem schweren Koffer die Leiter runter? Das kann ich mir nicht vorstellen.«

»Was stellst du dir denn vor?«

»Dass er über die Leiter reingekommen ist und dann durch die Haustür wieder rausgegangen.«

»Die Tür hab ich die ganze Zeit im Blick gehabt.«

»Vielleicht ist er dann doch durch den Keller raus.«

»Wir sollten ins Haus reingehen«, sagte Theo. »Ich will

wissen, was das für ein Fenster da oben ist. Bei uns gibt es kein zweites Zimmer im Giebel und mir ist hier auch keines aufgefallen.«

Lucky sagte nichts. Doch er fand, dass Theo anfing, ziemlich besessen zu sein von diesem Haus und dem Geheimnis um Jan Ellerbek.

»Hattest du Schiss, allein ins Haus zu gehen?«, fragte er. Er konnte sich viel Anregendes vorstellen für einen Sonntagabend. In ein dunkles, leeres Haus einzusteigen, gehörte definitiv nicht dazu.

Theo machte sich an der Kellertür zu schaffen.

»Was willst du denn da?«, fragte Lucky. »Lass uns die Leiter hochklettern. Das ist der kürzeste Weg.«

»Aber davor habe ich Schiss«, sagte Theo.

»Stimmt«, sagte Lucky, »du bist früher schon auf keinen Baum geklettert. Dann steige ich hoch und du bleibst unten.«

Lucky stellte die Leiter auf.

Er sah Tanja aus der Kirche kommen. Nein. Nichts zwang ihn, ihr etwas anzutun. Abstreifen, den Gedanken. Er atmete tief ein.

Es hatte ohnehin keinen Zweck heute Abend. Sie wandte sich nach rechts zum Wald hin und wäre bald im Haus verschwunden.

Doch Tanja zögerte. Sie zögerte unter einer Straßenlampe und stand in deren Licht. Er lächelte und konnte doch nicht das Zittern wegläche1n, das seinen ganzen Körper durchlief. Tanja hatte sich entschieden, nach links zu gehen. Dem Ortskern zu, der an einem Sonntagabend im Oktober nichts anderes als Ödnis war.

Er ging an der leeren Terrasse des Tre Castagne vorbei.

Die Jahreszeit hatte ihre Vorteile. Keiner auf den Straßen. Alle im sicheren Hort.

Vor seinen Füßen lag eine der letzten Kastanien. Er bückte sich.

Tanjas Schritte wurden schneller. Wohl kaum aus Angst. Er folgte ihr in großem Abstand, sie konnte ihn nicht bemerkt haben. Sie hatte es eilig. Eilig, zu irgendeinem Vergnügen zu kommen.

Hatte sie vor, zum Griechen zu gehen? Der lag am anderen Ende des Ortes. Vielleicht nahm sie die Abkürzung.

Kopfsteinpflaster. Sie stakste darauf herum. Hier standen ein paar altersschwache Häuser, die auf ihren Abriss warteten. Alles dunkel.

Welch ein Glück für ihn, dass sie die Abkürzung genommen hatte. Trotz der dünnen steilen Absätze unter ihren Schuhen. Tanja stolperte und er kam ihr näher. Jetzt hatte sie ihn gehört.

Er blickte sich um. Keiner hinter ihm. Nur Tanja da vorne. Sie zog ihre Schuhe aus und fing an zu laufen. Ihre dünnen Strümpfe würden bald durchgelaufen sein, dachte er. Er holte sie ein.

Tanja blieb jäh stehen und drehte sich um.

»Du?«, fragte sie und lachte erleichtert auf. Dann sah sie in seine Augen und ihr Gesicht verlor alle Farbe.

Theo war auf den ersten Sprossen der Leiter, als Lucky das Fenster unter dem Dach erreichte und seine Hand durch das große Loch im Glas steckte. »Schneid dich bloß nicht«, sagte Theo.

Lucky leuchtete in das Zimmer hinein.

»Trau dich mal hoch«, sagte er, »lohnt sich.«

»Was siehst du?«, fragte Theo.

Doch Lucky hatte schon die beiden Flügel des Fensters geöffnet und stieg in das Zimmer. Die Leiter wackelte, und Theo krampfte sich an den Sprossen vor ihm fest.

»Geht doch«, sagte Lucky, als Theo durch das Fenster kletterte. Er leuchtete mit der Taschenlampe die Tapeten ab und lenkte das Licht dann in die Mitte des Zimmerchens.

»Da ist der Koffer«, sagte Theo.

»Ist es der, den du vermisst?«, fragte Lucky.

»Ich habe ihn noch nie geöffnet gesehen, aber das scheint er zu sein.«

»Dann guck mal rein«, sagte Lucky und hielt die Lampe auf den Koffer.

Die ganze Kindheit des Jan Ellerbek schien in diesem Koffer zu sein. Erste Schuhe. Kurze Lederhosen. Wasserfarbenbilder. Ein Stoffhund.

»Wir müssen bei Tageslicht wiederkommen«, sagte Theo. »Es muss doch irgendein Foto von ihm dabei sein.«

Lucky blickte sich um. »Ich sehe hier keine einzige Tür«, sagte er. »Doch die Tapeten haben dasselbe Muster wie die nebenan.«

Ma und Pa saßen am Küchentisch, als Theo eine halbe Stunde später nach Hause kam. Sie aßen schweigend Schinkenbrote. Pa trank ein Bier dazu. Es sah nicht aus, als hätten sie sich gestritten.

»Wo warst du die ganze Zeit?«, fragte Ma. Pa sagte ausnahmsweise nichts dazu. Vielleicht wollte er das Thema nicht auf seine eigenen Abwesenheiten lenken. »Mit Lucky zusammen«, sagte Theo.

»Du kannst dich ruhig mal abmelden«, sagte Ma. »Ich

mach mir Sorgen, wenn ich gar nichts weiß. Wo es doch wieder so früh dunkel wird.«

Was sich Ma erst für Sorgen machen würde, wenn sie was wüsste, dachte Theo. »Der Mörder ist doch über alle Berge«, sagte er.

»Es gibt auch andere Gefahren. Willst du noch was essen?«

»Gern.« Theo nahm sich einen Teller aus dem Schrank und ein Messer aus der Schublade. »Wie war es im Museum?«, fragte er.

»Solltest du dir auch mal angucken«, sagte Pa. »Die haben eine Metallwarenfabrik nachgebaut. Medaillen und Abzeichen wurden da hergestellt. Anstecknadeln für die Winterhilfe der Nazis. Müsste einen Jungen, der Geschichte studieren will, interessieren.«

Theo hatte Pa immer noch nicht gestanden, dass er sich für Philosophie entschieden hatte.

»Dann bist du wirklich im Museum gewesen.«

»Wo hast du mich denn vermutet?«

Ma sagte nicht, wo sie ihn vermutet hatte. Theo zog die Brauen hoch.

»Was habt ihr für Geheimnisse miteinander?«

»Das hat hier doch Tradition«, sagte Theo. Er nahm eine Scheibe Brot, bestrich sie dick mit Butter und legte noch eine Scheibe Schinken drauf.

»Immer üppig«, sagte Pa.

»Du solltest auch viel mehr aus dem Vollen schöpfen«, sagte Theo.

Höchste Zeit, seinem Vater das mit der Philosophie klarzumachen.

Theo ließ die Schülerversammlung sausen, um noch bei

Tageslicht im Haus zu sein. In der Nacht hatte er vom zweiten Zimmer unter Ellerbeks Dach geträumt und war mit Herzklopfen aufgewacht.

Er schlich sich allein durch den Keller ins Haus. Lucky war in der Werkstatt.

Die Wände entlang der hellblauen Holztreppe hatten einen ähnlich grünlichen Ölanstrich wie die Wände in seiner Schule. Das fiel Theo erst jetzt auf. Hatte er auch oben zu flüchtig hingesehen?

Er trat in das Zimmer, das seinem Giebelzimmer gegenüberlag. Es war genauso geschnitten wie seines, nur dass die Tür hier gleich von der Treppe abging. Ein kleiner Absatz davor. Bei ihm drüben gab es eine Diele mit Bildern an der Wand und einer hellen Holztruhe, auf die seine Mutter die gebügelte Wäsche legte.

Theo ließ seinen Blick durchs Zimmer schweifen. Es war leer bis auf die schwere Gardine am Fenster. Kein Koffer. Keine Kastanie.

Er sah Ma am Küchenfenster stehen. Ein Messer in der Hand.

Das Linoleum unter seinen Schuhen war weich. Hatten sie gestern in dem Zimmerchen auch auf einem weichen Fußboden gestanden?

Theo betrachtete die Wände. Alte-Leute-Tapeten, hatte Lucky gesagt. Ihn erinnerten die grünen Ranken eher an Urwald und Dinosaurier.

Zu lange durfte er nicht drauf gucken auf dieses Grün, obwohl es eher dunkel und matt war. Doch die Ranken waren unruhig vor den Augen, die Tapeten schief geklebt. Theo trat an die hintere Wand und fing an zu klopfen. Es klang, als klopfe er auf eine Kulissenwand.

Der kleine Knopf unter seiner flachen Hand war in dem grünen Geranke kaum zu erkennen. Theo drehte daran und stand in dem versteckten Raum, den sie gestern von außen betreten hatten. Kaum mehr als ein begehbarer Schrank. Jan Ellerbeks Zimmer war größer gewesen als sein eigenes. Der Grundriss ein ganz anderer.

Theo durchsuchte den Koffer. Ganz unten lagen zwei Dutzend Bücher von Karl May. Das hatte ihn so schwer gemacht. Keine Alben. Hatte der unbekannte Eindringling auch nach Fotos gesucht?

Und sie mitgenommen?

Theo verließ Ellerbeks Haus durch den Keller. Als er über die Straße ging, sah er einen silberblauen Streifenwagen näher kommen.

Lüttich ließ den Wald durchkämmen, kaum dass die Vermisstenmeldung am späten Montagnachmittag eingegangen war. Doch sie brachen die Suche in der Dunkelheit ab, ohne Tanja gefunden zu haben.

Ihre Mutter hatte in der nächtlichen Abwesenheit ihrer Tochter nichts Ungewöhnliches gesehen. Sorgen machte sie sich erst, als Tanja auch am Nachmittag noch nicht wieder da und ihr Handy abgestellt war.

»Ein Dreieck des Unglücks«, sagte Ma.

Theo sah sie an. Was war das wieder für ein düsterer Satz. »Was meinst du damit?«, fragte er.

»Tanjas Haus. Das von Ellerbeks. Unseres. In alle drei Häusern ist doch das Unglück eingezogen«, sagte seine Mutter. Hatte Theo nicht was ganz Ähnliches zu dem alten Arzt gesagt?

»Vielleicht taucht Tanja wieder auf. Du weißt doch, wie sie ist.«

Wie war Tanja? Tussi, hatte er gestern gedacht, als er sie davongehen sah. Sie schmiss sich schnell an Kerle heran.

Ma stand am Küchenfenster und sah in die dunkle Nacht hinaus. Pa saß oben vor dem Fernseher. »Ist das der Kommissar?«

Theo stand vom Tisch auf und blickte ihr über die Schulter.

Er sah Lüttich aus Tanjas Haus herauskommen und auf einen Audi zugehen, der am Straßenrand stand. Dann blieb er stehen und sah zu ihnen hinüber. »Er kommt zu uns«, sagte Ma.

Theo biss sich auf die Unterlippe. Sollte er Lüttich sagen, was sie in Ellerbeks Haus beobachtet hatten? Dass ein Unbekannter dort drin gewesen war? Bislang waren er und Lucky davon ausgegangen, dass das nichts mit den Morden im Wald zu tun hatte.

Er war auch jetzt nicht davon überzeugt.

Als der Kommissar am Küchentisch saß und Pa herunterkam, um sich dazuzusetzen, erzählte Theo nur, dass er Tanja kurz vor achtzehn Uhr gesehen habe. Aufgedonnert, als ginge sie zur Disko.

Doch sie war zur Kirche abgebogen.

»Ist da um diese Zeit ein Gottesdienst?«, fragte Lüttich.

»Nein«, sagte Theo, »doch Tanja hat Gesangsunterricht beim Chorleiter gehabt. Ich habe sie dort mal an einem Mittwochnachmittag getroffen. Vielleicht hat das ausnahmsweise gestern stattgefunden.«

Seine Mutter sah sehr überrascht aus. Sie schien tatsächlich nichts zu wissen von den Extrastunden, die Dankwart Trüber gab.

Die Miene des Kommissars hingegen blieb undurchdringlich. »Sie haben meine Telefonnummer noch?«, fragte er. Theo nickte.

Der Kommissar zögerte. Die Dritte im Bunde, hatte Sigi Gerhard gesagt. »Sie kennen ein Mädchen, das Leni heißt?«, fragte er und sah Theo an. Das taten Ma und Pa auch.

»Lucky Oldelev und ich sind mit Leni befreundet«, sagte Theo.

»Verraten Sie mir den vollständigen Namen Ihrer Freundin?«

»Leni Jacoby«, sagte Theo. »Eigentlich Helene. Was wollen Sie von ihr?«

»Ich habe Angst, dass sie ins Beuteschema passt«, sagte Lüttich.

Theo wurde blass. »Ich gebe Ihnen Lenis Telefonnummer«, sagte er.

Als Kommissar Lüttich das Haus der Ansorges verließ, war er sich über zwei Dinge im Klaren. Theo liebte Leni. Und alles lief immer wieder auf Dankwart Trüber zu.

»Wer ist dieser Jan Ellerbek, der zurückgekommen sein soll?«, fragte Hardy. »Kann er es gewesen sein?«

Er war der Einzige aus dem Männerchor, der an diesem Montagabend im Lichtgrün am Tresen saß. Keiner, den er von den anderen Gästen kannte. Er hatte einen halben Liter Wein vor sich stehen.

»Tanja ist ein leichtsinniges Huhn«, sagte die Wirtin. »Die kann sonst wo sein, und zwar höchst lebendig.«

»Die Leute von der Kripo scheinen es sehr ernst zu nehmen. Sie sind mit ganz großer Besetzung zum Wald angerückt.«

»Jan ist kein Mörder«, sagte Gila Lichtgrün.

»Du kennst ihn?«, fragte Hardy.

Gila nahm die Biergläser, die ein Gast auf den Tresen gestellt hatte, und begann, sie zu spülen. Holte ein neues der karierten Geschirrtücher aus einer Schublade und trocknete die Gläser ab.

»Sein Vater ist im Sommer gestorben«, sagte sie.

»Ich habe bei der Trauerfeier gesungen«, sagte Hardy. »Doch da war kein Sohn. Gar keine Verwandtschaft.«

»Dann weißt du doch, wer Jan ist. Der Sohn vom alten Ellerbek.«

»Und jetzt soll einer ihn mit einem Segeltuchsack gesehen haben?«, fragte Hardy.

»Ist nicht auszuschließen, dass er es war. Jan fährt zur See oder hat es zumindest getan, seit er achtzehn war.«

»Du scheinst ihn gut zu kennen. Willst du mir nicht sagen, in welchem Verhältnis du zu ihm stehst?«

Hardys Stimme klang erregt. Er griff zu seinem Weinglas.

»Bist du eifersüchtig?« Gila grinste. »Du solltest was essen. Der Krug ist ja schon leer. Ich kann dir ein Omelette machen, falls du kein Sauerfleisch magst.«

»Ich bin nicht hungrig. Doch du kannst mir noch ein Viertel Wein geben.«

»Dann lässt du das Auto aber stehen«, sagte die Wirtin.

»Wir sind nicht mehr zusammen, Gila.«

»Nein«, sagte sie, »ich bin gar nicht sicher, ob wir es je waren.«

Gila stellte ihm das Viertel hin. Sie bemerkte nicht, dass er den Wein hinunterschüttete, denn sie wurde durch andere Gäste abgelenkt.

»Du warst heute mein Gast, Hardy«, sagte sie, als er bezahlen wollte.

Sie sah ihm besorgt nach, als er das Lokal verließ.

Er war nicht glücklich hier in der Nähe seiner Eltern.

Hardy Diderot hätte in Frankreich bleiben sollen.

»Ich habe keine Ahnung, wo dieses Luder hingegangen ist«, sagte der Chorleiter, Lüttichs strengen Blick ignorierend. Er war davon überzeugt, dass Tanja sich spätestens morgen meldete, irgendeinem Lotterlager entstiegen. Was brockte sie ihm da ein? Er hatte die Kriminalpolizei gerade glücklich hinter sich gelassen.

»Ich beabsichtige, ihr nicht länger Gesangsunterricht zu erteilen«, sagte er. »Sie ist wenig talentiert und bringt mir den Chor durcheinander.«

»Inwiefern?«, fragte der Kommissar.

»Sie hat sich vor einem meiner besten Sänger entblößt und ihn völlig verstört. Es war der arme Kerl, der diese tote Georgierin gefunden hat.«

»Nils Freygang?«, fragte Lüttich. »Vor ihm hat sie sich entblößt?«

»Ihr ist ein Knopf von der Bluse geplatzt. Ein strategisch wichtiger Knopf. Sie hat es darauf angelegt. Dessen bin ich sicher. Nils ist rot angelaufen und hat zu zittern angefangen.«

»Können Sie mir mehr über Freygang sagen?«

»Er hat einen wunderbar vollen Bariton. Sollte man gar nicht glauben, wenn man ihn sieht.«

»Ist er sonst auffällig geworden?«

»Auffällig?«

»Ein erwachsener Mann, der rot wird und zu zittern anfängt, wenn einer jungen Frau ein Knopf von der Bluse abspringt.«

»Ihre Brüste waren zu sehen«, sagte Trüber mit einigem Unbehagen.

Der Kommissar beschloss, sich auch noch Nils Freygang vorzunehmen.

Tanja wurde in den Vormittagstunden des Dienstags im Wald gefunden. Nicht weit von der Stelle, in der Leni und Lucky im Moos gelegen hatten an einem Sommertag. Viel Laub war über Tanjas Körper geweht, der in einer Senke lag und nicht leicht zu finden war.

An ihrem Hals zeigten sich bräunliche Verfärbungen und kleine dunkle Flecken in Form von Halbmonden. Spuren von Fingernägeln. Ihre Augen waren weit offen und sahen erstaunt aus. Auf der Stirn hing ihr eine zu große Kosakenmütze. Dass sie aus einem Bisamfell war, würde Kommissar Lüttich erst am nächsten Tag erfahren.

Sternschnuppen

»Wusstest du, dass der November der Monat der Sternschnuppen ist?« Der alte Arzt drehte sich zu Theo um. »Ich habe lange Zeit geglaubt, es sei der August. Da ist der Löwe im Sternzeichen. Leo. Sternschnuppen werden auch Leoniden genannt.«

Theo hatte eine große Tasse Tee vor sich stehen. Kein schwarzes Teufelsgebräu, wie es der alte Ellerbek aufgegossen hatte.

Bunsen liebte hellen Darjeeling mit einem Schuss Milch.

Sie saßen in den Ledersesseln in Bunsens Sprechzimmer und sahen zum Fenster hinaus. Der zwölfte November war ein verregneter Tag.

Vor ein paar Stunden hatten sie Tanja zum Friedhof getragen.

»Dich bedrückt etwas«, sagte der Arzt.

Theo nahm die Tasse und zitterte ein wenig. Er hatte Sorge, eines der Bücher zu bekleckern, die sich auf dem Tisch stapelten, der vor den Sesseln stand. »Ich habe eine Information zurückgehalten. Lucky und ich haben das, wir beide. Weil wir dachten, es habe nichts mit den Morden zu tun. Doch ich bin mir nicht mehr sicher.«

»Ihr solltet zu diesem Kommissar gehen. Er macht einen guten Eindruck. Wenn er bisher auch noch nicht weitergekommen ist.«

»Ich würde es gern erst Ihnen erzählen, weil Sie die Familie kennen und die Vorgeschichte«, sagte Theo.

»Die Ellerbeks«, sagte Bunsen.

Theo nickte. »Wir waren im Haus. Zuerst ich allein. Dann Lucky und ich. Beim ersten Mal habe ich einen großen verschlossenen Koffer in dem Zimmer unterm Dach gefunden. Ich nehme an, dass es mal das von Jan Ellerbek war. Ich wollte ihn Lucky zeigen, doch da war dieser Koffer verschwunden. Nur ein leeres Zimmer.«

Er erwähnte die Kastanie nicht. Pas wegen? Weil sie unwichtig war?

»Warum wart ihr überhaupt in Ellerbeks Haus?«

»Ich habe nachts eine Taschenlampe durchs Haus tanzen sehen.«

»Und da wolltest du gucken, was los war.«

»Der alte Ellerbek und ich haben uns gut verstanden«, sagte Theo.

»Hast du einen Schlüssel?«

»Nein. Mein Vater hat einen. Den hat Ellerbek ihm wohl nach dem Tod seiner Frau gegeben. Falls mal ein Notfall ist.«

»Du hast den Schlüssel genommen.«

»Die Kellertür lässt sich leicht knacken.«

»Dann kann da ja jeder ein- und ausgehen.«

»Den Trick muss man kennen«, sagte Theo.

»Das ist aber nicht das, was dich bedrückt«, vermutete Bunsen.

»Lucky und ich haben zufällig entdeckt, dass hinten am Haus eine Fensterscheibe eingeschlagen worden war. Oben unter dem Dach. Ein Fenster zu einem Zimmer, von dessen Existenz wir gar nichts ahnten.«

»Eingeschlagen von jemandem, der den Trick mit der Kellertür nicht kannte«, sagte Bunsen.

»Wir sind hochgeklettert«, sagte Theo. Wie leicht sich

das anhörte. Er hatte es als Besteigung der Eiger Nordwand in Erinnerung. »Und da stand der Koffer. Geöffnet. Mit Kinderkram drin. Von Jan Ellerbek vermutlich. Einen Tag später habe ich die Tapetentür im anderen Zimmer gefunden. Derjenige, der im Haus war, kannte zwar nicht den Trick mit der Kellertür. Doch er wusste von dem Zimmer hinter der Tapete.«

»Ich finde es nicht ungefährlich, was ihr da tut.«

»Glauben Sie, dass es mit den Morden zu tun hat?«

Der alte Arzt sah lange vor sich hin. »Ist euch sonst was aufgefallen?«

»Ellerbeks Pendeluhr ist weg. Darüber hängt eine olle Zeichnung. Der Wintermantel aus Loden fehlt auch. Nur noch ein Knopf lag auf dem Boden im Flur.« Er zog den Hirschhornknopf hervor.

»Den hast du jetzt als Talisman?«

»Ja«, sagte Theo. »Lucky meinte, der Bestatter könnte die Uhr und den Mantel genommen haben.«

Bunsen nickte. Auch er schien es für möglich zu halten. »Meines Wissens gibt es nur noch zwei Menschen, die von dem kleinen Zimmer hinter der Tapetentür wissen können«, sagte er dann.

»Wer sind diese zwei Menschen, Doktor Bunsen?«

»Jan Ellerbek«, sagte Bunsen, »und der kleine Rickie.«

Theo sah ihn erstaunt an. »Wieso dieser Rickie?«

»Er hat oft bei Ellerbeks gespielt. Seine Eltern lebten ja gegenüber. Jan war so etwas wie sein Babysitter. Das Kind hat ihm völlig vertraut.«

»O Gott«, sagte Theo.

»Rickie konnte ein Satansbraten sein«, sagte der Arzt. »Er war erst vier, aber ziemlich aufgeweckt für sein Alter.«

»Sie glauben, einer von den beiden könnte zurückgekommen sein?«

Bunsen hob die Schultern. »Ich weiß es nicht.«

»Warum sollte einer von ihnen diese Mädchen töten?«, fragte Theo.

»Dafür habe ich keine Erklärung«, sagte der alte Arzt. »Doch du solltest das alles dem Kommissar erzählen.«

»Im ganzen Haus gibt es keine Fotos«, sagte Theo. »Nur eines von Ellerbeks Frau, das im Schlafzimmer steht.«

»Es hat zwei schwere Lederalben gegeben«, sagte Bunsen, »die hat Ellerbek mal mit mir durchgeblättert, als er mich noch ins Haus gelassen hat. Ich erinnere mich, dass in einem der Alben viele Fotos von Jan waren, auch welche, auf denen er zusammen mit Rickie zu sehen war. Zum Schluss wollte Ellerbek von Ärzten ja gar nichts mehr wissen.«

Der alte Arzt wirkte bedrückt, als Theo ihn verließ.

Theo zog die Kapuze seiner Regenjacke über, als er auf der Straße stand, und blickte in das Zimmer hinein, das in ein warmes rotes Licht getaucht war, als käme das von einem Kaminfeuer.

Bunsen saß noch in seinem Sessel.

Es sah aus, als habe er die Hände vor das Gesicht geschlagen.

Nils Freygang hatte den ganzen Schwanengesang auswendig gelernt und auch noch Schuberts Winterreise. Er wollte der beste Sänger sein, endlich anerkannt und zugehörig. Einer von ihnen, dachte er.

Der Chorleiter war ihm noch immer wohlgesonnen, doch es schien ihm, als ob die anderen im Chor Abstand hielten. Der Kommissar hatte einen Verdacht heraufbeschworen. Rattengesicht, dachte er. War ihm dieser Spott nicht nachgelaufen, seit er ein kleiner Junge gewesen war?

Am Ende war er immer verhöhnt worden. Auch von Tanja. Auch sie hatte ihn verhöhnt, als sie ihre Brüste entblößte.

Er trauerte um sie, die ihn einmal angelacht hatte. Nils Freygang stellte ihr ein Licht aufs Grab. Ein rotes Ewigkeitslicht.

Leni lachte, als er ihr die Schablonen zusteckte. Diesmal waren sie rot, diese Tabletten. Was würden sie bewirken? Sie holte den Geldschein hervor und schob ihn rüber und tänzelte aus dem Lokal.

Dass sie nicht längst auf die Kiezbars gekommen war. Die Jungs hinter der Theke hatten nicht nur Drinks.

Max, dachte sie, du fehlst mir, wir könnten es nett miteinander haben.

Dein kleiner Bruder ist ein Weichei gegen dich.

Sie mied Lucky und Theo, seit die nur noch von Zukunft und Entzug sprachen und versuchten, sich an ihre Fersen zu hängen. Auch der Kommissar ging ihr auf die Nerven, der bei ihnen gewesen war und Paps angestachelt hatte.

Sie bestimmte selbst, wann sie in Gefahr war.

Leni warf zwei der roten Tabletten ein und glaubte, fliegen zu können. Ein Glück, dass sie nicht gleich von der Brücke am Bahnhof sprang, um ihre Flügel zu heben und davonzuschweben und aufzuschlagen.

Den Namen, den Max endlich nannte, wollte keiner von ihnen glauben. Das konnte nicht der Hintermann des Doktors sein, der kleine miese Löcher in der ganzen

Stadt angemietet hatte, um dreckige Geschäfte mit Drogen zu machen! Eine lokale Größe. Parteiensponsor. Hohes Tier im Interessensverband der Pharmaindustrie. Hatte der höchstpersönlich neue Absatzmärkte geschaffen? Oder irrte sich Max?

Lüttich ließ einige Kollegen recherchieren. Ein paar Festplatten beschlagnahmen. Eine Wohnung am Hafen durchsuchen. Schließlich nahmen sie den Herrn in seiner Villa in Wellingsbüttel fest.

Max hatte sich nicht geirrt. Er saß geläutert im Holstenglacis. Dort hatte er gut und sicher gesessen. Doch nun dachte der Kommissar daran, dem Haftrichter vorzuschlagen, Max bis zu seinem Prozess auf freien Fuß zu setzen. Der Kommissar glaubte nicht, dass von Max noch einmal Gefahr ausginge. Die häusliche Wärme würde ihm guttun in diesem späten, dunklen Herbst.

Das Bisamrattenfell, das die tote Tanja auf dem Kopf getragen hatte, war von einem dunklen Braun. Winterfell vermutlich, obwohl auch das Sommerfell der Bisamratte weich war und dicht. Das Fell war zu einer Mütze im Kosakenstil verarbeitet worden. Im seidenen Innenfutter fand sich das Schild eines Kürschners, der sein Geschäft Ende der Sechzigerjahre geschlossen hatte.

»Wer würde denn auch heute noch freiwillig Pelz tragen«, sagte Lüttich.

»Genügend Leute«, sagte seine Kollegin.

»Wie war das mit Allerleirauh?«, fragte der Kommissar.

»Sie hat sich einen Mantel aus tausenderlei Fell gewünscht, weil sie glaubte, ihr Vater könne diesen Wunsch nicht erfüllen. Als ihm das unerwartet gelingt, versteckt sie sich vor ihm im Wald.«

»Inzestuöse Väter haben wir nicht. Das trifft auf keinen der Fälle zu.«

»Nein«, sagte Imke Karle, »es sind ja auch nicht die Mädchen, die sich in die Felle hüllen. Der Täter gibt ihnen damit seine Marke.«

»Er zitiert irgendwas«, sagte Lüttich.

»Wie weit bist du mit diesem Nils Freygang?«

»Er wird rot und zittert, wenn er die nackten Brüste einer Frau sieht.«

»Nicht gerade ein normales Verhalten für einen Mann von Mitte vierzig.«

»Aber es reicht noch nicht für einen Haftbefehl«, sagte Lüttich.

Er blätterte die Seiten der Alben um. Dunkle Lederalben. Jedes lag schwer auf seinem Schoß. Transparentes Papier mit Spinnwebmuster zwischen den einzelnen Seiten. Schwarzweiße Fotos. Im zweiten Album dann auch farbige Bilder. Vater. Mutter. Sohn.

Er suchte noch einmal nach dem Kick in diesen Alben. Bald würde der Kick sich verbraucht haben. Dann kam die Leere.

Sigi Gerhard gab es auf, den Text in der Illustrierten zu lesen, denn die Anspannung versteifte seinen Körper jedes Mal, wenn sich die Tür des Wartezimmers öffnete und die Assistentin den nächsten Patienten in das Arztzimmer bat. Das große weiße Kuvert mit den neuen Röntgenbildern hatte er vor gut einer Stunde vorne am Empfang abgegeben.

Eine Viertelstunde später war endlich er es, der aufgerufen wurde. Sigi Gerhard hatte das Gefühl, zur Schlachtbank geführt zu werden.

Er trat ein und sah die Röntgenbilder am Leuchtkasten. Sigi versuchte vergeblich, den Ausdruck im Gesicht des Arztes zu deuten.

»Ich zeige Ihnen etwas«, sagte der Arzt, und sein Finger glitt über die Schattenlandschaften der Röntgenaufnahmen.

Sigi schloss kurz die Augen, um gar nicht zu sehen, was da wieder nachgewachsen sein könnte oder größer geworden war.

»Gut, dass wir gleich mit großen Kanonen geschossen haben«, sagte der Arzt. »Die Tumore bilden sich zurück. Ich denke, Sie kommen erst einmal um eine Operation herum.«

»Und die Aussichten?«, fragte Sigi. Die Angst noch in der Stimme.

»Sie haben gute Chancen. Sehr gute.«

Sigi Gerhard, einstiger Student der Philosophie, Wirt des Tre Castagne, berührte den Boden kaum, als er die Praxis in der Innenstadt verließ, so erleichtert war er. Der Jungfernstieg schien blank geputzt in der tief stehenden Sonne dieses Novembertages. Die Alster glitzerte. Der Zorn in ihm war vergangen.

Theo zögerte noch, dem Kommissar von den Vorgängen in Ellerbeks Haus zu erzählen. Er fürchtete, das Haus damit für immer aus der Hand zu geben. Womöglich würden die weißen Overalls ins Haus kommen. Die Türen versiegelt werden.

An schlechten Tagen quälte ihn der Gedanke, die Aufklärung der Morde zu verhindern, an den guten Tagen dachte er, sich noch Zeit lassen zu dürfen. Am Tag vor Totensonntag fragte er Lucky, ob er noch einmal mit ihm ins Haus käme. Abschied nehmen.

»Was heißt Abschied nehmen?«, fragte Lucky. »Ihr habt alle den ganzen Trauerkram in der Birne. Meine Mutter hat sich bei Budnikowsky groß mit Grablichtern eingedeckt, dabei liegt nur Oma auf dem Friedhof.«

Sie verabredeten sich für drei Uhr am Nachmittag. Zwei knappe Stunden Tageslicht, die ihnen dann blieben.

Lucky ließ sich in Ellerbeks Sessel fallen, Theo setzte sich auf das Sofa, auf dem er nie einen hatte Platz nehmen sehen.

»Wäre doch eine geile Bude für deine Geburtstagsfeier«, sagte Lucky. »Ich denke mal, dass die Nachbarschaft begeistert wäre, wenn wir es krachen lassen. Kann doch nicht froh machen, neben einem Geisterhaus zu wohnen.«

»Ich denke mal, dass dann mindestens zwei Streifenwagen vor der Tür stehen und Ma und Pa mich höchstpersönlich am Kragen aus dem Haus zerren werden.«

»Dann bist du achtzehn und der King.«

»Du wirst bald neunzehn und tust auch nicht nur, was du willst.«

»Ich versuche, das gute Kind zu sein.«

»Hier unten haben wir nie gesucht«, sagte Theo.

»Können wir noch tun«, sagte Lucky, »zum Abschied.«

Doch sie blieben beide sitzen und guckten sich Ellerbeks Wohnzimmer an. Der Bestatter schien nicht mehr da gewesen zu sein. Auf den ersten Blick war noch alles vorhanden.

»Lädst du Leni ein?«, fragte Lucky.

»Ich habe nicht vor, eine Geburtstagsfeier zu veranstalten.«

»Stell dich nicht an. Es ist der achtzehnte.«

»Es ist acht Tage her, dass Tanja beerdigt wurde.«

»Ist doch auch noch eine Weile hin bis zum siebten Dezember.«

»Es wäre total pietätlos«, sagte Theo, »vergiss es.«

Lucky nickte. Er stand auf, um Ellerbeks Fernseher anzuschalten. Doch der Strom war wohl abgestellt worden.

»Wird Zeit, dass Jan Ellerbek kommt und die Stromrechnung bezahlt«, sagte Lucky. »Was sind denn das für Porzellanfiguren?«

»Schäferinnen. So hat Ellerbek sie genannt.«

»Können nicht viel wert sein. Sonst hätte sie der Bestatter mitgenommen.«

»Glaubst du, dass das Gerücht stimmt?«, fragte Theo.

»Dass der Bestatter klaut?«

»Das mit Jan Ellerbek. Dass er in der Gegend ist.«

»Wenn er das wirklich war, dann gibt es nur einen Grund, gleich wieder abzuhauen, ohne sich um das Haus zu kümmern.«

»Dann hat er mit den Morden zu tun«, sagte Theo.

»Genau«, sagte Lucky. »Glaubst du, Ellerbek hat noch irgendwo geistige Getränke stehen? Ein kleiner Schnaps wäre nicht schlecht.«

Theo stand auf. »Vielleicht in der Küche.« Im Regal stand nur noch das Eingemachte. Pfirsiche. Stachelbeeren. Beides hatte eine bräunliche Farbe angenommen. Im Küchenschrank befanden sich Gläser und Porzellan und alle möglichen Kochutensilien. Nicht mal Zucker und Salz waren mehr vorhanden. Auch Ellerbeks große Teebüchse mit der Teufelsmischung war weg. Der Keramiktopf mit den Kandisstückchen. Theo dachte beinah mit Wehmut an die klebrigen Hustenbonbons. Das einzige Alkoholische, das sie schließlich entdeckten, war ein Röhrchen Rumaroma.

»Das gibt die volle Dröhnung«, sagte Lucky. »Von Leni hört man auch nichts mehr. Oder hat sie sich bei dir gemeldet?«

»Ein krasser Übergang«, sagte Theo.

»Entschuldige. Sie fängt an, mir auf die Nerven zu gehen. Vielleicht hab ich mich an Max abgearbeitet.«

»Da machst du es dir zu leicht. Schließlich kamen die Drogen von Max.«

Theo sah Lucky an, dass ihn die Bemerkung verletzte. Lucky kehrte zum Sessel zurück. »Klar«, sagte er, »ich bin schuld.«

»Sei kein Idiot. Du weißt genau, dass ich das nicht meine.«

»Du meinst, wir hätten die verdammte Pflicht, Leni zu retten.«

»Genau das meine ich«, sagte Theo, »und auf sie aufzupassen.«

Wenn Leni es doch nur zuließe. Beuteschema, dachte Theo. Er hatte ihr vorgeschlagen, die Haare zu färben. Sie hatte ihm einen Vogel gezeigt.

»Haben wir uns genügend verabschiedet vom Haus? Oder willst du noch mal nach oben, um den Koffer anzugucken? Dann sollten wir das jetzt tun, ehe es ganz dunkel in der Hütte ist.« Luckys Laune hatte sich deutlich verschlechtert.

»Ist nicht nötig. Wir können gehen«, sagte Theo.

»Erzählst du nun dem Kommissar alles?«, fragte Lucky.

Theo nickte. »Ich rufe ihn Montag an.«

»Dann lass uns doch auch noch ein Andenken mitnehmen«, sagte Lucky. »Geht alles auf das Konto des Bestatters.«

»An was denkst du? Das Röhrchen Rumaroma?«

Lucky stand auf und steuerte das Bücherbord an. »Eine von den besser erhaltenen Schwarten.« Er nahm ein

Buch in die Hand. »Guck mal. Das sieht doch noch ganz gut aus. Rosamunde Pilcher. Das hat bestimmt Ellerbeks Frau gelesen. Meine Mutter steht auch total drauf. Guckt sie sich immer im Fernsehen an.«

»Da hast du schon ein Weihnachtsgeschenk«, sagte Theo.

»Eben«, sagte Lucky. »Nimm dir doch auch ein Buch. Dieses sieht noch einigermaßen aus. Via Mala.«

Theo blickte sich um. Dass es ihm so schwerfiel, dieses Haus zu verlassen. Er ging zum Bücherbord und nahm eine der Figuren. Eine Flöte spielende Schäferin mit Lamm. Ellerbeks Lieblingsfigur.

»Dann lass uns gehen«, sagte Lucky, »ich habe Lust auf ein Bier.«

Theo tat es Ma zuliebe, am Sonntag um neun aufstehen, um zum Gottesdienst zu gehen. Totensonntag. Der Chor sang. Pa hatte sich geweigert, ihm zuzuhören.

»Morgenglanz der Ewigkeit«, sang der Chor, »Licht vom unerschaffnen Lichte.« Auf einem Tisch neben dem Lesepult standen Teelichter bereit.

Später sollten sie angezündet werden. Zur Erinnerung an die Toten.

Ma hatte ihn gebeten, eines für seine Schwester anzuzünden und eines für Tanja. Tanjas Mutter war nicht da. Ließ sich auch schlecht aushalten, dieses Gedenken an ein Kind, das gerade begraben worden war.

»Schick uns diese Morgenzeit«, sang der Chor, »deine Strahlen zu Gesichte.« Hardy schien nicht dabei zu sein.

»Und vertreib durch deine Macht unsre Nacht.«

Der kleine Graue war herauszuhören. Eine wirklich schöne Stimme.

Der Chorleiter spreizte sich, als habe er selbst gesungen.

Theo blickte sich um. Luckys Chefin saß da. Vermutlich würde sie ein Teelicht für den Chef anzünden, der vor ein paar Jahren gestorben war. Der Bestatter gleich neben ihr. War ja hier sein Fest.

Die Flöte spielende Schäferin mit Lamm hatte Theo erst mal hinten in den Schrank gestellt. Ma sortierte seine Wäsche nicht mehr ein.

Theo wunderte es, dass der Bestatter seine Finger von den Figuren gelassen hatte. Vielleicht glaubte er, Zeit zu haben für seinen Beutezug. Theo fand die Schäferinnen hübsch. Bunt zwar, doch nicht so, dass es ihm in den Augen wehtat.

»Gib, dass deiner Liebe Glut«, sang der Chor, »unsere kalten Werke töte. Und erweck uns Herz und Mut bei entstandner Morgenröte, dass wir, eh wir gar vergehn, recht aufstehn.«

Theo stand mit den anderen auf, um die Teelichter anzuzünden, als die Orgel ertönte. Der Chorleiter war nach dem Lied nach oben geeilt.

Der Pastor sprach von Tanja und den anderen beiden toten Mädchen.

Im Fürbittengebet bat er darum, auch für den Täter zu beten.

So weit wollte Theo nicht gehen. Er schwieg.

Sie setzten sich noch einmal, als die Orgel mit Macht brauste.

Das Martinshorn des Notarztwagens, der die Straße entlangraste, ging unter in dem Orgelnachspiel von Dankwart Trüber.

Lenis Vater hatte es für einen freundlichen Sonntagmorgen gehalten.

Den Frühstückstisch gedeckt. Die Croissants aufgebacken. Den Café Crème vorbereitet. Noch immer bemüht, das Französische nicht zu vergessen, sondern zu fördern für das Kind von Helène und ihm.

Doch als Leni nicht aufwachen wollte, ihr Atem unruhiger wurde und sie dennoch kaum auf seine Bemühungen reagierte, sie zu wecken, hatte er die 112 angewählt. Er fühlte sich schrecklich allein.

»Eine Vergiftung«, sagte der Notarzt und spritzte eine Kochsalzlösung in Lenis Vene, um den Kreislauf nicht ganz in den Keller sacken zu lassen.

Lenis Vater setzte sich in den Notarztwagen und hielt Lenis Hand. Wie konnte es so weit kommen? Er hatte alles richtig machen wollen.

Lucky platzte mit der Nachricht ins Haus, als Theos Mutter den Teig ausrollte. Das erste Mal seit Jahren, dass sie Plätzchen buk.

Theo wurde blass. »Wo ist sie?«

»Im Amalie Sieveking Krankenhaus«, sagte Lucky.

Ein Zufall, dass Lucky es wusste. Nur weil Lenis Vater schon zu Hause war, nachdem es Leni besser ging. Weichgeknetet von den Ereignissen des Tages und bereit, dem Jungen aus der Werkstatt, der da vor seiner Tür stand, Auskunft zu geben.

Lucky mochte Leni. Das spürte Lenis Vater.

Leni konnte gute Freunde gebrauchen.

»Deine Seelenwäsche hat geholfen«, sagte Lucky zu Theo, »ich will doch auch nicht, dass Leni vor die Hunde geht.«

»Du hättest mir sagen können, dass du Leni besuchst«, sagte Theo.

»Morgen fahren du und ich ins Amalie Sieveking«, schlug Lucky vor. »Ich frag die Chefin, ob ich früher Schluss machen darf.«

Theos Mutter schob das erste Blech in den Backofen, als Theo wieder in die Küche kam. »Was ist mit Leni?«, fragte sie.

Theo setzte sich an den Tisch, der voller Mehl und Teigreste war.

»Leni hat Probleme mit Drogen, Ma«, sagte er.

Ma setzte sich zu ihm und schob die Teigreste zusammen und steckte sie in den Mund. »Du magst Leni sehr gerne«, sagte sie.

Keine Frage, eine Feststellung von ihr.

Theo nickte. Seine Mutter seufzte.

»Warum kann nicht mal was einfach sein«, sagte sie.

Der Chorleiter hatte Sorge, seinen besten Sänger zu verlieren. Nils war nach dem Gottesdienst zu ihm gekommen und hatte geweint. Er fühle sich verfolgt, hatte Nils gesagt. Vom Kommissar. Von den anderen im Chor. Von den Blicken im Ort.

»Du bist doch unschuldig?«, hatte der Chorleiter gefragt.

Nils Freygangs »Ja« hörte sich wie ein Geständnis an.

Hatte er ihm geglaubt?

Die Chorauftritte im Advent standen vor der Tür. Hardy erkältet. Nils ein Häuflein Elend. Dabei hatte der Chorleiter herrliche Konzerte geplant.

Trüber war in hohem Maße bereit, sich keiner Glaubensfrage zu stellen. Er zog es vor anzunehmen, dass der Täter von weither gekommen war.

Im Haar der toten Tanja waren Federn gefunden worden, die nicht von den Vögeln des Waldes stammten. Daunenfedern von Gänsen und Enten. Viele Jahre alt. Aus der Füllung einer Bettdecke.

Der Kommissar legte den Telefonhörer auf, nachdem er mit Theo gesprochen hatte, und überlegte, ob er Ellerbeks Haus selbst aufsuchen oder die Spurensucher von der Leine lassen sollte. Doch er hatte das dringende Bedürfnis, den ersten Blick darauf zu werfen und Theo dabeizuhaben. Bei diesem Auftrieb, den das Haus erlebt hatte, schadeten ein paar zusätzliche Spuren kaum mehr.

Lenis Vater gab den Lexus in der Werkstatt ab und nahm den Jaguar, auf den Lucky schon die Winterreifen aufgezogen hatte.

»Ich hole Leni ab.«

»Ist das nicht zu früh?«, fragte Lucky.

Es war doch erst Montagmittag.

»Leni weigert sich, dazubleiben, und die Ärzte haben medizinisch keine Einwände«, sagte Lenis Vater. Er hätte seine Tochter gern noch ein paar Tage gut untergebracht gewusst, so labil, wie Leni war. »Doch sie haben mir die Drogenambulanz der Uni-Klinik dringend ans Herz gelegt.«

»Danke, dass Sie offen zu mir sind«, sagte Lucky. Er lehnte die zehn Euro ab, die Lenis Vater ihm zustecken wollte.

»Ich bin Lenis Freund«, sagte er.

»Die Reifen haben damit nichts zu tun«, sagte Lenis Vater.

Theo öffnete die Kellertür und der Kommissar leuchtete den Keller mit seiner LED Lampe ab. »Bitte machen Sie die noch mal aus«, sagte Theo, »ich muss meine dunkle Brille holen.«

Lüttich hielt das für eine scherzhafte Anspielung auf die Stärke der Taschenlampe, doch Theo stand da wie ein Tier, das nicht mehr aus dem Licht der Scheinwerfer fand.

Der Kommissar schaltete die Lampe aus. »Ich warte hier unten«, sagte er und sah sich den Keller an, bis Theo zurückkam.

»Ist das eine Allergie?«, fragte Lüttich.

»Eine Überempfindlichkeit gegen alles Grelle«, sagte Theo. »Hab ich, seit ich ein kleines Kind war.« Er fühlte sich komisch mit der Ray Ban auf der Nase in Ellerbeks Keller.

In den oberen Räumen reichte das Tageslicht noch aus. Theo nahm die Zeichnung von der Wand und zeigte die Umrisse der Pendeluhr. Holte den Hirschhornknopf aus der Hosentasche und erzählte vom Mantel und dass Lucky den Bestatter in Verdacht habe. Doch es schien den Kommissar kaum zu interessieren. Er stieg in den ersten Stock hoch und guckte sich das Schlafzimmer an und die Betten.

»Hat sich irgendwas verändert, seit Sie das hier zum ersten Mal gesehen haben? Liegt die Bettdecke anders? Das Kissen?«

»Es sah genauso aus wie jetzt«, sagte Theo. Er war erstaunt.

»Und das Bett auf der linken Seite war schon abgezogen?«

Was glaubte der Kommissar? Dass Jan Ellerbek herkam und sich ins Bett legte und gelegentlich die Bettwäsche wechselte? Theo öffnete die Schrankseite, die leer war bis auf das Kissen und das Federbett in der Klarsichttasche. Der Kommissar nahm die Tasche aus dem Schrank und stellte sie in den Flur. »Sie haben gründlich gesucht«, sagte er.

»Vielleicht noch nicht gründlich genug«, sagte Theo. »Wir haben kein einziges Bild von Jan Ellerbek gefunden. Kann sein, dass es nur die Alben gab, die der Unbekannte wohl aus dem Koffer genommen hat.«

»Warum wollten Sie unbedingt ein Bild von ihm finden?«, fragte Lüttich.

»Lucky Oldelev meinte, dass es ganz nützlich sei, Ellerbek zu erkennen, sollten wir ihm auf der Straße begegnen.«

Sie stiegen zum Dachzimmer hinauf. Keine Veränderung, seit Theo vor ein paar Tagen hier oben gewesen war.

»Efeu und Farn«, sagte der Kommissar, als er die Tapete sah, »eine eigenwillige Kombination.«

Theo öffnete die Tapetentür. Lüttich sah die zerbrochene Scheibe an und bückte sich, um den Koffer zu betrachten. Spielzeuge, Karl-May-Bände, die kleine Lederhose, erste Kinderschuhe und den Stoffhund.

Er klopfte den Koffer nach Hohlräumen ab. Darauf waren Theo und Lucky nicht gekommen. Doch es blieb ergebnislos. Nur dass der Kommissar den kleinen grauen Stoffhund an sich nahm.

»Sie glauben, der Besitzer dieser Sachen ist zurückgekommen?«

»Warum bricht er dann in sein eigenes Haus ein und

geht nicht zum Amtsgericht, um es in Besitz zu nehmen?«, sagte Theo. »Das kann nur einen einzigen Grund haben, denke ich.«

»Dass Jan Ellerbek der Täter ist«, sagte der Kommissar.

Das Spinnwebmusterpapier war zerknittert zwischen diesen Seiten des Albums. Hatte er nicht behutsam genug umgeblättert? Vielleicht weil ihn die Bilder auf diesen beiden Seiten besonders erregten?

Der Stoffhund in seinem Arm. Er hatte diesen Stoffhund geliebt.

Welch ein Fehler, ihn nicht auch mitzunehmen.

Doch eine innere Stimme sagte ihm, dass es nicht klug wäre, noch ein letztes Mal in das Haus einzudringen.

Dankwart Trüber legte das Telefon zur Seite und dachte daran, Hardy zu besuchen. »Nicht flüstern«, hatte er ihm geraten, »nur nicht flüstern, das reizt die Stimmbänder erst recht. Und nur Lauwarmes trinken. Nicht kalt, nicht heiß.« Doch vielleicht sollte er ihm die Pastillen aus isländischem Moos vorbeibringen und Salbeitee. Hardy hatte die Probe heute Abend abgesagt. Dabei sollte er am ersten Advent die Soli singen.

»Es kommt ein Schiff geladen« und »Wachet auf, ruft uns die Stimme«.

Ganz abgesehen von dem englischen Lied »In the Bleak Midwinter«.

Nils Freygang schaffte das nervlich nicht.

Nicht, in der ersten Reihe zu stehen, und schon gar nicht, zwei Schritte hervorzutreten, um ein Solo zu singen. Nils fing an, manisch zu werden mit seiner Angst, die Menschen sähen in ihm den Mörder.

Dankwart Trüber verließ das Haus und ging zur Apotheke, um den Tee und die Isla-Moos-Pastillen einzukaufen. Vielleicht tat Hardy ein bisschen Zuwendung gut. Von seinen Eltern war wohl keiner in der Lage, ihm etwas vorbeizubringen, was gegen die Erkältung half, und allem Anschein nach war das mit Gesa Ansorge auch vorbei.

Er ließ den Apotheker noch zwei Flaschen Fliederbeersaft dazupacken und freute sich an seiner Güte, als er bei Hardy klingelte.

Eine kleine Weile, bis Hardy heiser in der Sprechanlage zu hören war.

»Du, Dankwart?«, krächzte er. Hatte er doch die Ansorge erwartet?

Hardy stand in der Tür der Wohnung im zweiten Stock. Er trug einen schwarzen Morgenmantel mit beigefarbenen Bourbonenlilien. Den hatte er sicher noch in Frankreich gekauft.

»Ich bin gerührt, Dankwart«, flüsterte er, als der Chorleiter seine Gaben auspackte.

»Nicht flüstern, Hardy. Ich bereite dir den Tee noch zu.«

»Lass mal. Ich mache es gleich selbst«, sagte Hardy und drängte den Chorleiter freundlich zur Tür. In Trüber wuchs die Überzeugung, dass sein heiserer Sänger noch Besuch erwartete.

»Vielleicht hast du heute Abend schon eine Wunderheilung erlebt und kannst zu der Probe kommen«, sagte er.

Hardy band den seidenen Gürtel des Morgenmantels

fester zusammen, doch der Chorleiter hatte es schon gesehen.

»Ich kenne mich nicht aus mit Kinderkrankheiten«, sagte er, »doch ich hoffe wirklich, dass dies nicht auch noch die Windpocken sind.«

In the Bleak Midwinter

Kannst du mir sagen, warum der Kommissar das Bettzeug von Ellerbeks Frau mitgenommen hat?«, fragte Theo. Er stand am Fenster seines Zimmers und sah zu Ellerbeks Haus hinüber. Keiner hatte die Türen versiegelt. Auch die Kellertür hatte keine zusätzliche Sicherung. Der Kommissar schien Theo zu vertrauen. »Und den Stoffhund hat er auch noch genommen.«

»Keine Ahnung«, sagte Lucky. Er tippte zum wiederholten Mal die Nummer von Lenis Handy ein, doch es sprang nur die Mailbox an. »Vielleicht ist sie in der Drogenberatung. Ein später Termin, damit ihr Vater sie begleiten kann.«

»Versuch es doch mal bei ihr zu Hause«, sagte Theo.

Doch bei Leni zu Hause läutete das Telefon durch.

»Glaubst du, sie findet die Idee mit dem Weihnachtsmarkt gut?«

»Weißt du bei Leni nie. Doch ich denke, ja«, sagte Lucky. »Leni versauert sonst auf ihrem Geldhügel. Ihr Vater hat ihr verboten, allein in die Stadt zu gehen oder im Ort herumzulaufen. Aber er findet es sicher in Ordnung, wenn sie das mit dir und mir an der Seite tut.«

»Du hast einen ganz guten Draht zu ihm, nicht wahr?«

»Er glaubt nicht länger, dass ich um die Hand seiner Tochter anhalten will. Dafür hat er keinen einfachen Autoflicker auf dem Plan. Vielleicht lieber einen künftiger Professor der Philosophie.«

»Quatsch«, sagte Theo. Doch er träumte kurz an dem Gedanken herum.

»Kann mir nur vorstellen, dass der Kommissar glaubt, Jan Ellerbek habe in dem Bettzeug geschlafen«, sagte Lucky. »DNA und so.«

Theo nickte. »Sprich ihr doch auf die Mailbox. Dass wir mit ihr auf den Weihnachtsmarkt wollen.«

»Dann hören wir nie wieder was davon«, sagte Lucky. Doch er tat es. »Max kommt vor Weihnachten nach Hause und muss bis zum Prozess auch nicht mehr in den Knast«, sagte er dann.

Theo stand noch immer am Fenster und sah seine Mutter das Haus verlassen. Dienstag. Ma ging zur Chorprobe.

»Irgendwie ist das Jahr doch noch ganz gut gelaufen«, sagte Lucky.

Nicht für Tanja, dachte Theo, und nicht für die beiden anderen Mädchen.

»Das Bettzeug, das du gebracht hast, ist ganz und gar unschuldig«, sagte Lüttichs Kollegin. »Völlig andere Daunen.«

»Kannst du dir vorstellen, dass er noch einmal töten wird?«, fragte der Kommissar. Er hatte Lenis Vater gebeten, Leni nicht allein aus dem Haus gehen zu lassen. Lüttich seufzte. Bloß in keine Spökenkiekerei verfallen. Er hatte die Nase voll von seiner Hellseherei. Letztendlich hinkte er doch immer hinterher mit ihr.

Imke Karle blieb in der Tür stehen, aus der sie gerade hatte rausgehen wollen. »Ich denke, Tanja war seine letzte Tat.«

»Mögest du recht behalten«, sagte Lüttich.

»Mach nicht wieder so lang. Du siehst müde aus.«

Lüttich nickte. Es machte endlos müde, einen Mörder vor sich herlaufen zu sehen und nicht in der Lage zu sein, ihn zu fangen.

Nur zwölf seiner achtzehn Sänger waren heute Abend da. Auch Nils fehlte. Hoffentlich hatte Hardy nicht schon eine Epidemie ausgelöst. Der Chorleiter verteilte die Notenblätter der Adventslieder und räusperte sich. »Wir stellen unser Schubert-Projekt hintan«, sagte er, »da wir auch dem kirchlichen Jahr verpflichtet sind, werden wir das hier vorziehen.«

Alle nickten. Sie stellten den Schwanengesang gern hintan.

»Ich habe heute einen Krankenbesuch bei Hardy Diderot gemacht.«

Sie blickten erwartungsvoll zu ihm. Auch Gesa Ansorge. Vielleicht war sie doch nicht bei Hardy gewesen.

»Ich habe ihm etwas gegen seine Heiserkeit gebracht. Pastillen aus irischem Moos. Das kann ich jedem Sänger empfehlen. Doch ich habe auf Hardys Brust auch die Anzeichen einer Kinderkrankheit gesehen. Ich hoffe, ihr habt, Sie haben alle schon die Windpocken überstanden. Unser erster Auftritt ist der erste Advent am kommenden Sonntag.«

Sie schwiegen. Vielleicht hatten sie tatsächlich alle diese Krankheit gehabt. Er selbst konnte sich nicht erinnern.

»Erst einmal ein leichtes mi ma mi mo«, wechselte er das Thema. »Summen muss es in den Lippen, als seien sie von einer Brennnessel berührt.«

»Mi ma mi mo«, sang der Chor.

Gesa Ansorge dachte, dass sie die Windpocken nicht

gehabt hatte. Auch Theo hatte sie versäumt. Doch es beunruhigte seine Mutter nicht. Sie wusste, dass es winzige wulstige Narben waren, die Hardys Brust bedeckten.

Leni lachte, als der Weihnachtsmann in seinem Schlitten einige Meter über ihren Köpfen durch den Himmel fuhr und »Rudolph, the rednosed reindeer« aus den Lautsprechern klang. Doch Lenis Augen leuchteten nicht dabei. Sie lachte und sah traurig aus.

»Ich hab euch lieb«, sagte sie nach dem zweiten Glühwein.

Das Rathaus im Hintergrund. Die Alster ganz nah. Der Weihnachtsmann mit seinen Rentieren oben im dunklen Hamburger Himmel.

Sie drängten sich durch die Spielzeuggasse und sahen Stofftiere, Puppen, Trommeln, Kasperlefiguren. Sie aßen Thüringer Würste und im Fett gebackene Poffertjes. Sie gingen durch die Gasse der Handwerker.

»Die will ich haben«, sagte Leni.

Theos und Luckys Augen folgten ihrem Blick und sahen den Stand mit den Fellstiefeln. Helles raues Wildleder mit Stulpen aus künstlichem Fell.

»Tu's nicht«, sagte Theo.

Auch Lucky erinnerte sich dunkel, dass diese Stiefel mit einem Unheil zusammenhingen. Doch ihm fiel der Zusammenhang nicht ein.

»Ich will sie haben«, sagte Leni.

Die Frau hinter dem Stand fragte nach der Größe.

Leni probierte sie in achtunddreißig an und stützte sich dabei auf Theos Schulter ab. Die Stiefel passten ihr.

»Kauf sie nicht«, bat Theo.

Leni und die Stiefelfrau funkelten ihn an.

»Sei kein Spielverderber«, sagte Leni.

»Warum gefallen Ihnen die Stiefel nicht?«, fragte die Frau.

Weil solche Stiefel an den Füßen eines ermordeten Mädchens waren, dachte Theo. Doch er schwieg.

Leni zog ihre kleine feine Geldbörse hervor und bezahlte.

»Versprich mir, dass du die Stiefel nur anziehst, wenn Lucky und ich dabei sind«, sagte Theo, »oder dein Vater.«

»Du spinnst«, sagte Leni.

Da erst fiel Lucky ein, dass er vor Monaten von solchen Stiefeln in der Zeitung gelesen hatte.

Den Zettel mit den groß geschriebenen Zahlen seiner Telefonnummer nahmen Hardys Eltern selten in die Hand. Er lag auf dem Tresen in der Küche neben ihren Tablettenboxen, in denen sich alle Farben in den Fächern des jeweiligen Wochentags fanden. Leni hätte ihre Freude daran gehabt.

»Du warst am Montag nicht da«, sagte sein Vater ins Telefon.

»Ich war krank, Vater. Darüber haben wir doch schon gesprochen.«

»Du bist jetzt auch nicht da.«

»Ich komme morgen. Heute ist erst Mittwoch.«

»Deine Mutter hat sich übergeben. Es riecht übel.«

»Könnt ihr es nicht ausnahmsweise selbst aufwischen? Ich bin noch nicht ganz gesund«, sagte Hardy, »du hörst doch, dass ich heiser bin.« Seine Mutter hatte sich nun schon das vierte Mal übergeben. Ein Rätsel für den Arzt, zu dem er sie fuhr. Ihr Magen war in Ordnung. Ihr Appetit beachtlich. Doch sie kotzte. Wenn auch in großen Abständen.

»Du wirst deine alten Eltern nicht in diesem Elend lassen. Deine Mutter und ich hatten genügend Kummer mit dir.«

»Ich komme«, sagte Hardy seufzend. »Doch ich kann nicht fliegen. Bis zu euch ist es ein ziemliches Stück. Lüftet wenigstens schon einmal.«

Maman hatte ihr ein Päckchen geschickt. Zum Advent. Leni packte es aus und fand eine Jacke von Petit Bateau darin, ihrer alten in Mint sehr ähnlich, doch diesmal stand 18 A auf dem eingenähten Stoffschildchen. Dixhuit ans. Im Januar würde Leni achtzehn Jahre alt werden.

Leni war sehr gerührt von diesem Geschenk. Vielleicht tat es Maman nun doch gut, dass sich Julien von ihr getrennt hatte. Sie konnte wieder an etwas anderes denken als daran, einen zu jungen Mann festzuhalten.

Paps sah das Geschenk und wurde traurig. Warum konnten Helène und er nicht gemeinsam versuchen, dieses Kind glücklich zu machen. Oder es doch wenigstens zu retten.

Leni zog die Jacke an und kämmte ihre goldenen Haare.

Sie hatte Sehnsucht nach Maman.

Maman sollte zu ihr und Paps kommen.

Paps setzte sich an den alten Sekretär aus Nussbaum, der in seinem Schlafzimmer stand, und schrieb seiner Frau einen Brief.

»Komm zurück«, schrieb er. »Bitte.«

»Bist du krankgeschrieben?«, fragte Hardys Vater. »Verärgere deine Firma nicht. Du bist sechsundvierzig. Da gibt es nicht viel anderes.«

»Wäre ich in der Firma«, sagte Hardy, »könnte ich nicht Mutters Kotze aufwischen.« Es würgte ihn, als er es tat.

»Reiß dich zusammen, Richard«, sagte sein Vater.

Hardy putzte das Schlafzimmer und das Bad. Er spülte das Geschirr, das schmutzig in der Küche stand. Danach war er heiserer denn je.

»Schaff auch noch die alten Läufer weg«, sagte Hardys Vater. »Deine Mutter und ich wollen sie nicht mehr.«

Weder Hardy noch Nils waren da, als die Kirche festlich strahlte.

Nur eine Kerze, die auf dem großen Adventskranz brannte, der über dem Taufbecken hing. Doch die eine Kerze erhellt für hundert Kerzen, dachte Theos Mutter. Sie war es, die das Solo sang.

»In the bleak midwinter«, sang sie, »frosty wind made moan.«

Dass sie den Mut fand, dort zu stehen und zu singen.

»If I where a shepherd, I would bring a lamb«, sang Theos Mutter.

Sie sah ihren Sohn, und sie sah Lucky und das hellblonde Mädchen, das in ihrer Mitte saß. Fellstiefel an den Füßen.

Theos Vater war zu Hause geblieben. Vielleicht wäre er gekommen, hätte er gewusst, dass Hardy noch immer heiser war. Er hatte diesen gut aussehenden Mann als Gegner in einem Zweikampf erkannt, dem er sich nicht länger stellte, seit er von der verschlossenen Kirchentür weggeschlichen war wie ein geprügelter Hund.

Sollte Gesa es entscheiden.

Gerd Ansorge ahnte nicht, dass seine Frau es längst entschieden hatte.

Der Chorleiter staunte, wie gut Gesa Ansorge ihr erstes Solo sang, und das nach nur zwei Proben. Sie war sein neuer Trumpf für die Soli. Dankwart Trüber fühlte sich erleichtert, nicht länger nur auf den neurotischen Nils und auf Hardy angewiesen zu sein.

Es war an diesem ersten Sonntag im Advent, dass Lucky das Buch in die Hand nahm, das »September« hieß und aus Ellerbeks Haus kam.

Seiner Mutter würde dieser Roman von Rosamunde Pilcher sicher gefallen. Ein kleines Geschenk zum ersten Advent, dachte Lucky.

Mama hatte schwere Monate hinter sich.

Höchste Zeit für Gemütlichkeit.

Das Buch war wirklich gut erhalten. Lucky blätterte es durch, als sei Pilchers September ein Daumenkino. Hätte er es nicht getan, wäre erst seine Mutter auf Seite 182 auf die Fotografie gestoßen.

»Kommt ins Warme«, sagte der alte Arzt, als Theo und Lucky an diesem Sonntagnachmittag vor seiner Tür standen. Er führte sie in das Zimmer, das er noch immer das Sprechzimmer nannte, und stellte einen Stuhl zu den beiden Ledersesseln. »Was habt ihr auf dem Herzen?«

»Ellerbeks hatten auch eine Tochter«, sagte Lucky.

Bunsen sah ihn überrascht an und blickte auf das

Foto, das Theo ihm gab. »Keine Tochter«, sagte er, »das ist Jan.«

»Das Mädchen mit den langen hellen Haaren?«, fragte Lucky erstaunt.

Theo nahm das Bild. Ellerbek war darauf zu sehen. Gute vierzig Jahre jünger. Daneben eine hoch aufgeschossene Gestalt mit hellen Haaren, die ihr auf die Schultern fielen.

»In dieser Zeit haben viele Jungen ihre Haare lang wachsen lassen«, sagte Theo. Abschied von der Vaterwelt.

Bunsen nickte. »Das stimmt. Jan ging da ganz mit der Zeit. Doch das war es nicht nur. Wollt ihr einen Tee?«

Theo hatte den Eindruck, dass der alte Arzt diese Unterbrechung suchte, um sich zu sammeln. Er folgte ihm in die Küche und stellte drei Tassen auf ein Tablett. Ein Kännchen Milch. Zucker.

Bunsen goss das schon heiße Wasser aus dem Kessel in die Kanne, in der bereits ein gefülltes Tee-Ei hing. Vermutlich hatten sie ihn mit ihrem Klingeln beim Teekochen gestört.

Theo trug das Tablett in das Sprechzimmer. Bunsen brachte die Kanne. Lucky saß kopfschüttelnd mit dem Bild in der Hand da.

»Am Anfang seiner Pubertät hat Jan ausgesehen wie ein Mädchen«, sagte Bunsen, nachdem er den Tee eingegossen hatte. »Ich habe kurz geglaubt, dass er im falschen Körper wohnt. Doch das war Unsinn. Ein paar Jahre später wurde Jan betont männlich und ist dann ja auch zur Marine gegangen und später zur See gefahren.«

»Hat es zu Jans Mädchenphase gehört, dass er sich so viel mit dem kleinen Jungen beschäftigt hat?«, fragte Theo.

Bunsen nahm einen vorsichtigen Schluck von dem

heißen Tee. Die Tasse zitterte in seiner Hand. »Ja«, sagte er, »so sehe ich das noch heute. Es ist ungewöhnlich für einen pubertierenden Jungen, sich so viel mit einem Vierjährigen zu beschäftigen. Ich habe dir schon erzählt, Theo, dass Rickie ein Satansbraten sein konnte, der den Jan viel gehänselt hat. Doch Jan hatte eine Engelsgeduld. Bis die leider ins Gegenteil umschlug und er das Unfassbare getan und den Kleinen mitten im Winter in unserem Wald vergraben hat.«

»Wer hat ihn eigentlich gefunden?«, fragte Theo.

»Ich«, sagte Bunsen. »Hier im Ort hatten sich schnell ein paar Leute zusammengefunden, die eine Suche organisierten. Gleichzeitig war die Polizei eingeschaltet worden. Ich war mit einem Nachbarn der Cassens im Wald. Wir haben uns dann getrennt. Ich bin beinah in die Grube hineingestolpert. Der Kleine hat schon keinen Laut mehr von sich gegeben. Er war vor Schreck erstarrt und hatte auf den Schultern und an der Brust tiefe Bisse von irgendwelchen Nagetieren.«

»O Gott«, sagte Lucky. »Glauben Sie, dass Jan Ellerbek noch lebt und zurückgekommen ist?«

Bunsen hob die Schultern. »Ich weiß es nicht.«

»Ich glaube, Rickie ist zurückgekommen«, sagte Theo leise.

Der alte Arzt nickte. »Das glaube ich auch.«

Hardy trug Jeans, einen dicken Pullover und alte Lederhandschuhe, als er am späten Sonntagnachmittag zu dem Müllcontainer hinter der Stadtgrenze fuhr. Der einsam stehende Container hatte schon eine ganze Zeit lang ein kaputtes Schloss.

Hardy entsorgte dort manches aus dem Besitz seiner

Eltern, das sein Vater ihm mitgab, als sei der Sohn die Müllabfuhr.

Die beiden alten Läufer mit dem billigen orientalischen Druck und den Mottenlöchern warf er als Erstes in den Container. Danach kamen zwei Sofakissen mit Füllung, die schon muffelten, und ein Matratzenschoner mit großen gelben Flecken. Das alte Federbett tat er als Letztes hinein. Nun war der Kofferraum des Passat Variant jungfräulich leer.

Er stieg in das Auto und stellte die Heizung hoch. Es war kalt geworden.

Sein Handy klingelte, gerade als er losfahren wollte. Hardy seufzte, als er den Namen auf dem Display sah. Die Abstände zwischen den Anrufen seines Vaters wurden deutlich kürzer.

»Vater«, sagte er.

»Bist du ein Dieb?«, fragte sein Vater.

Hardy schnappte nach Atem. »Ich bin euer Müllmann«, sagte er.

»Deine Mutter ist außer sich. Sie vermisst ihren Pelzhut.«

»Guckt doch mal hinter Mutters Handtaschen nach.«

Hardys Herz hatte zu rasen angefangen. Er wusste, dass der Hut nicht hinter den Handtaschen lag. Er hätte ihn nicht nehmen dürfen, doch es war so verlockend gewesen. Sie hatte ihn nie mehr getragen.

»Was will sie mit dem Hut? Sie hat ihn seit Jahrzehnten nicht angehabt.«

»Deine Mutter und ich haben den Hut in der Zeitung gesehen«, sagte sein Vater. Sein Ton war von Eiseskälte. »Die Zeitung lag unten in dem Beutel mit den Apfelsinen, die du gebracht hast.«

Hardy hörte das Blut in seinen Ohren rauschen. Ihm wurde heiß.

»Hast du uns etwas zu sagen, Richard?«

Hardy drückte auf die Austaste und warf das Handy nach hinten.

»Ich muss ganz kurz weg, Lenchen«, hatte Pa gesagt, »ich bin gleich wieder bei dir. Ich will nur noch Post zu dem Kasten mit der späten Leerung bringen.«

Der Kasten mit der späten Leerung war im Nachbarort. Leni hörte ihren Vater mit dem Jaguar losfahren und ärgerte sich, ihn nicht gebeten zu haben, sie zu Theo oder Lucky zu bringen. Sie starb vor Langeweile.

Zehn Minuten später verließ sie das Haus.

Der Zettel für Paps lag auf der Kommode.

Hardy war nach Kayhude gefahren. Kein Licht im Lichtgrün. Er hatte vergessen, dass Gila den Laden am Sonntag schloss. Er fuhr einen großen Bogen über Bargteheide und Ammersbek, um sich dann wieder seinem Wohnort zu nähern. Das Handy hatte geklingelt, bis er es endlich ausgeschaltet hatte.

Er nahm den vertrauten Weg über die alte Landstraße. Wie einsam und dunkel es hier an einem Abend Ende November war!

Hardy bremste, als er die Ställe des Ponyhofs sah.

Hier hatte alles angefangen. Einen kurzen Augenblick lang dachte er, wie gut das wäre, es auch hier zu beenden. Seine Hände krampften sich um das Lenkrad, als er weiterfuhr.

Pa war im Keller und suchte nach Unterlagen für die Steuererklärung. Theo saß mit Ma am Küchentisch und gab Wort für Wort das Gespräch wieder, das Lucky und er mit dem alten Arzt geführt hatten.

Ma war sehr blass geworden.

Sie stand auf und zog zu Theos Verwunderung ihren Mantel an.

»Komm mit«, sagte sie. »Ich weiß jetzt, wer Rickie Cassen ist.«

Gesa Ansorge klingelte bei Hardy, doch es öffnete keiner. Sie trat einen Schritt zurück und sah zu den Fenstern im zweiten Stock hoch. Beide waren dunkel. »Hardy ist Rickie Cassen?«, fragte Theo.

»Hardy ist eine Abkürzung für Richard«, sagte seine Mutter, »und er hat an Brust und Schultern kleine wulstige Narben.«

»Kann das kein Zufall sein?«, fragte Theo. Das Handy vibrierte in der Tasche seiner Winterjacke.

»Wohl nicht«, sagte Ma. »Er hat mir erzählt, dass es Tierbisse waren.«

»Ich bin auf dem Weg zu dir«, hörte Theo Leni sagen, »eben ist mir ganz schwindelig geworden. Kannst du mir entgegengehen?«

Das Mädchen mit den goldenen Haaren. Da stand sie und schwankte und wollte von ihm aufgefangen werden. Hardy sah die Fellstiefel an ihren Füßen und deutete das als ein Zeichen. Sie war auf dem Weg zu ihm, die Vollkommene. Er hielt neben ihr und fragte, ob er helfen könne, und versuchte, das eigene Zittern zu unterdrücken.

»Geht schon«, sagte Leni.

»Ich bin Hardy Diderot. Wir haben uns öfter im Lichtgrün gesehen.«

»Ich weiß«, sagte Leni. »Ihretwegen hat mich die Wirtin angepöbelt. Hat phantasiert, ich hätte Ihnen schöne Augen gemacht.«

»Gila ist sehr eifersüchtig«, sagte Hardy.

»Sie singen doch auch im Chor«, sagte Leni und begann, Vertrauen zu schöpfen. »Dann kennen Sie vielleicht Theo Ansorges Mutter.«

»Sie ist eine enge Freundin von mir«, sagte Hardy.

»Ich will zu Theo«, sagte Leni.

»Geh ihr entgegen«, sagte Ma. »Ich laufe schon mal nach Hause.«

»Du musst den Kommissar anrufen«, sagte Theo und zerrte die Karte, die Lüttich ihm gegeben hatte, aus seinem Portemonnaie.

»Das werde ich tun«, sagte Ma.

Theo hatte das Tre Castagne hinter sich gelassen, als er Leni von Weitem sah. Sie war dabei, in einen anthrazitfarbenen Passat zu steigen. »Nein!«, schrie Theo. »Nein.«

Er fing an zu laufen. Schließlich blieb er atemlos stehen. Er konnte nicht gegen ein Auto anlaufen. Theo holte das Handy hervor und drückte 110.

Lenis Vater war von einer alten Angst eingeholt worden, als er das leere Haus vorfand. Er setzte sich gleich wieder in den Jaguar und fuhr die Straßen ab, um Leni zu suchen. Zu dumm, dass er keine Handynummer von diesem Lucky aus der Werkstatt hatte. Vielleicht war Leni bei ihm.

Die Scheinwerfer des Jaguars erfassten einen wild winkenden Jungen, der am Straßenrand stand. Lenis Vater hielt an.

»Leni«, schrie der Junge. »Sie ist in das Auto des Mörders gestiegen!«

»Steig ein.« Lenis Vater versuchte, nicht durchzudrehen.

»Fahren Sie zur alten Landstraße«, sagte der Junge, »kennen Sie den Ponyhof? Die Polizei hab ich schon benachrichtigt.«

Theo betete, dass Hardy diesmal keinen anderen Tatort wählen würde.

Der Kommissar war nicht weit von den Walddörfern entfernt gewesen, als ihn Gesa Ansorges Anruf auf dem Handy erreichte. Er dachte daran, das Blaulicht aus dem Handschuhfach zu holen und auf das Autodach zu setzen, doch die Straßen an diesem ersten Adventssonntag waren still, als ob schon Heiligabend wäre.

Er kam fast gleichzeitig mit einem Jaguar an und sah Lenis Vater und Theo aus dem Wagen springen und zu dem alten Schuppen stürzen.

Lass ihn nicht mit Leni in den Wald gelaufen sein. Dann kommen wir zu spät. Theo sprach diesen Satz wie eine Beschwörungsformel vor sich hin, als Lenis Vater die Tür zu dem Schuppen aufriss.

Es war stockdunkel im Schuppen und still. Theo wollte sich schon abwenden, um über den Wirtschaftsweg in den Wald hineinzulaufen, doch dann erfasste Lüttichs Taschenlampe das Innere des Schuppens, und Theo sah noch Leni auf einem Strohballen kauern, bevor er die Augen zusammenkniff und blind auf sie zulief.

Hardy stand ein paar Meter von ihr entfernt. Er hatte von ihr abgelassen, als er die Motoren hörte. Nun ertönten auch die Martinshörner.

Hardy Diderot, der einmal Rickie Cassen gewesen war, schluchzte, als die Handschellen um seine Gelenke klickten.

Lenis Vater ging auf seine Tochter zu, die Theo umklammert hielt.

Er legte seine Arme um beide. Leni und Theo.

»Dieser Junge hat dich gerettet, Lenchen«, sagte er.

Ad infinitum

Der Kommissar und seine Kollegin begannen am Montagvormittag mit dem Verhör des Hardy Diderot. Er hatte geschwiegen und eine Kastanie in seinen Händen gedreht, bis Lüttich den kleinen grauen Stoffhund in den Vernehmungsraum trug.

Diderots Stimme war hell wie die eines Kindes geworden, als er zu sprechen anfing und seine endlos traurige Geschichte erzählte.

»Ich küsse dich dafür, dass du recht behalten hast«, sagte Lüttich, als sie nach zwei Stunden das Verhör unterbrachen und in das Büro des Kommissars gingen.

Imke Karle sah ihn fragend an.

»Du hast gesagt, dass Tanjas Tod seine letzte Tat sein würde.«

Auf Lüttichs Schreibtisch lag ein Fax, das eine monatelange Recherche beendete. Ein Fax aus Barranquilla. Jan Ellerbek war im November 2004 in der kolumbianischen Hafenstadt gestorben.

Theos achtzehnter Geburtstag fand an einem Dienstag statt. Der siebte Dezember. Auf den Tag waren sechs Monate vergangen, seit Sarah tot im Wald gefunden worden war.

»Vorletzte Fragen« hieß das Buch, das Pa ihm auf den Gabentisch gelegt hatte. Ein philosophisches Werk.

Theo ahnte, dass es Pas Einverständnis zu einem Philosophiestudium bedeutete. Sie schnitten Mas Torte an, als Leni und Lucky eintrafen.

Auch Leni fing an, das ganz normale Leben zu genießen.

Was hatte Max an einem Septembertag gedacht?

Das ganz normale Leben wurde wirklich unterschätzt.

»Was wird mit dem Haus geschehen?«, fragte Theo, als die Nachricht von Jan Ellerbeks Tod kam. Er stand am Fenster und blickte hinüber.

Das Haus sah sehr einsam aus. Die immergrüne Ligusterhecke lag im Winterschlaf. Die kleinen Hainbuchen waren kahl.

»Irgendwann kriegt die Akte einen Stempel, dass keine Erben ermittelbar waren«, sagte Pa. »Und dann gehört Ellerbeks Haus dem Staat.«

»Wie traurig«, sagte Theo.

Der erste Schnee fiel und legte eine gnädige weiße Decke aus. Baummarder liefen durch den Winterwald und die dichten Haare an ihren Sohlen verwischten ihre Spuren im Schnee. Ihr Fell war dunkelbraun und lang und seidig und schützte sie vor der Kälte.

Bisamratten haben ein ganz ähnliches Fell.

In den hohen Hainbuchen, die tiefer im Wald standen, saßen kleine Vögel in den Kronen und knackten mit ihren dicken Schnäbeln die Nüsschen der Hainbuchensamen auf.

Die Wintersonnenwende war nah.

Unter der weißen Decke warteten die Buschwindröschen, die Veilchen und die Waldhyazinthen auf den Frühling.

Christine Fehér

Schwarze Stunde

ca. 352 Seiten, ISBN 978-3-570-16081-7

Zwölfte Klasse, Studienfahrt. Eine Schülerin fehlt, als alle am Frühstückstisch sitzen: die gerade 18 gewordene Valerie, der man nachsagt, zwischen ihr und dem Englisch-Referendar Corvin Schwarze sei was am Laufen. Da kommt die Polizei in den Raum: Valerie wurde schwer verletzt gefunden – jemand hat sie von einer Klippe gestürzt. Aber wer? War es ihr Ex-Freund Manuel, der nie über die Trennung hinwegkam? Ihre Freundin Alena, die ihr die Heimlichtuerei verübelte? Die Klassenlehrerin Frau Bollmann, die selbst in Corvin Schwarze verliebt war? Oder etwa Corvin selbst, der nicht akzeptieren wollte, dass Valerie Abstand von ihm suchte?

cbt

www.cbt-jugendbuch.de
www.cbt-thriller.de

20096